레전드급 전생자 3

홍성은 퓨전 판타지 소설

초판 1쇄 찍은 날 § 2021년 3월 11일
초판 1쇄 펴낸 날 § 2021년 3월 18일

지은이 § 홍성은
펴낸이 § 서경석

총괄팀장 § 노종아
편집책임 § 강서희
디자인 § 스튜디오 이너스

펴낸곳 § 도서출판 청어람
등록번호 § 제387-1999-000006호
등록일자 § 1999. 5. 31
어람번호 § 제1-3122호

주소 § 경기도 부천시 부일로 483번길 40 서경B/D 3F (우) 14640
전화 § 032-656-4452 팩스 § 032-656-4453
http://www.chungeoram.com
E-mail § chungeorambook@daum.net

ISBN 979-11-04-92323-4 04810
ISBN 979-11-04-92312-8 (세트)

청
람
도서출판

레전드급 3
전생자

홍성은 퓨전 판타지 소설

FUSION FANTASTIC STORY

목차

제1장

—

지하 수로 II

나는 반란군 병영 시설의 탐사를 마쳤다.

결과.

"별거 없네."

특별히 쓸 만한 건 발견되지 않았다. 유물은 물론이고 무기나 장비류도 마찬가지.

별다른 성과를 거두진 못했지만 별로 실망하지는 않았다.

이제 비밀 문 하나 열었을 뿐이다. 지하 수로는 넓고 아직 탐사는 다 끝나지 않았다. 벌써 실망할 이유가 없지 않은가?

그보다 병영 자체의 가치가 더 컸다. 그럭저럭 청결하고 안전한 숙소를 확보했다는 건 당장 졸리고 피곤한 내 입장에선 어중간한 유물보다도 귀중하다 할 수 있었다.

안 그래도 고블린 시체 냄새가 나고 한 발 움직이기만 해도 먼지가 흩날리는 지하 수로에 텐트 치고 걸 생각에 몸서리를 쳤는데, 이 비밀 병영 덕에 그나마 사람답게 먹고 잘 공간을 손에 넣었으니 참 다행이다 싶다.

탐사를 마친 후, 나는 일단 식당으로 향했다.

식당에 방문한 이유는 물론 식사를 하기 위해서였다.

"이상하게 배가 되게 고프네."

—두 끼 정도 굶으신 셈이니까요.

밤에 조용히 잤다면 안 그랬겠지만, 밤새 악마랑 싸우고 헬 람 죽이고 구 시청 다 털고 고블린들을 학살하는 꽤 중노동 을 했더니 확실히 위장이 텅 비었다. 방금 전까지만 해도 잊 고 있었지만, 배고픔을 자각하자마자 뱃가죽이 들러붙는 것 같았다.

식당 시설에서는 물은 나와도 불은 켜지지 않았기 때문에 나는 내가 가지고 온 고체연료로 불을 피워 라면을 먹기로 했 다.

라면의 유통기한은 생각보다 길지 않다. 그렇다고 이걸 누 구한테 갖다 팔아치울 수도 없으니 내가 먹어야 했다.

오랜만에 먹은 라면은 맛있었다. 따끈하게 데워진 국물이 위장까지 뜨끈하게 덥혀주는 것 같았다. 그동안 왜 이 맛을 잊고 살았을까? 바로 어제 안드레가 꽤 신경 쓴 고기 요리를 저녁 식사로 대접해 주었음에도 불구하고, 라면에는 또 라면만의 맛이 있었다.

나는 앉은 자리에서 라면 세 개를 후루룩 먹어 치웠다. 아직 유통기한이 좀 남아 있어서 당장 막 먹어 치울 필요는 없었지만 그냥 입이 터졌다.

그렇게 간단하지만 푸짐한 식사를 마치고, 따뜻한 물로 샤워를 했다.

"그러고 보니 샤워를 한다는 것 자체가 꽤나 오랜만이네."

―오랜만이요?

라플라스의 되물음을 듣고 나서야, 이 세계에 와서 샤워를 하는 건 이번이 처음이라는 걸 깨달았다. 수돗물로 뜨거운 물을 욕조 가득 채워서 목욕을 해본 적은 있어도 샤워 자체는 안 해봤다.

김연준으로서 지구에서 해본 적이 있지만, 어디까지나 찬물 샤워였다.

그것도 물통을 높은 데에 올려놓고 샤워대 하나 박아서 떨어지는 물로 샤워하는 게 보통이었다. 보급관이 이거 만들어 주고서도 엄청 생색냈던 기억이 난다.

씻을 물을 데우는 데 쓸 연료는 없었다. 그럴 능력이 있는 각성자들은 알아서 물을 데워서 썼지만 포터인 나하곤 관계 없는 일이었다.

그러고 보니 어쩌면 따뜻한 물로 샤워하는 건 지구와 이 세계를 통틀어 내 일생에서 처음일지도 모른다는 생각에 나는 정신이 퍼뜩 들었다.

"이거 생각보다 호사스러운 거 아닌가?"

—네? 아닌데요. 목욕 쪽이 물도 더 많이 쓰고 연료도 더 많이 듭니다만…….

그런가, 그렇구나. 그런데 왜 난 뜨거운 물 샤워가 처음이지?

"여긴 뭔데 군대 주제에 뜨거운 물이 나오는 거야?"

나는 괜히 투덜거렸다. 그러자 라플라스의 대답이 돌아왔다.

—아, 이건 온천수입니다.

식당에 물 끓일 불도 안 나오는데 무슨 수로 뜨뜻한 물이 나오나 했더니 그런 비결이. 나는 감탄하며 따뜻한 물을 더 세게 틀었다. 그제야 몸에 묻었던 고블린의 피비린내와 악취, 그리고 지긋지긋한 먼지로부터 비로소 해방된 느낌이었다.

"아니, 그런데 잠깐. 그럼 왜 위에 도시민들은 온천수를 안 쓰는 거야?"

안드레의 아지트에 머물 때, 라앙은 내 목욕물을 낑낑거리며 길어왔었다. 온천수가 있다면 굳이 안 그래도 됐을 텐데?

—고대 제국 시대에 지반침하의 우려 때문에 지하수의 사용을 금지했었습니다. 제국 교체기에 온천수가 흐르는 사실 자체가 잊혔고, 그대로 현재에 이르게 됩니다.

"아하."

반란군 병영에 온천수를 쓰는 시설이 남은 것은 고대 제국의 방침을 무시했기 때문이겠지. 나는 온전히 그 덕을 본 셈이다.

"어으, 시원하다."

그렇게 샤워를 마친 나는 나도 모르게 이런 말을 혼잣말로 흘렸다. 그러자 라플라스가 즉각 반응했다.

—뜨거운 물로 샤워를 하셨는데 왜 시원하시죠?

"…나도 몰라, 생각해 본 적 없어."

뭐 그거야 아무럼 어때.

"어우, 졸려. 자야겠다."

뜨거운 물로 몸을 지지고 나니 노곤하니 잠이 왔다. 하긴 잘 때도 됐다. 고블린들을 처치하느라 정령력도 꽤 썼고, 움직이기도 많이 움직였다. 쉴 때가 됐는데 이런 시설까지 발견했으니, 휴식을 취하지 않을 이유가 더 적었다.

"라플라스, 나 여기서 자도 돼?"

—이 지하 수로 유적에서의 안전 확보 알람은 1루블입니다.

"패키지 상품이야? 가격 괜찮네."

나는 1루블을 내고 이 시설의 안전을 확인받은 후, 샤워실과 가장 가까운 침실의 문에서 가장 가까운 침대를 택해 앉았다.

"옛날 생각나네."

침대에 깔린 저렴한 삼단 매트리스는 빈말로도 푹신하다고
는 할 수 없었으나, 노숙하는 것보다야 훨씬 낫다는 점에서
훌륭했다. 그러고 보니 지구의 기대에서도 이런 매트리스를
썼었다. 하나의 매트리스에서 두세 명이 돌아가며 자야 했다
는 점은 다르지만.

"병영이란 소릴 들어서 그런가, 별생각이 다 나네."

오랜만에 반짝이를 꺼내 얼마 남지 않은 정령력을 모조리
쏟아 넣어 주면서, 나는 하품을 했다. 그러고 보니 반짝이를
미리 꺼냈으면 손전등의 배터리를 아낄 수 있었겠군. 뭐 그런
생각을 하면서.

이것 외에도 이런저런 생각을 했던 것 같지만, 무슨 생각을
했는지 되새김질하기도 전에 나는 잠에 빠져들었다.

기묘하게도 이날 잠은 고향의 맛이 났다.

*   *   *

기분 좋은 아침이었다.

아니, 아침은 아닌 모양이지만 해도 안 드는 지하 수로의 비
밀 병영에서 지금이 진짜 아침인지 아닌지는 그다지 중요하지
않다. 아무튼 나는 충분한 수면을 취했다.

자기 전에 [성장의 반지]의 효과를 껐는지 안 껐는지도 잘
기억이 안 나는데, 지금 팔다리 짧은 어린애 상태인 걸 보니

아무래도 끄고 잔 모양이다. 이것도 푹 자고 상쾌하게 일어날 수 있었던 비결 중 하나라고 봐도 무방하리라.

"어린 상태로 잔 건 되게 오랜만인 것 같은데."

노숙을 하거나 다른 사람 시선에 닿는 곳에서 잘 땐 이러질 못하니, 따지고 보면 꽤 오랜만이긴 했다.

―그보다 새 주인님!

라플라스가 아침 인사조차 생략하고 날 불렀다.

"왜?"

―끼릭이요!

"끼릭이?"

"끼릭!"

자기 이야기를 하는 걸 알았는지, 끼릭이가 끼릭거렸다. 반사적으로 끼릭이에게 시선을 옮긴 나는 크게 놀랐다.

"헉, 끼릭이 너……!"

끼릭이가 또 성장해 있었다. 스코프가 돋아난 게 언젠데, 이렇게 빠른 성장이라니!

―아무래도 어제 악마를 제압하고 고블린들을 잔뜩 쏴 죽인 게 반영된 것 같군요.

라플라스가 그렇다면 그런 거겠지.

"아니, 끼릭아……."

그런데 나는 끼릭이가 성장한 모습에 약간 당황했다. 왜냐하면 끼릭이에게 이전까지 못 보던 게 달려 있었기 때문이다.

그것은 바로 K201 유탄발사기였다.

K—2의 총신 밑에 묵직하고 두꺼운 40㎜짜리 유탄발사기가 달린 모습은 나로 하여금 이상한 노스텔지어를 느끼게 했다.

왜냐하면 우리 분대에서 유탄을 달고 다니는 건 비교적 짬이 낮은……. 그러니까 일병 때나 다는 거라는 인식이 있었기 때문이었다.

물론 나도 일병 때는 달았었다. 다만 오래 달고 다니지는 않았다. 우리 부대가 정찰병과인 데다 유탄 보급이 잘되는 것도 아니어서 분대에 한두 명만 달면 됐으니.

게다가 K201이 좀 무거운 게 아니어서 일선 병사들 사이에선 기피 대상이었다. 최대한 빨리 떼어버리고 싶은 마음에 일부러 망가뜨렸다가 영창에 끌려가는 미친놈들도 나올 정도였다.

아니, 안 그래도 부족한 보급품을 망가뜨리다니 진짜 미친놈들이지.

…내가 그랬단 소리는 아니다.

진짜다.

그건 망가진 거지, 내가 일부러 망가뜨린 게 아니다.

"끼릭! 끼릭!"

내 내심을 아는지 모르는지, 끼릭이는 자랑스럽게 끼릭거렸다. 하긴 끼릭이 입장에선 한 단계 더 성장한 거니 자랑스러워할 만도 하지.

그런 끼릭이의 마음을 헤아려 주고 싶어서, 나는 내심을 숨기고 끼릭이를 들어 올려 보았다.

결과.

"의외로 괜찮은데?"

하지만 끼릭이를 직접 들어본 나는 흡족함을 느꼈다.

왜냐하면 묵직한 유탄발사기가 붙었음에도 끼릭이는 별로 무거워지지 않았기 때문이다.

K201이 무거워서 싫은 거지, 화력이 더 강해지는 게 싫을 리 없다. 그런데 안 무겁다면야 싫어할 이유가 없다.

"역시 끼릭이, 너는 최고야!"

나는 끼릭이의 스코프 밑을 긁어주며 만족감을 표했다.

"끼릭! 끼릭!"

끼릭이도 기뻐했다.

—아, 그리고 반짝이도 성장했습니다.

라플라스가 뒤늦게 말했다.

"응? 반짝이도?"

내 생각엔 좀 뜬금없었다. 라플라스가 말하기론 끼릭이의 성장이 이례적으로 빠를 뿐, 반짝이는 그나마 상식적이라고 했는데?

"그러고 보니……. 반짝이는 어제 소환 해제 시키고 잤는데 성장한지 어떻게 알았어?"

—아, 이렇게 말씀드려야 했겠군요. 반짝이도 성장했을 겁

니다.

너무 당연한 사실이라서요, 라고 라플라스가 부연 설명을 했다.

"뭐가 당연해?"

―이쯤하면 슬슬 성장을 마칠 때도 됐고, 악마를 상대로 큰 활약을 펼쳤잖습니까?

"때가 때인 건 알겠는데, 악마를 처치한 건 무슨 상관이지?"

―신성의 정령이니까요.

나는 라플라스의 설명이 더 이어질 줄 알고 기다렸지만, 라플라스는 그걸로 설명이 끝났다는 듯 아무 말도 하지 않았다.

"…그것뿐이야?"

―관련된 논문이 필요하시다면 다운로드받으실 수 있습니다. 유료지만요.

논문이냐. 나는 진저리를 쳤다. 설령 무료라도 안 받을 거다.

"분명히 어젯밤에 소환했을 때는 성장 안 했었는데……."

―그야 성장에 필요한 정령력 공급이 아직 안 된 상태였으니까요.

듣자 하니 어젯밤에 남은 정령력을 모조리 몰아준 게 마지막 결정타가 된 것 같다. 결정타라 그러니 때린 것 같지만 뭐 그거야 아무튼.

"어제 미리 말해주지 그랬어?"

―졸리신 거 같아서요.

정확한 판단이로군, 이런 젠장.

"알았어. 납득했어. 그럼… 반짝이를 소환해 볼까? 반짝아!"

번쩍! 세상에! 반짝이가 번쩍하고 나타났다.

"아우아아악!"

나는 섬광탄에라도 맞은 듯 눈을 마구 문질렀다.

어떻게 시력을 회복하고 다시 보니, 반짝이가 엄청나게 반짝거리고 있었다. 이제 이름을 번쩍이로 바꿔도 될 정도로.

악마와 싸울 때 신성력을 펑 하고 터뜨린 걸 본 적은 있지만, 이렇게 지속적으로 번쩍이는 건 본 적이 없다. 그것도 내가 따로 정령력을 밀어넣고 있지 않음에도 불구하고.

반짝이는 자신의 성장이 기쁜 듯 반짝반짝거렸다. 반짝반짝반짝반짝……

어우, 눈부셔.

"좋아, 반짝아. 이제 반짝이 좀 줄여볼까?"

내 정당한 요청에 반짝이는 눈에 띄게 시무룩해지고 말았다. 아무래도 끼릭이가 성장했을 때와 반응이 다르다는 것에 실망하고 있는 것 같았다.

하긴 내가 반짝이한테 신경을 덜 쓰긴 했지. 악마를 처치할 때를 제외하곤 거의 신성력 보급계원 취급 하긴 했다. 뭐 필요할 때만 아쉬운 소리 하는.

아니, 내가 이러면 안 되지! 나도 보급계원 심정 잘 알지 않는가! 지구 시절 정찰대의 포터였던 내가 그 심정을 이해 못해주면 대체 누가 이해해 주단 말인가!

"알았다. 반짝아, 다 큰 거 축하해."

내 말에 반짝이의 반짝임이 확 커졌다. 그러고는 마치 강아지가 헥헥대듯 반짝반짝반짝반짝거리기 시작했다.

어우, 눈부셔.

"끼릭, 끼릭!!"

반짝이에게 관심이 쏠린 것에 다급해진 건지, 끼릭이도 갑자기 끼릭거리기 시작했다.

끼릭끼릭반짝반짝끼릭끼릭반짝반짝…….

어우, 정신 사나워.

그럼에도 불구하고 나는 불만을 직접적으로 토해내는 것 대신, 침대에서 벌떡 일어나며 두 정령에게 외쳤다.

"그래, 맞아. 끼릭아, 반짝아! 시험 사격 나가보자!"

내친김에 나는 [변신 브로치]로 간단하게 옷을 갈아입고 병영 밖으로 나섰다.

*　　　*　　　*

몇 분 후.

나는 후회했다.

"이럴 줄 알았으면 고블린 좀 남겨놓을걸."

병영에서 나와서 어제 그대로 방치해 놨던 고블린 시체 더미에다 대고 K201 유탄을 시험 사격해 본 감상이 바로 그거였다.

결론부터 말해서, 나는 유탄의 화끈한 화력에 반해 버리고 말았다.

그리고 동시에 아쉬움을 느꼈다.

정령탄을 드르르륵 하고 갈기는 맛도 나쁘진 않지만, 막 몰려드는 고블린들을 상대로 유탄을 쐈으면 어땠을까?

그건 분명 짜릿한 경험이 됐을 터였다.

너무 만족한 나머지 오히려 아쉬움이 느껴지는 기이한 케이스다.

"끼릭?"

"아니야, 잘했어. 고마워, 끼릭아."

정령탄 때도 그랬지만 유탄도 따로 장전을 필요로 하진 않았다. 정령탄과 구분하는 의미에서, 이건 정령 유탄이라고 부르기로 하자.

유탄도 실제 유탄을 장전했더라면 더 강력한 유탄이 나갈 가능성이 있었지만, 없는 걸 만들어낼 수는 없으니 어쩔 수 없다. 하지만 끼릭이가 더 성장하고 내 정령력도 세지면 유탄도 세질 테니 크게 아쉬워할 일은 아니다.

그렇다고 단점이 아예 없는 건 아니다. 그건 바로 정령력 소

모였다. 정령 유탄 한 발 사격에 정령탄 한 탄창 사격과 맞먹
는 정령력이 뭉텅 빠져나갔다. 정령탄처럼 맘껏 쏴댔다간 정령
력을 다 쓰고 빌빌댈 가능성이 이에 없지는 않았다. 숙, 자제
심을 필요로 했다.

"잔탄을 잘 가늠해서 쏴야겠군……."

정확하게 표현하자면 잔탄이 아니라 잔여 정령력이겠지만
너무 길기도 하니 나는 대충 줄여 부르기로 했다.

"끼릭, 끼릭!"

"아냐, 끼릭아. 너는 이쯤 하자."

끼릭이가 더 쏘자고 나를 보챘지만, 나는 방금 전에 얻은
교훈을 살리기로 했다.

"이제 반짝이 차례야."

"끼릭……."

끼릭이는 조금 실망한 눈치지만 그래도 더 보채지는 않았
다. 아이구, 착해라. 녀석의 스코프 밑을 몇 번 긁어준 나는
이번에는 내 헤일로 뒤에서 아무렇지도 않은 듯 빛을 내고 있
는 반짝이를 돌아보았다. 내 시선을 받은 반짝이가 빛을 화악
키웠다.

"그래, 네 차례야. 준비됐어?"

반짝반짝!

"좋아, 가라! 반짝아!"

펑!

반짝이의 성장은 눈부셨다. 아니, 문자 그대로 눈부시긴 한데……

ㅡ대단하죠?

"그, 그래……. 대단하긴 하네……."

나는 허무하게 사라지는 반짝이의 모습을 보며 말을 더듬었다. 그럴 만한 이유가 있다.

"설마 성장한 반짝이의 필살기가 자폭이었을 줄이야……."

부스스 흩어져 사라지는 반짝이의 시체 비슷한 것을 나는 허망하게 바라보았다.

물론 앞서 말했듯 대단하긴 하다. 기존의 반짝이는 정령력을 먹이면 신성력으로 전환해 토해내거나 신성의 빛을 반짝거리는 게 전부였지만, 새로 얻은 필살기인 자폭은 드디어 물리적인 타격을 줄 수 있게 되었으니까.

비록 K201의 유탄 발사보다 파괴력 자체는 약하지만, 광량은 수십 배에서 수백 배에 달해 적들의 시야를 빼앗을 수 있다는 이점이 있다. 더군다나 악마를 상대로는 실로 궤멸적인 피해를 입힐 수 있으리라.

그런데 문제는 쓰고 나면 죽는다는 거다.

ㅡ3분 후면 부활합니다만.

"아, 응. 그렇지."

어차피 정령인 반짝이에게 물리세계의 육체는 큰 의미를 갖지 않는다. 죽으면 잠깐 정령계로 돌아갔다가 다시 내 소환에

응할 수 있다. 아무리 그래도 타격이 없진 않아서 3분 정도 기다려야 하긴 하지만.

"너는 이걸로 만족하니?"

반짝반짝.

다시 소환된 반짝이는 만족스럽게 반짝거렸다. 그렇구나. 만족하는구나.

─만족하지 않을 이유가 없습니다. 이로써 자기 역할을 다 할 수 있게 된 거니까요.

뭐, …그럼 됐다.

나는 더 이상 깊게 생각하지 않기로 했다.

"그럼 이걸로 두 정령의 성장은 끝마쳤다고 봐도 되겠군."

─네, 그렇죠. …일반적으로는.

라플라스가 왜 단언하길 망설였는지는 명백했다. 끼릭이 때문이다. 사실 라플라스는 끼릭이에게 스코프가 생기기 전에도 끼릭이 성장이 완전히 끝났다고 공언했던 바 있었다. 하지만 그건 틀렸지. 또 틀리지 말란 법이 없다.

"아니, 아마 이번에는 진짜로 끝났을 거야."

나는 너털웃음을 터뜨리며 라플라스에게 말했다.

물론 내게 있어서도 스코프와 K201의 추가는 예상외의 일이었지만, 이로써 K─2에 달릴 건 다 달렸다고 봐도 무방했다. 뭘 더 단다고 해도 기껏해야 탄피받이 정도겠지. 하지만 정령탄을 쏴제끼는 내게 탄피받이 같은 액세서리는 필요 없다.

따라서 끼럭이의 성장은 이걸로 끝났을 거다!

나는 그렇게 넘겨짚기로 했다.

─새 주인님께서 그렇게 말씀하신다면 그게 맞을 겁니다.

라플라스는 더 이상 끼럭이에 대해 생각하길 포기한 듯 보였다.

"나 지금 계좌에 얼마 남았냐?"

─846루블 남아 있습니다.

어따, 많이도 벌었다. 구 시청 돌입 직전 시점에 8루블인가 남아 있었던 것 같은데.

"이 김에 그냥 정령법이나 4령급까지 올려 버릴까?"

내 혼잣말에 라플라스가 민감하게 반응했다.

─4령급부터는 루블이 더 많이 드는 거 아시죠?

"맞다, 그랬지."

그런 이야기를 들었던 것 같다.

"500루블이었나?"

─네. 5령급은 1,000루블이고요.

이건 정령법뿐만 아니라 다른 힘도 마찬가지다. 성법도 4륜급에서 루블 소모가 확 오르고, 흑법도 4월급부턴 500루블을 지불해야 한다. 아직 배우지는 못했지만, 아마 마법이나 술법도 마찬가지일 거다.

한 길만 파겠다면 어떻게든 감당이 될 가격이지만, 다 배울 생각이면 죽을 위기를 적극적으로 찾아다녀서 루블을 악착같이 모아야 한다.

"어휴, 진짜."

나는 한숨을 푹푹 내쉬었다.

역시 대현자는 대현자다. 인정하는 의미에서가 아니라 사람 엿 먹이는 점에서.

분명 내가 이 세계에 오기 전에는 카를이 대현자였을 테니 따지고 보면 자기가 자기 자신을 엿 먹이는 거다. 대현자는 이 괴상망측한 행동을 저지르면서 뭔가 이상한 쾌감 같은 걸 느끼기라도 했던 거려나?

"역시 대현자는 변태야……."

—…….

라플라스는 또 내 혼잣말을 못 들은 척하고 있다. 이제는 익숙해진 일이다.

"자, 그럼 어쩐다. 그래도 그냥 정령법을 올릴까?"

—새 주인님께서는 아직 완전히 3령급에 오르지 못하셨던 걸 기억해 주십시오.

그러고 보니 내가 그동안 3령급 정령사라고 하고 다니긴 했지만, 사실 3령급에 해당하는 정령력만 100루블에 샀었다. 진짜 3령급이 되려면 추가 비용을 내거나 나 스스로 정령법을 갈고닦아서 온전한 자격을 취득해야 했다.

"500루블 갖고는 안 된다는 소리로군……."

—그렇습니다.

뭐, 그럼 4령급에 오르는 건 루블은 더 모은 후의 일이겠군.

"좋아, 그럼 완전한 3령급에 먼저 오르자고."

―알겠습니다. 정령력을 제외한 3령급 정령사의 지식과 경험, 그리고 기술을 다운로드받으시려면 50루블이 듭니다.

라플라스의 말에 나는 눈을 휘둥그레 떴다.

"어라, 왜 이렇게 싸?"

나는 300루블 중 아직 100루블밖에 안 낸 상태다. 그럼 잔액으로 200루블을 더 지불해야 되는 거 아닌가? 이런 의문을 라플라스에게 내밀었더니, 이런 답이 돌아왔다.

―이미 말씀드렸듯 새 주인님께선 정령법에 자질이 있으신 모양이라, 정령과 정령력을 다루는 법에 빠르게 익숙해지셔서요. 자기 정령화를 스스로 깨닫기도 하셨고……. 지금 새 주인님의 수준을 굳이 숫자로 따지면 2.7령급은 됩니다.

간만에 듣는 꽤 스트레이트한 칭찬이다.

"칭찬 고맙군, 딜!"

―잔고는 796루블입니다. 즉시 다운로드를 진행하시겠습니까?

"그래."

잠시간의 어지럼증 후에, 나는 내가 온전한 3령급의 정령사가 되었음을 스스로 깨닫게 되었다. 비록 다루는 정령은 아직 2개체지만, 이거야 뭐, 다음 정령을 소환하면 해결되는 문제다.

그렇다고 지금 당장 다음 정령을 소환시킬 생각은 없었다. 지금 정령력은 따로 쓸데가 있거든. 그것은 바로 3령급의 지식과 기술, 경험을 얻으면서 새로 얻게 된 대현자식 자기 정령화였다.

이제까지 나는 자기 정령화를 스스로 깨닫고 사용하고 있었지만, 그 방법이 아주 효율적인 것은 아니었다. 그냥 나 자신에게 정령력을 욱여넣고 신체능력을 배가시키는, 1차원적인 방식이라고 할 수 있겠다.

그에 비해 대현자가 시행착오를 거듭해 정립한 자기 정령화는 달랐다.

근력을 최고 효율로 강화시키기 위해서는 어느 정도의 압력으로 얼마만큼의 정령력을 투입해야 하는지, 몸의 내구도를 올리기 위해서는 어떤 방식으로 정령력을 회전시켜야 하는지 완전히 이론화시켜 놓았다.

더군다나 기존에는 비효율의 극치였던 자기 정령화를 통해 마치 정령들을 성장시키듯 나 자신의 성장을 유도할 수 있다는 것도 알게 되었다.

처음에는 노리쇠뭉치였던 끼릭이가 지금은 유탄발사기까지 달린 완전무장 K-2가 된 것처럼, 나도 그렇게 성장할 수 있다는 소리다.

"존재로서의 성장인가."

―네, 자기 정령화는 결국 궁극적으로 존재를 강화하는 기술이니까요.

"진작 배우라고 말해주지 그랬어?"

나는 라플라스에게 볼멘소리를 했다. 그러자 라플라스가 정론을 말했다.

―정령사로서는 정령사 자신보다 정령의 성장을 우선시하는 게 당연합니다. 이쪽이 더 효율적이기도 하고요.

반박할 말이 없군.

아무튼 나는 나 자신의 성장을 마칠 때까지, 당분간 세번째 정령을 나 자신으로 해두기로 마음먹었다.

*   *   *

온전한 3령급 정령사의 지식과 기술은 대현자식 자기 정령화 하나로 그치지 않는다.

"[정령 폭주]!"

나는 끼릭이에게 순간적으로 기존의 3배에 달하는 정령력을 밀어 넣으면서 방아쇠를 당겼다.

타타타타타타타타!!

그러자 끼릭이가 평소보다 더 큰 소음과 함께 정령탄을 뿜어내었다. 그 결과, 표적 대신 쏜 돌 벽에 수박만 한 크기의 탄

흔이 생겼다.

기존에는 주먹만 한 탄흔이 생겼다는 것을 감안하면, 그 위력이 눈에 띄게 증대되었다는 사실을 알 수 있다.

―3배의 정령력을 사용하는 대신 2배의 출력을 낼 수 있는 능력, 정령 폭주. 하지만 이 능력에도 단점이 없는 것은 아니죠.

맞다. 폭주라는 이름과는 달리, 이 능력의 활용에는 아주 세심한 정령력의 안배와 제어가 필요하다. 더불어…….

"끼릭……."

끼릭이의 총구가 축 처졌다. 폭주의 여파 때문에 무력화 상태에 빠진 탓이다.

정령은 풍선이 아니다. 정령력을 밀어 넣는다고 무조건 강력한 화력을 내지는 않는다. 때문에 한 번 폭주시킨 후엔 쉬게 해야 했다.

"끼릭이는 좀 그렇지만 반짝이한텐 쓸 만하겠네."

반짝이는 어차피 자폭하고 나면 재소환해야 하니, 정령 폭주를 더욱 효과적으로 활용할 수 있으리라.

"끼릭, 끼릭!"

축 처져 있던 끼릭이가 내 혼잣말을 듣고 자기도 할 수 있다는 듯 총구를 들어 올렸다. 의욕은 장한데 들어 올린 총구가 내 얼굴을 향해서 미묘한 기분이다.

반짝반짝반짝반짝…….

반대로 반짝이는 희색을 띠었다. 아니, 자폭시킨다는데 좋아하는 건 또 뭐야. 그보다 눈부시다. 사랑이 눈부셔…….

—정령 폭주도 정령이 완전히 성장했기에 사용 가능해진 기술입니다. 성장 중인 정령에게 이 기술을 쓰면 악영향을 미치니까요.

맞다. 인간도 성장 중일 때 지나친 웨이트 트레이닝을 하면 안 되듯, 정령도 마찬가지다.

"하지만 이래서야 정령력이 아무리 있어도 모자라겠어."

—정령력을 추가 구매 하시겠습니까?

바로 판촉이냐.

"왜? 그럴 거면 바로 4령급으로 올라가자고 하지."

—세번째 정령을 소환하시지도 않았는데, 벌써 온전한 4령급으로 넘어가시는 건 루블 낭비니까요.

반쯤은 비꼴 셈으로 한 말이었는데, 라플라스의 대답은 의외로 진지했다. 그렇다고 이제 와서 감동할 내가 아니거든?

"얼만데?"

—300루블입니다.

비싼 건지 싼 건지 잘 판단이 안 되는 가격이다. 하긴 뭐, 흥정한다고 에누리해 주는 것도 아닌데. 고민하는 게 이상하다.

"딜!"

이러려고 모으는 루블인데 말이다.

—잔고는 496루블입니다.

라플라스의 메시지와 동시에 내 몸속에서 힘이 솟구쳤다. 이로써 나는 정령력으로만 따지면 4령급의 정령사다. 물론 실제로는 소환한 정령이 둘뿐이니 2령급이지만, 그래도 테크닉은 3령급이니……

에이, 이런 거야 아무래도 상관없다!

"당분간은 잔여 정령력을 모조리 나한테 투자해야겠어."

당면과제는 대현자식 자기 정령화로 나 자신을 성장시키는 것. 정령들을 먼저 성장시켜야 했던 이제까지는 쓸 수 없는 방법이었으나, 이제는 끼릭이도 반짝이도 완전히 성장했으니 이야기가 달라졌다.

—새 주인님께서는 정령법에 재능이 있으시니, 금방 끝내실 수 있으실 겁니다.

"그랬으면 좋겠군."

의식적으로 정령력을 운용하며, 나는 라플라스의 말을 받았다.

제2장
—
보식

예언자는 초조하게 손톱을 깨물었다.

그녀는 지금 막 남자, '이름 없는 대대' 대대장 프란치노로부터 레너드 몬토반드에 관한 보고를 들은 터였다.

이미 죽은 것으로 알려진 레너드가 시티 오브 툴루에 갑작스레 나타났다는 보고는 그녀를 혼란스럽게 만들었다.

'…카를 페르디넌트를 죽임으로써 모든 게 다 잘 정리될 줄 알았는데.'

아니었다. 예언을 틀리게 만드는 변수는 계속해서 나타났다.

예언자는 카를 페르디넌트 황자를 죽이기 위해 많은 희생을 치렀다. 아무리 카를이 서자라지만, 황자라는 존재를 해하는 것은 예언자에게 있어서도 부담이 컸다.

그래서 예언자는 카를에게 직접적으로 해를 끼치는 대신 향후에 지진해일이 일어날 지역에 궁전을 세우도록 해 자연재해로 죽이려고 했다.

그럼에도 황자가 살아날 것이라는 예시를 받고, 예언자는 모든 것을 확실히 하기 위해 궁전의 시녀들을 매수해 황자가 질병과 독에 걸리게 만들고, 그것으로도 안심이 되지 않아 직접 저주를 썼다. 마지막으로 용병들을 써 시녀들의 입을 막았다.

이를 위해 예언자는 적지 않은 자금과 영향력, 그리고 정치적 부담을 떠안아야 했다.

시녀를 매수하고 용병을 동원한 건 숨길 수 있었지만 궁전의 위치를 지정한 건 어디까지나 예언자였기에, 카를의 죽음으로 그녀를 비난하는 의견이 나올 수밖에 없었다.

희생을 최소화하고 나아가 제국의 번영을 위해 필요한 일이었다는 변명이 통하긴 했지만, 이런 변명이 언제까지나 통하지는 않으리라.

무엇보다 큰 희생은 충성스럽고 유능한 대장군을 잃은 것이었다.

제국의 영광을 위해 자신의 목숨까지도 내던질 수 있는 그에게 거짓말해 스스로의 목을 치게 만든 것은 예언자의 마음에도 앙금이 남는 일이었다.

희생을 치르긴 했지만, 어쨌든 예언자는 카를을 죽음으로 몰아넣을 수 있게 되었다.

그 희생이 생각보다 컸지만 이로써 앞으로 걱정할 일 없이 평안히 지낼 수 있을 것이라는 예언자의 자기 위로는 고작 한 달 만에 깨져 나갔다.

레너드 몬토반드라는 새로운 존재가 나타난 것이 그것이었다.

대장군을 잃은 탓에 지금 당장 그녀가 움직일 수 있는 말은 그녀에게 맹목적인 충성을 바쳐 입이 무겁고 다루기 쉽긴 하나 상대적으로 머리가 좋지 않은 프란치노와 그 휘하의 '이름 없는 대대'다.

물론 예언자가 마음만 먹으면 더 많은 병력을 동원할 수야 있겠지만, 그러다 보면 예언의 변수에 관한 정보가 샐 수도 있었다.

거기까지 가면 본말전도다.

그나마 레너드는 일개 방랑 기사고 몬토반드 가문에서 내쳐진 처지다. 몬토반드 가문도 황실의 외척 견제로 몰락해 가고 있고, 카를 페르디넌트라는 마지막 끈도 끊어졌으니 별 힘을 못 쓸 것이다. 처리하기가 어렵진 않으리라.

그렇게 판단했었는데 웬걸, 그 레너드라는 남자. 신출귀몰 그 자체다. 시티 오브 카를에서 이틀 거리의 황무지에서 죽었던 자가 왜 갑자기 시티 오브 툴루에 나타난단 말인가? 게다가 동선도 읽히지 않았다. 땅으로 꺼졌다가 허공에서 솟아난

듯, 레너드는 갑자기 시티 오브 툴루에 나타났다.

"모든 것이 다 예언자님의 말씀대로였습니다!"

프란치노는 예언자의 예언이 맞았다며 호들갑을 떨었지만, 예언자는 그의 보고를 들으며 미간을 찌푸리지 않기 위해 무진 애를 써야 했다.

"…현장으로 나아가, 최선을 다하십시오."

결국 예언자는 애매모호한 명령을 내렸다. 레너드가 어떻게 행동할지 감도 잡히지 않았기에, 그 어떤 확언도 할 수 없었던 탓이었다.

"물론 그렇게 할 것입니다, 항상 그렇게 해왔듯이 말입니다!"

그나마 프란치노는 맹목적인 충성심을 보이며 더 캐묻지 않고 방을 나섰다.

예언자 입장에서 볼 때 당장은 다행인 일이었으나, 장기적으론 별로 다행이라고 할 수도 없었다. 이런 애매한 명령이 문제의 해결로 이어질 리 없으며, 그저 골칫거리를 뒤로 미뤘을 뿐임을 예언자도 잘 알고 있었다.

"언제까지고 이렇게 질질 끌려가며 살 순 없어."

결국 예언자는 다음 예언에 임하기로 결정 내렸다.

스스로 독을 삼키는 심정으로.

*　　　　*　　　　*

나는 다시 지하 수로의 탐색을 시작했다.

그리고 약 한 시간 후…….

"여기도 병영이야?"

─네, 그렇습니다.

비밀 감지로 발견해 낸 비밀 문 중 세 개가 고대 제국 시대 반란군의 병영 입구였다. 안에서 발견된 건 내가 처음 발견한 병영과 크게 다를 바가 없었다. 불 꺼진 식당, 샤워실, 그리고 침실. 당연히 별 가치 있는 게 발견되지도 않았다.

"이건 아무리 나라도 실망감을 감출 수가 없는데……."

아직 남은 비밀이 많다고 여유를 부렸던 게 어제 일이었나. 하지만 상황이 이렇다 보니 초조함을 느끼지 않을 도리가 없었다.

─지금이라도 공략을 구매하시겠습니까?

"공략을 산다고 없던 유물이 갑자기 생겨난다면 사겠다만."

그런 것도 아니니 굳이 루블을 들일 이유가 없다. 나는 다음 비밀로 향하기로 했다.

"흐음……."

나는 [탐사 일지]를 팔락팔락 넘겼다.

이 지하 수로 유적에 남은 비밀 문은 하나. 내가 이미 세 개를 열었으니 이미 4분의 3은 탐사를 완료한 셈이다.

그러나 [탐사 일지]의 빈 페이지는 절반 이상 남아 있었다.

물론 비밀 문 중 세 개가 별거 없는 병영이었으니 당연한 이야기기도 하지만, 반대로 해석하자면 남은 하나의 문 뒤에 뭐가 있어도 있다는 소리겠기.

나는 [탐사 일지]를 탁 소리 나게 덮고 다시 발을 움직였다.

마지막 비밀 문을 열자 보인 광경은 특히 화려했다.

"대대장실인가?"

나는 나도 모르게 그렇게 중얼거리고 말았다.

―아닌데요?

라플라스의 대답이 돌아왔다.

"그럼 뭔데?"

―…유료입니다.

"그렇구나."

뭐, 조사해 보면 다 나오겠지. 나는 다소 긴장한 채 가칭 대대장실 통로로 들어섰다.

"당분간 여길 근거로 삼아도 되겠는데?"

시설들을 둘러본 후, 나는 흡족히 혼잣말을 흘렸다. 병사용 병영보다 시설이 좋은 건 당연하고, 보존 상태도 좋아 꽤 아늑하게 지낼 수 있을 것 같았다. 아무리 시설이 좋아봤자 결국 지하인 다른 병영들과 달리, 이 대대장실엔 무슨 수를 쓴 건지 햇볕도 들어오고 있었다.

"빨래를 해도 되겠어."

―안 하셔도 되잖아요.

"웅. 뭐, 그건 그렇지만."

그냥 말이 그렇다는 거지. [변신 브로치]가 있으니 굳이 내 손으로 빨래를 할 필요는 없다.

그러나 나는 곧 짜게 식게 된다.

"뭐야, 여기 뜨거운 물이 안 나오잖아?"

수도관을 통해 흘러나오는 물은 차가운 물이었다. 꽤 맑은 물이긴 했지만, 이런 물로 목욕을 했다간 잠이 다 달아나 버리고 말 거다.

─고대 제국 시대에 이 지역 사람들은 온천수보다 직접 끓인 물을 더 깨끗하고 고급스러운 걸로 쳤습니다.

"아니, 그래서 온천수가 있는 데도 굳이 병사들에게 자기 목욕물을 끓여서 가져오게 했다고? 물과 연료를 소모해서? …반란군이란 놈들이?"

─정확하십니다.

"하……."

나는 어이가 없어져 혀를 차다가 지구의 군대에서도 비슷한 간부 놈을 마주친 적이 있다는 것을 기억해 내고 다시 입을 다물었다.

"사람이 권력을 가지면 좀 이상해지는 걸려나?"

─제가 말씀드려도 됩니까?

"아니, 그만두자."

인공 요정님의 인류 비판은 별로 듣고 싶지 않았다. 게다가

운을 떼는 걸 보니 말이 길어질 것 같기도 했고.

나는 계속해서 대대장실을 뒤졌다. 그리고 그 결과.

"오!"

대대장 집무실에서 숨겨진 붙박이 금고 하나를 발견했다. 그냥 벽돌 벽처럼 보이는 곳에 절묘하게 숨겨져 있었으나, 내 [트레저 헌터의 직감]을 벗어나지는 못했다. 당연히 금고는 단단히 잠겨 있었지만, [잠금 해제]로 간단히 열었다.

이 일련의 과정을 지켜보던 라플라스의 감상은 이러했다.

─원래는 그렇게 간단히 열리는 금고가 아닌데요…….

"하긴 간단히 열렸다면 내용물이 남아 있을 리 없지."

나는 흡족하게 금고의 내용물을 꺼내며 라플라스의 말을 받았다.

"오, 금화! 오랜만에 보네."

─고대 제국 시대의 달란트 금화로군요.

각성창 안에 이미 달란트 금화 천 개가 있고 바로 어젠가 이틀 전에 툴루멘즈의 금고에서 금괴를 꺼내서 살짝 감동이 줄어들긴 했지만, 그래도 반짝이는 금화는 그동안 느꼈던 허무감을 밀어내기에 충분한 물건이었다.

더욱이 이건 유물 취급이라 탐사 점수도 준다.

매우 좋다!

"대대장의 비자금이었던 모양이군."

─대대장 아닙니다만…….

"이 정도의 거금을 그냥 놓고 떠난 걸 보니, 금고 열쇠를 잃어버렸거나 여는 법을 잊어버렸거나. 대대장 본인이 자기 것도 못 챙겨 먹을 정도의 멍청이거나… 배신당했을 가능성도 있겠네."

—…새 주인님께서는 가끔 놀라울 정도의 통찰력을 보여주시는군요.

가끔이라니, 그럼 평소 인식은 어땠던 거지? 나는 굳이 묻지 않았다. 그 대신 묵직한 금화 주머니를 각성창에 챙겨 넣고, 금고 속을 더 뒤지기 시작했다.

"반란 협력자의 명단과 후원금의 장부……. 쓸데는 없어 보이지만 일단 챙겨놓고. 이건 만년필인가? …혹시 유물로 취급되려나? 흠흠, 그리고 이건……."

금화에 비하면 다소 수수한 물건들이 연속적으로 나왔다가, 고급스러운 벨벳 주머니에 귀중하게 보관된 작은 상자를 발견한 나는 나도 모르게 숨을 죽였다.

상자를 조심스럽게 열어보니, 거기엔 붉은 보석으로 만들어진 주먹만 한 크기의 공이 들어 있었다. 공의 표면에는 복잡한 문양이 정밀하게 새겨져 있었고, 공 윗부분에는 복잡한 별 모양의 작은 조형물이 붙어 있었다.

"…라플라스, 이게 뭐지?"

—고대 제국에게 점령당하기 전, 툴루 왕국 시절의 왕이 사용하던 보주입니다.

고대 왕국의 보물이라! 척 봐도 고고학적 가치가 대단해 보인다. 물론 그냥 귀중품으로써의 가치도 대단해 보이고.

"이 정도면 탐사 점수 100점은 나오겠군!"

─지금 와선 의미가 없지만, 옛날엔 그것만 있어도 틀루 왕국의 왕을 자칭할 수 있을 정도였습니다만······. 그래서 고대 제국군이 눈에 불을 켜고 찾아다녔죠.

"파괴하려고?"

─아뇨, 제국이 틀루 지역의 정당한 지배자인 걸 증명하려고요.

반란군의 병영에서 이게 나오는 걸 보니, 제국의 탐색은 실패로 돌아갔던 모양이다.

"그렇군. 여긴 반란군 대대장의 방이 아니라··· 왕의 방이었군."

─사실을 말씀드리자면 더 길어집니다만······.

"그럼 됐어. 뭐 여기 수장이 보주를 손에 넣고 왕을 참칭했다든가, 그런 쓸데없는 사족이겠지."

─······!

라플라스가 아무 말 못 하는 걸 보니 내가 넘겨짚은 게 진실이었던 모양이다. 뭐, 진실이든 아니든 어떠랴. 지금은 다 없는 왕국이고, 지금의 시티 오브 틀루는 그저 라틀란트 제국의 변방 땅일 뿐이다.

"그런데 이건 어떻게 써먹는 거야?"

─그 의의를 제외하면 그냥 비싼 장식물입니다. 쓸모는 없

어요.

"그렇군……."

하긴 몬토반드의 왕검 같은 보물이 흔할 리가 있나. 나는 픽 웃곤 보주를 다시 상자 안에 소중히 집어넣고 주머니로 잘 덮은 후 고스란히 각성창 안에 잘 보관했다. 그리고…….

"……!"

나는 놀라운 사실을 알게 되었다.

—왜 그러세요, 새 주인님?

"처, 천 점!"

—예?

"이거 탐사 점수 천 점짜리야!"

내 환호성이 주인 없는 유적에 울려 퍼졌다.

—천 점이요? 그게 무슨……. 설마……!

"그래, 맞아."

나는 오랜만에 듣는 라플라스의 경악성을 즐기며 말했다.

"이건 보물이야."

—보물이요?

"그래! 보물!"

이 툴루 왕의 보주는 몬토반드의 왕검과 같은 급의 보물이다.

—새 주인님께서 말씀하시는 보물이라는 건 그냥 유물의 가치만 말씀하시는 게 아니죠?

라플라스가 못 믿겠다는 듯 계속해서 질문을 던졌다.

"그래, 맞아."

그리고 나는 라플라스의 말에 단호히 고개를 끄덕여 주었다.

"이 보주에도 특별한 힘이 깃들어 있지. 마치 본토반드의 왕 검처럼!"

―세상에……. 몰랐어요! 대현자님조차도……!

"그럴 수 있지. 왕검 때도 그랬었지?"

그저 보물을 각성창 안에 밀어 넣기만 해도 자동적으로 용 도와 용법을 이해할 수 있게 되는 트레저 헌터가 아니고서야, 이 보주의 진정한 사용법을 알아내기는 벅찰 것이다.

"잘 봐."

나는 상자를 열고 꺼내 든 보주를 오른손 검지 위에 올려 빙글빙글 돌리기 시작했다. 그리고 그 상태로 춤이라도 추듯 보주를 이리저리 움직이기 시작했다.

그렇게 허공 위에 보주를 움직여서 '왕'이라는 의미의 고대 틀루의 글자를 그려내자, 달칵 하는 소리가 나면서 보주가 펼 쳐졌다.

"좋아, 열렸다."

―이럴 수가!

라플라스의 경악성을 뒤로하고, 나는 복잡한 형태로 열려 안쪽에서부터 빛을 내기 시작한 보주를 바라보며 단전에 힘 을 주고 정신을 집중했다. 그러자 보주에 내 정신의 일부가 빨 려드는 것 같은 느낌이 들었다.

이걸로 제대로 됐다.

─새 주인님, 방금 뭘 하신 거죠?

"보주의 보안을 초기화시키고 나를 주인으로 인식시켰어."

이제 내가 보주의 주인이 되었으므로, 설령 나랑 똑같은 절차를 밟는다고 하더라도 내가 보주의 소유권을 스스로 포기하지 않는 이상 소유권이 타인에게 넘어가지는 않는다.

"이제 이 보주는 내 거야. 내 마음대로 할 수 있는 거지."

나는 보주를 놓았다. 내 손가락에서 벗어난 보주는 중력의 이끌림에 의해 바닥으로 낙하하다가, 어느 순간 허공에 붙박이기라도 한 듯 그 자리에 딱 멈춰 섰다. 그리고 비눗방울처럼 천천히 떠오르기 시작하더니, 내 시선 앞에서 다시 멈췄다.

보주는 내 시선 위에서 둥실둥실 떠다니며 빙그르르 돌았다. 왼쪽으로 시선을 주니 왼쪽으로 날고, 오른쪽으로 시선을 주니 오른쪽으로 돈다.

"어때?"

─흥미롭군요. 염동력… 인가요?

"좀 다르긴 하지만……. 뭐, 그게 맞긴 하겠군. 이 보주에만 적용되지만. 이얍!"

나는 내 눈앞의 보주를 덥석 잡아서 온 힘을 다해 집어던졌다. 보주는 던진 방향으로 빠른 속도로 날아가다가, 내가 가볍게 손짓하자 막 던져졌을 때와 거의 같은 속도로 다시 원래 있던 자리로 돌아왔다.

마치 캐치볼이라도 하듯 가볍게 보주를 잡아챈 나를 바라보며, 라플라스가 놀랍다는 듯 말했다.

—집중도 하지 않고 그런 게 가능하다니…… 확실히 염농력은 아닌 것 같군요.

"네가 아는 염동력이랑도 다른 모양이네."

나는 보주를 놓아 허공을 자유롭게 유영하도록 두곤 라플라스의 말에 대꾸했다.

"이것은 마치… 내가 내 손을 보지 않고도 내 손가락을 자유롭게 움직일 수 있는 것 같아."

그렇게 말을 하고 나서야, 나는 이 보주가 내 신체의 일부처럼 되었음을 스스로 깨닫게 되었다. 그 깨달음 거의 직후에, 어떤 번뜩임이 내 뇌리를 스치고 지나갔다.

"흑법 그림자 숨기!"

나는 보주를 기준으로 흑법을 사용해보았다. 그러자 보주가 그 자리에서 뿅 하고 사라졌다. 진짜 사라진 게 아니라 흑법의 힘으로 모습을 숨긴 거였다. 그것도 나는 빼고 보주만!

"오!"

내 생각대로 됐다! 이 활용법을 쓰면 나는 보주를 적의 시야에서 숨긴 채 이동시키고 적의 의표를 찌를 수 있게 되었다. 비록 흑법의 한계 때문에 밤에만 쓸모가 있겠지만, 이 보주로 흑법만 쓸 수 있는 건 아닐 터다.

나는 즉시 다른 능력을 써보았다.

"성법 성스러운 폭발!"

그러자 보주가 숨어 있던 자리에서 번쩍 하는 신성한 빛 폭발을 일으키며 모습을 드러냈다.

"하핫, 이거 재밌네!"

나는 만족스럽게 웃었다.

만약 내게 아무 힘도 없었더라면 그냥 장난감에 가까울 보주다. 그러나 흑법이나 성법 같은 힘을 담아 날린다고 하는 응용으로 인해 이 보주는 무궁무진한 가능성을 품게 되었다. 내가 더 강력한 힘, 더 다양한 힘을 다루게 될 수록 활용도가 올라갈 테니까.

─…대단하군요.

라플라스가 힘없이 말했다.

─대현자께서는 그 보주의 정확한 용도를 알기 위해서 쪼개 보기도 하고 박살도 내보고 강산에 녹이기도 하고 불을 질러 보기도 하셨는데…….

"아니, 왜 그렇게 사람이 파괴적이야?"

꼼꼼히도 부숴봤다. 이거 귀한 건데.

─다른 사람 입장에서는 세계에 단 하나뿐인 물건이라서 부서지면 끝장이라고 해도, 대현자님 입장에선 회귀하면 다시 구할 수 있는 물건이니까요.

아, 하긴. 대현자에게는 그런 능력이 있었지. 나는 죽을 생각이 없으니 쓸 수 없는 방법이지만, 대현자는 참 알차게 잘 써먹은 모양이었다.

　─그러니 한 두서너 번쯤은 부술 수도 있죠.

　두서너 번 부순 깃 같지는 않은네. 아닌가, 네 번인가? 일단
라플라스가 든 예는 4개니까. 대현자의 특성을 생각하면 지
나치게 적은 횟수 같게 들리긴 한다.

　"실제로는 몇 번이나 부순 거야?"

　─100번을 넘기고는 세지 않으셨습니다.

　아니, 내 생각보다 훨씬 많이 부쉈네.

　─분해하고 파괴하고 표면의 문자를 해석하고 같은 걸 만
들어보기도 했지만 그래도 알 수 없었죠. 정확히는 그냥 아무
기능 없는 물건이라고 결론을 내리셨던 거지만……

　뭐, 사실 세상엔 그런 물건이 더 많다. 아무 기능도 없는 보
통 물건 말이다.

　관점을 달리해 생각해 보면 대현자가 이 보주에 100번도 넘
게 실험을 한 게 더 놀랍다. 어지간하면 몇 번 부숴보고 그냥
공 좀 들인 장식물이라 치고 넘길 만도 했을 텐데.

　─그런데 새 주인님께서는 보주의 용도와 사용법을 이렇게
간단히 파악하시다니 놀라울 따름입니다. 새 주인님의 그 능
력은 정말…….

　"그래, 그래. 대단하지. 나도 알아."

　나는 보주를 허공에서 빙글빙글 돌리며 잘난 척을 했다.

　"이걸로 두 개째의 보물을 손에 넣었군."

—공교롭게도 두 보물 다 고대 왕국의 레갈리아들이로군
요.

라플라스에게서 못 듣던 용어가 나왔다. 마치 물어봐 달라
는 것처럼. 긴 설명이 나올까 두려운 마음과 모르는 걸 알고
싶다는 호기심이 서로 싸웠고, 이번에는 호기심이 승리했다.

"레갈리아? 그게 뭔데?"

—왕의 권위와 힘을 상징하는 물건입니다.

생각보다 설명이 짧았다. 아니, 이게 중요한 게 아니라…….
그러고 보니 몬토반드의 왕검이나 툴루 왕의 보주, 둘 다 왕의
보물이다.

"이런 왕의 보물을 레갈리아라고 부르나 보지?"

레갈리아가 두 개째인데, 두 개 다 보통이 아닌 보물들이다.
이거 기대감이 부풀어 오르지 않을 수가 없는 상황이다.

"그럼 앞으로도 레갈리아를 찾아다니면 되겠군."

이미 입수한 두 레갈리아 모두 흡족한 성능을 보였다. 추측
이긴 하지만, 아마도 다른 레갈리아도 비슷한 성능을 보여줄
가능성이 높다. 고대의 보물로 1,000점에 이르는 탐사 점수 또
한 줄 것이고……. 이것만으로도 내가 적극적으로 레갈리아
를 찾아다닐 이유는 충분했다.

—전부 새 주인님께서 말씀하시는 보물은 아니리라 생각합
니다만……. 뭐 세간에서는 보물이라 일컫기야 하겠지요. 실
제로 보물이고요.

내 입장에서의 보물이 다른 사람 입장에서도 보물이라는 점은 시사하는 바가 크다.

─따라서 레갈리아를 소유하는 게 항상 쉬운 일은 아닐 겁니다. 고대 제국은 물론 현 라틀란트 제국에서도 고대 왕국의 레갈리아는 현지인들의 민심을 사로잡을 수 있는 귀중한 보물들이니까요. 따라서 발견된 레갈리아들은 모두 제국 황실에서 소유하고 있습니다.

하긴 그렇겠지. 레갈리아가 보통 보물인가. 설령 아무 기능이 없더라도 그 존재만으로 강력한 영향력을 발휘시킬 수 있는 물건이다.

"그런가……."

나는 아쉬움에 입맛을 다셨다. 그런데 라플라스의 말은 아직 끝나지 않았다.

─하지만 제국의 손에도, 누구의 손에도 들어가지 않은 미발견 레갈리아가 존재합니다.

"아하."

나는 손뼉을 쳤다. 결국 이것도 이제껏 라플라스에게 몇 번을 당해온, 알고 싶으면 루블 주고 사라는 판촉이었다.

그러나 나는 별로 기분이 나쁘지는 않았다.

"좋아, 그럼 내가 레갈리아를 손에 넣을 기회가 생길 때마다 바로바로 알려달라고."

레갈리아는 내 입장에서도 귀중한 보물이다. 그 정보를 몇 루블쯤 내고 살 수만 있다면야, 내 입장에서도 남는 장사다.

─알겠습니다. 구매비용은 그때그때 말씀드리겠습니다.

라플라스도 흔쾌히 대답했다. 방금 전까지의 기운 빠진 목소리는 어디로 갔나 싶다. 이게 판촉의 힘인가.

"자, 그 전에 이 지하 수로 유적을 마저 탐사해야지."

[탐사 일지]에는 아직 빈 페이지가 남아 있다. 그것도 많이.

*　　　*　　　*

대대장실을 꼼꼼히 뒤진 결과, 나는 지하로 통하는 작은 구멍과 사다리를 발견할 수 있게 되었다. 당연하지만 구멍 입구는 잘 숨겨져 있었던 데다 걸쇠로 안쪽에서부터 잠겨 있기까지 했지만 내 앞에선 전부 무용지물이었다.

"지하 수로에서 지하로 뚫린 구멍이라니."

한끝 잘못하면 바로 침수될 텐데, 용케도 이런 걸 만들어 났다 싶다. 물론 물길의 방향이 바뀐 지금은 침수 걱정을 할 필요가 없다.

"만약의 경우 무슨 일이 생기면 대대장이 혼자 도망치기 위해 만든 통로 같군."

─……

이제는 대대장이 아니라는 지적도 안 하는 라플라스에게 약간의 아쉬움을 느끼며, 나는 사다리를 타고 아래로 내려갔다.

"읏!"

바닥에 착지하기 직전 날카롭게 스치는 [함정 감지]와 [위기 감지]. 나는 즉시 다리를 끌어 올림과 동시에 내 주변을 유영하고 있던 [툴루 왕의 보주]를 지면을 향해 던졌다.

"성법, 믿음의 방패!"

그리고 짜라스트라계 성법을 펼치자 바닥에서부터 뿜어져 나온 불꽃이 보주를 기준으로 전개된 신성력의 방패에 막혔다.

불꽃은 오래 뿜어져 나오지는 않았다. 기껏해야 1분 정도? 사람 하나 불태워 죽이기엔 충분한 시간이지만, 내 방패의 유지 시간을 넘기지는 못했다.

―군이 보주로 방패를 펼칠 필요가 있었을까요?

"더운 게 싫었어."

악마 카오아만과의 싸움에서 내가 느낀 건, 불꽃을 믿음의 방패로 막더라도 그 열기까지 완전히 차단되지는 않는다는 점이었다. 그래서 그 교훈을 살렸을 셈이었는데…….

"그런데 이래도 덥군."

물론 내 앞에 직접 방패를 펼쳤을 때보단 낫지만, 불꽃에 의해 주변 공기가 데워진 건 어쩔 수 없었다.

―죽음을 극복하셨습니다.

"그럴 줄 알았어."

나도 평소보다 한 타이밍 늦게 감지했을 정도로 교묘하게 숨겨진 함정이었다. 카를이 여기서 한두 번쯤 죽어나간 건 조금도 놀랄 일이 아니었다.

아예 피할 여지도 없이 통로 전체를 가득 채울 정도로 불꽃을 뿜어내는 걸 보니, 함정이 걸린 대상이 누구든 상관없이 반드시 태워 죽이리라는 강렬한 살의가 느껴졌다.

"함정이 이게 전부는 아닐 것 같은데……."

—공략 사시겠어요?

라플라스가 희색을 띠며 물었다.

"일단 간다."

나 말고, 보주가.

보주는 내 지시에 따라 둥실둥실 떠서 통로를 나아갔다. 그러자 통로에서 화살이 쏟아지고, 창이 튀어나오고, 칼날이 번뜩인다.

대현자의 유적과 달리 회피나 공략의 여지가 없는 함정들은 침입자를 반드시 제거하고 말겠다는 강렬한 살의를 담고 발동됐으나, 문제는 그 함정을 발동시킨 게 사람 주먹만 한 보주에 불과하다는 점이었다.

그렇다고 보주가 모든 공격을 피할 수 있었던 건 아니었다. 화살 몇 개가 꽂히고 창칼 몇 개가 스치긴 했다. 그런데 놀랍게도 보주는 작은 흠집조차 나지 않았다.

"튼튼하군!"

—대현자께서 보주를 분해할 때 얼마나 고생을 하셨는지 몰라요.

보주의 내구도에 자신이 생긴 나는 보주를 다시 내 방향으로 되돌리면서, 이번에는 바닥과 천장에 마구 부딪히게 만들었다. 그러자 아직 발동되지 않았던 함정든이 마저 발동되면서 도끼날이나 독 연기 등을 뿜어내었다.

"이걸 어떻게 통과하라는 거야?"

─…통과하고 계시잖아요.

내 불만 섞인 발언에 라플라스가 불만 섞인 대답을 되돌렸다. 하긴 그렇긴 하다. 함정이 다시 발동하지 않을 때까지 보주로 통로를 휘저은 나는 모든 위협이 사라진 걸 확인한 후에나 이제는 아무것도 튀어나오지 않는 통로를 저벅저벅 걸어서 통과했다.

─여기는 정말로 공략이 필요하셨으리라 믿었는데……

"왜 그렇게 나한테 공략을 못 팔아서 안달인 거야?"

─그야 그게 제 존재 이유인걸요.

좀 놀릴 생각으로 던진 질문이었는데 의외로 철학적인 대답이 돌아오고 말았다.

"그런 섭섭한 소리 말라고, 파트너."

─파, 파트너요?

라플라스는 어울리지도 않게 꽤나 놀란 목소리로 반응했다.

"응, 뭐. 왜?"

─아, 아닙니다. 아무것도… 아닙니다.

흐음. 고작 이 정도 말에 당황하는 걸 보니, 대현자와 라플라스의 관계는 꽤나 비지니스적이었던 것 같다. 아니면 주종 관계가 확실했거나.

뭐, 어느 쪽이건 어때. 대현자는 대현자고, 나는 나다.

어색한 침묵이 길어지는 가운데, 나는 계속해서 함정을 터 뜨리면서 앞으로 나아갔다.

─죽음을 극복하셨습니다. 계좌에 20루블이 입금됩니다.

아니, 사실 그리 길어지지는 않았다. 내가 보주로 함정을 개 척할 때마다 계속해서 내게 입금 알림 메시지를 던져줘야 했 으니까.

안전한 루블 벌이 정말 최고다!

나는 안전해진 통로를 계속해서 나아갔다.

"어?"

통로가 둘로 갈라졌다.

"하나는 상행, 하나는 하행인가."

두 갈림길 모두 완만한 경사가 져 있었는데, 하나는 위로, 다른 하나는 아래로 통하는 것 같았다. 적어도 갈림길 부근 에서는 그렇게 보였다.

"아마 상행이 출구로 통하는 길이겠지?"

─…공략을 사시면 말씀드릴 수 있습니다만.

"나는 출구로 향할 생각이 없으니 하행으로 가야겠군."

나는 왼쪽으로 몸을 휙 틀었다. 재미있게도, 그동안 그렇게 많았던 함정들이 갈림길을 선택하자마자 완전히 자취를 감췄다.

"안전한 길을 고를 모양이로군."

즉, 바깥으로 향하는 도망자를 쫓는 입장에서는 오답을 고른 셈이다. 하지만 나는 수백 년, 혹은 수천 년 전에 도망쳤을 도망자를 쫓는 입장이 아니니 내 입장에선 이쪽이 정답이다. 나는 희희낙락하며 계속해서 통로를 탐사했다.

그러나 그것도 길지 않았다.

"막다른 길이네?"

통로의 끝이 막혀 있었다. 그냥 아무것도 없어 보이는 막다른 길.

나는 앞을 막은 벽을 더듬기 시작했고, 곧 평범한 벽돌처럼 보이는 스위치 하나를 찾아냈다. 함정 감지와 위기 감지 모두 조용했기 때문에 나는 마음 놓고 스위치를 눌렀다. 그러자 벽이 그 자리에서 무너지고 막혀 있던 통로가 뚫렸다.

"좋았어."

—…이제 공략 사시란 말씀도 못 드리겠네요.

라플라스가 자포자기한 듯 말했다. 그러나 이게 페이크였음을 나는 불과 십수 초 만에 알 수 있게 되었다.

—자, 새 주인님! 과연 공략도 없이 이 패널을 다루실 수 있을까요?

패널. 내가 보기엔 그냥 스위치와 버튼이 가득 달린 판때기에 불과했으나 라플라스가 패널이라고 말했으니 이건 패널일 거다. 뭔가 스위치를 조작하거나 버튼을 누르면 무슨 일이 일어나는 모양인데, 문제는 스위치고 버튼이고 설명이 하나도 안 붙었다는 점이었다.

"아무거나 누르면 큰일 날 것 같은데……."

ㅡ유료에 가까운 정보입니다만 굳이 말씀드리자면, 그렇습니다!

라플라스는 희희낙락하며 말했다. 기분 탓인지 이토록 기운찬 라플라스는 처음 보는 것 같다.

"유료에 가깝지만 유료가 아니라면 그냥 무료인 거잖아……."

ㅡ자, 공략을 사시겠습니까?

라플라스의 종용에 이상하게 자존심이 상한다. 그냥 뭐라도 눌러볼까, 하는 뒤틀린 욕망을 느끼며 나는 패널을 향해 두 걸음 접근했다.

"…어?"

다음 순간, 나는 신기한 감각을 얻었다. 처음 느껴보는 감각이었다. 아니, 굳이 따지자면 [함정 해체]에 가까웠지만, 지금의 감각은 기존의 그것과 분명히 구분되는 무언가가 있었다.

이게 뭐지?

나는 순간적으로 눈치채지 못했으나, 곧 직감적으로 알아챌 수밖에 없게 되었다. 이것은… 그거다.

"[기계 조작]!"

―네?

"이거 기계네. 트레저 헌터 능력인 기계 조작이 통한다."

그러고 보니 불과 이틀 전에 새로 손에 넣었던 트레저 헌터로서의 능력이 존재했다. [탐사 일지]는 불친절하기 짝이 없어서 이 능력이 어떤 능력인지 설명은커녕 힌트조차 주지 않았지만, 단순히 능력을 가리키는 이름이 직관적으로 내게 알려주었다.

"기계를 조작하는 능력. 이게 [기계 조작]이지. 아니면 더 이상하겠지?"

―설마…….

나는 아무런 망설임 없이 패널을 촤자자자작 조작했다. 여러 개의 버튼을 누르고 스위치를 올렸다. 그리고 묵직한 핸들을 마구 돌렸다. 핸들은 매우 무거웠으나, 내력과 외력, 그리고 자기 정령화까지 겹쳐진 내 힘을 거부하지는 못했다.

쿠구구구구궁, 하는 소리와 함께 뭔가 묵직한 게 움직이는 소리가 들렸다. 그냥 듣기에는 매우 불길한 소리처럼 들렸으나, 내게는 천상의 화음처럼 들렸다.

―위, 위험했어야 했어요!

라플라스가 이상한 소릴 했다. 그녀 말대로, 실제로 위험하지 않았다. 위기 감지도 반응하지 않았다. 이유는 간단했다. 내가 이 조작 패널의 조작 방법을 완전히 숙지하고 조작했기 때문이다.

"와, 이거 신기한데. 마치 라플라스, 네게서 다운로드받은 느낌이야."

말 그대로, 패널에 접근하는 순간 이걸 어떻게 조작해야 하는지에 대한 지식이 내 머릿속에 자동적으로 입력되는 느낌이었다. 대단하네, [기계 조작]. 처음 써보는 능력이었지만 그 성능은 매우 흡족했다.

─이건 사기예요!

"좋은 의미로?"

─……

라플라스는 끝내 나쁜 의미라고 대꾸하지는 못했다.

어쨌든 이로써 출구 방향으로 난 통로에 있는 함정을 전부 껐다.

그뿐만이 아니다.

나는 방금 전까지 막다른 길이었던 곳에 새롭게 나타난 비밀 통로를 바라보며 웃었다. 아까 뭔가 무거운 게 묵직하게 움직인 소리의 정체가 바로 이거였다.

"자, 그럼 출구 쪽의 루블을 마저 회수하고 비밀 통로 쪽으로 가볼까?"

나는 출구로 향했다.

나가기 위해서가 아니라 나아가기 위해서.

출구 쪽 통로에는 이미 해제당한 함정이 두 개 있었다. 따라서 나는 40루블을 회수했다.

비밀 통로로 돌아와 끝까지 가보니 문이 하나 보였다. 나는 힘을 주어 문을 열어젖혔다. 문 자체의 무게가 생각했던 것보다 무겁긴 했지만 어렵지 않게 열 수 있었다.

"또 계단이네."

패널 조작으로 보안장치와 함정을 미리 해제해 두긴 했지만, 조심하는 차원에서 보주를 먼저 내려 보냈다. 보주는 계단 아래로 둥실둥실 내려갔고, 나는 그 뒤를 따랐다.

─20루블입니다.

"응, 그래."

지금은 아예 작동조차 하지 않는 함정으로 인한 축의금이 들어왔다.

처음에는 축의금 받을 때마다 죽었을 수도 있었다고 긴장했었는데, 요즘 들어선 오히려 긴장이 풀리는 효과가 나타나기 시작했다.

"이게 다 카를 탓이야. 카를이 워낙 별거 아닌 곳에서 자주 죽어나간 탓이라고."

─……

라플라스에게서는 아무 대답도 돌아오지 않았다. 항상 있는 일이다.

아무튼 그렇게 카를 탓을 하면서 계단을 다 내려가니, 철로 보이는 금속으로 만들어진 묵직한 폐쇄용 문이 달려 있었다.

"이중 잠금 장치라니, 뭐 중요한 게 있나 본데?"

별로 어렵지 않게 문을 열고나니 갑자기 위기 감지가 번뜩였다.

"믿음의 방패!"

나는 이제껏 나를 몇 번씩이나 지켜준 믿음직한 성법을 사용했다.

아니나 다를까, 문 저편에서 푸아아악, 하는 소리와 함께 기세 좋게 불꽃이 뿜어져 나왔다.

불꽃 자체는 비록 신성력으로 이루어진 방패에 막히긴 했지만, 열기까지 완전히 차단되지는 않았기 때문에 나는 두 발자국 정도 물러나면서 툴툴거렸다.

"앗, 뜨. 뭐, 무슨. 불이랑 악연이라도 생겼나."

이게 함정으로 인한 건지, 아니면 다른 원인 때문인지 살펴보려던 나는 기겁했다. 문 너머의 시커먼 어둠 사이로 뭔가 커다란 것의 비늘로 뒤덮인 대가리가 보였다. 그 대가리에 달린, 세로로 찢어진 동공이 나를 들여다보고 있었다.

"라플라스! 저거 뭐야?!"

나는 급히 외쳤다.

―1루블입니다.

이럴 때까지!

"딜!"

—붉은 드레이크입니다.

"그게 뭔데!"

—체구가 크고 아주 힘이 센 파충류죠. 그리고 입에서 불을 뿜습니다.

"그건 나도 알아!"

봤으니까!

"캬아아아아악!"

거대한 도마뱀이 날카롭게 포효하곤 쿵쿵쿵쿵 지축을 울리며 내게 돌진해 왔다.

나는 빠르게 계단을 올라 뒤로 빠지며 라플라스에게 외쳤다.

—원래는 보기와는 다르게 지능도 높습니다만…….

"그런 거 말고! 약점!"

—배에 있습니다. 비늘 색이 약간 다른 곳이 약점입니다.

"배?"

나는 캭캭거리며 기어 올라오는 드레이크의 모습을 보았다. 놈은 악어처럼 배를 땅바닥에 깔고 네 다리로 기어오고 있었다.

—다른 곳은 매우 질기고 단단합니다.

"그래 보이네."

어떻게든 배를 보이게 만들어야 하는데, 그게 쉬운 일 같지는 않았다.

"캬아아아악!"

드레이크는 나를 향해 입을 쩍 벌렸다. 이중으로 난 날카로운 이빨들이 매우 위협적이다. 한 번 물리면 살점은 기본이고 뼈까지 씹어 먹을 수 있을 것처럼 보였다.

"빠루!"

나는 각성창에서 쇠 지렛대를 꺼내 드레이크의 입속에 재빠르게 끼워 넣었다. 이걸로 놈은 입을 다물지 못하게 됐다. 즉흥적으로 생각해 낸 전술치고는 나쁘지 않을… 터!

"카라라라락!"

드레이크의 식도 너머에서 뭔가 부딪히는 이상한 소리가 났고, 내 위기 감지도 맹렬하게 경종을 울렸다.

나는 곧장 믿음의 방패를 켜고 뒤로 물러났고, 아니나 다를까 드레이크의 입에서 뿜어져 나온 불길이 쇠 지렛대를 반쯤 녹였다. 그리고 그걸로 충분했다. 콰득! 드레이크가 쇠 지렛대를 씹어 먹어버리는 데에는.

"젠장, 내 빠루!"

저거 지구산인데!

아니, 빠루를 아까워하고 있을 때가 아니다. 강철로 된 쇠 지렛대를 녹여 버릴 정도면 저 불꽃의 온도는 대체 몇 도인 거야?

사실 나도 잘 모른다! 아무튼 스치기만 해도 치명적이리라는 것이 내가 알 수 있는 전부였다.

"캬으아아아악!"

드레이크는 미친 것처럼 내게 달려들었다. 단순히 내가 놈의 영역을 침범해서 이러는 게 아닌 것 같았다.

"혹시 날 잡아먹을 셈인가?"

—맞습니다.

그런 거나 알려달라고 1루블 지불한 게 아닌데! 그러나 나는 불평하지 않았다. 왜냐하면!

"지금이다! 반짝아, 정령 폭주!"

내 헤일로 뒤에 숨어 있던 반짝이가 내 지시에 맞춰 붉은 드레이크의 얼굴에 들러붙더니 번쩍! 하고 어마어마한 광량을 뿜어내었다. 얼마나 대단한 빛이었냐면 내가 팔로 눈을 가렸음에도 약간 눈이 침침했을 정도였다.

이 정도 빛을 눈앞에서 정면으로 맞았으니 붉은 드레이크는 어떻겠는가?

"카르르, 카룩!"

내게 달려드는 기세는 남아 있는데 빛에 놀라 물러나려니 행동이 엉킬 수밖에 없다. 이거 완전 빈틈 그 자체다.

"좋아, 지금이다! 자폭해라!!"

반짝이는 소리 없이 폭발했다. 이제까지보다 훨씬 더 밝은, 그리고 신성한 빛이 지하실을 가득 채웠다. 그리고 곧 다시 어둠이 찾아올 것이다. 이걸로 드레이크의 시야는 완전히 꺼졌으리라.

그 틈을 타서 나는 물러나기 전에 내 발밑에 슬쩍 숨겨놓았던, 지금은 드레이크 배 밑에 깔린 보주를 조종했다. 움직이는 방향은 물론 윗쪽!

"끄아아압!"

"끄르르르륵?!"

드레이크가 너무 무거워서 고생을 하기는 했지만, 놈의 몸 왼쪽을 들어 올려 배를 드러나게 만드는 데에는 성공했다!

"뒈져라!"

나는 즉시 달려들어 놈의 배 밑으로 미끄러져 들어가, 몬토반드의 왕검을 찔렀다.

"캬으악!?"

드레이크의 비명 소리가 들렸지만 사실 칼은 박히지 않았다. 배가 그나마 약점이라더니, 왕검도 안 박히잖아?!

─비늘 색이 약간 다른 곳이요!

라플라스의 외침에 나는 눈을 빠르게 움직였다. 있다! 나는 왕검을 오른손으로 지탱한 채, 왼손에 끼릭이를 쥐고 방아쇠를 당겼다.

"끼릭아! 최대 화력으로!"

"끼릭!"

타타타타타타!

나는 끼릭이의 정령탄을 연사로 놓고 자비심 없이 방아쇠를 당겼다. 끼릭이의 자동 조준으로 발사된 정령탄은 내가 발견한 드레이크의 약점을 정확하게 파고들었다.

"꾸룩, 꾸룩, 꾸루룩!"

드레이크는 기괴한 비명을 터뜨렸다.

"비명을 지른다는 건 아직 살아 있다는 뜻이지."

타타타타타타타타! 나는 남은 정령력을 모조리 뿜어낼 기세로 정령탄을 쏟아부었다.

그러자 드디어 드레이크의 비늘에 야구공만 한 구멍이 생기고 거기서 피가 주룩주룩 쏟아졌다. 피의 색은 파란색이었다.

우와, 기분 나빠.

이윽고 드레이크의 움직임이 완전히 멈췄다.

그러고 보니 이 녀석, 지능이 좀 높다고 했지. 죽은 척일 가능성이 있었다. 나는 보주로 드레이크의 몸을 밀어 올려 아예 배를 드러내도록 하고, 뒤로 물러나면서 이번에는 K201의 방아쇠를 쥐었다.

"끼럭아!"

"끼럭!"

나는 내가 폭발 범위에 들어가지 않는 정도로 위력을 조절한 유탄을 발사했다. 퐁, 하는 소리와 함께 발사된 유탄은 드레이크의 주먹만 하게 난 상처 안에 정확히 쏙 들어갔다. 역시 끼럭이의 조준은 최고다.

그리고 꽝! 아슬아슬하게 내 앞까지만 휘몰아친 불꽃과 폭발의 충격을 견디며, 나는 흡족하게 혼잣말을 흘렸다.

"아무리 그래도 몸 안에서 폭발한 걸 버티진 못하겠지."

—아뇨, 그 전에 죽었습니다만.

"뭐?"

—저거 가죽 비싼데…….

"…뭐?"

그걸 미리 말했어야지!

*   *   *

놀랍게도 붉은 드레이크의 가죽은 멀쩡했다.

"몸 내부에서 유탄을 터뜨렸는데도 멀쩡하다니……."

하긴 내가 폭발에 휘말리지 않게 위력을 조절하긴 했지. 아무리 그래도 그렇지, 이걸 버텨? 이건 붉은 드레이크의 가죽이 그만큼 튼튼하다는 방증이 아닐 수 없었다.

"수고했어, 끼릭아."

나는 공을 끼릭이에게 돌렸다.

그 급박한 순간, 붉은 드레이크의 약점을 정확하게 공격할 수 있었던 건 끼릭이 덕이 컸다. 만약 끼릭이 없이 내가 사격했더라면? 칼을 들고 찔렀어도 위치를 제대로 못 잡았으니 결과는 뻔했다.

"끼릭, 끼릭!"

평소처럼 스코프 아래를 긁어주니 끼릭이는 매우 기뻐했다. 그래, 네가 좋아하니 나도 좋다.

반짝반짝반짝반짝……!

그때, 갑자기 내 등 뒤에서 엄청난 빛이 났다. 반짝이의 빛이었다. 옥, 눈부셔!

"그래, 그래. 반짝아. 반짝이도 엄청 잘했어."

반짝이가 이러는 이유를 눈치챈 나는 반짝이도 긁어주기 위해…….

앤 어디를 긁어줘야 되지? 잘 모르겠어서 대충 반짝이 몸속에 손 넣고 손가락을 움직였더니 깜박깜박 거리기 시작했다. 헉, 잘못 건드린 건가? 놀란 내가 손가락을 멈추자 반짝이는 더 긁으라는 듯 번쩍거렸다.

"아, 기분 좋았던 거구나."

"끼릭! 끼릭!"

끼릭이가 질투라도 하듯 끼릭거렸기 때문에, 나는 끼릭이에게는 왼손을 내주었다.

둘 다 만족할 때까지 나는 한참 동안이나 손가락을 움직여야 했다.

꼼지락꼼지락.

정령들을 어느 정도 만족시켜 준 나는 붉은 드레이크의 사체를 향해 오른손을 뻗었다. 가죽이 비싸다고 하니 각성창에 보관해 둘 셈이었다.

―잠시만요, 새 주인님.

그때, 라플라스가 제지했다.

―붉은 드레이크의 배꼽 쪽을 갈라보십시오.

"배꼽?"

그런 건 없는데?

―아, 파충류니 배꼽은 없습니다만, 포유류라면 배꼽이 있을 법한 위치를 가리키는 겁니다.

"이놈 가죽 튼튼하던데 배꼽까지 가를 수 있을까?"

―약점, 거길 역린이라고 하는데 거기서부터 가르면 쉽게 갈릴 겁니다.

라플라스의 조언에 따라 나는 칼을 들고 붉은 드레이크의 배를 갈랐다. 마치 뜯는 선이 따로 있는 것처럼 별 힘도 들이지 않았는데 가죽은 똑바르게 잘렸다. 이거 신기하네.

나는 조심스럽게 칼을 움직였다. 그리고 마침내 붉은 드레이크의 배꼽 부분에 도달했다.

―5㎝ 정도 손을 넣어보시면 뭔가 딱딱한 게 닿을 겁니다.

드레이크의 배 속에 손을 넣어보니 손이 생각보다 쑥 들어간다. 그리고 나는 그 딱딱한 걸 손에 쥐었다.

"뜯어내?"

―네.

라플라스의 조언에 따라, 나는 그 딱딱한 걸 꽉 쥐고 뜯어냈다. 우드드득 하는 소리와 함께 뭔가 끊어지는 감촉이 느껴졌지만 라플라스의 경고가 없었으므로 아랑곳하지 않았다.

드레이크의 배 속에서 내 손을 완전히 꺼내 보자, 테니스공만 한 크기의 찌그러진 구슬 같은 붉은 결정체가 내 손에 쥐여져 있었다.

"이건… 뭐야?"

―붉은 드레이크의 정수입니다.

"내단?"

―그게 뭐죠?

나는 라플라스에게 내단에 대해 간단히 설명했다. 영물 같은 거의 배 속에 든, 삼키면 대량의 내공을 주거나 하는 물건이라고.

내 설명을 다 듣고 난 라플라스는 또 무협입니까… 하고 탄식 같은 혼잣말을 흘린 후 단호히 말했다.

―다른 겁니다.

"그렇구나."

그렇겠지.

―이 정수는 드레이크가 그동안 쌓아온 독의 결정체로, 그냥 먹으면 죽을 수도 있습니다.

"아, 완전 반대네. …나, 이거 맨손으로 쥐고 있어도 되는 거야?"

―너무 세게 쥐지는 마십시오. 깨지면 큰일이니까요.

난 정수를 꽉 잡고 있던 손아귀의 힘을 풀었다.

"그럼 이건 왜 꺼내라고 한 건데?"

―독을 중화시킨 후 정제하면 특별한 약이 되니까요. 그러니까… 마치 내단처럼요.

라플라스는 농담 섞인 목소리로 말을 맺었지만, 내 심장은 빠르게 뛰기 시작했다.

"기연이구나!"

—기연은 또 뭔데요?

"기이한 인연이라는 뜻이야. 만나면 강해지지."

—문자 그대로의 의미로군요. 그런 의미라면 크게 다르지 않을지도 모르겠습니다.

그렇게 답한 후, 라플라스는 혹시나 싶었는지 이런 질문을 던졌다.

—그런데 혹시 이것도 무협에서 나온 말입니까?

"응!"

나는 찔리는 곳이 없었기 때문에 곧바로 고개를 끄덕여 주었다.

"그보다 내단! 이거 정제시키는 법 알려줘!"

—정수입니다. 그리고 정제시키는 법은 일단 술법을 배워서야 합니다.

"아……"

순식간에 짜게 식었다.

"나중에… 생각하지."

나는 드레이크의 정수를 각성창 안에 집어 던졌다. 아니, 사실 던지진 않았다. 깨지기라도 하면 큰일이니까. 하지만 심정적으로는 던졌으니 던진 거나 마찬가지 아닐까?

―참고로 말씀드리자면 완성된 정제약의 가치는 1,000루블 쯤에 해당합니다.

나는 드레이크의 성수를 던진 적이 없다. 당연하지, 1,000루블 이면 지금부터 마법을 배워도 3마급에 도달하고도 거스름돈이 남는다. 그 정도 가치의 영약이라니! 이 귀한 걸 왜 던지겠어?

…나도 사람이다. 손바닥 정도야 몇 번쯤 뒤집을 수도 있지!

드레이크의 정수를 고이 간직하기로 마음먹은 나는 방금 전보다 명백히 밝아진 목소리로 라플라스에게 말했다.

"일단 여기 탐사 끝내고, 이따 이야기 하자!"

* * *

한편, 시티 오브 툴루에서는 예언자가 상상조차 못 한 일이 벌어지고 있었다.

시티 오브 툴루의 밤을 완전무결하게 장악한 세력, 툴루멘 즈가 단 하룻밤 만에 무너져 내리는 이변이 바로 그것이었다.

원래대로라면 절대 일어나지 않을 일이었다. 적어도 예언자 가 예언한 범위 내에서는.

툴루멘즈는 시티 오브 툴루의 이면에서 절대적인 지배력을 행사하고 있었고, 도시의 관리들, 경비대, 심지어 신전에 이르 기까지 다방면의 영향력을 발휘하고 있었다. 심지어 제국의 중앙과도 연계가 되어 있다는 소문도 돌았고, 그것은 일정 부분 사실이었다.

시티 오브 툴루는 제국의 도시지만, 도시의 밤은 툴루멘즈의 것이라는 말까지 나올 정도였으니 그 세를 알 만하다.

그러나 그러한 툴루멘즈의 붕괴는 허무하리만치 간단했다. 달 밝은 어느 날 밤, 본거지를 습격해 온 안드레 일당에게 구 시청을 장악당하고 끝났다. 툴루멘즈의 보스인 헬람은 목이 잘렸고, 4천왕이라 불리던 실력자들은 비슷한 실력이라던 안드레 하나에게 제압당했다.

그 경과가 얼마나 극적이었는지 일부는 쿠데타라는 단어까지 사용해 표현했다.

툴루멘즈는 이러한 상황에 대한 대처가 전혀 되어 있지 않았다. 헬람은 악마적으로 강한 존재였고, 그 호위인 4천왕도 인간의 수준을 가볍게 넘은 강자들이었다. 이들이 한꺼번에 제압당하는 상황을 염두에 둘 이유가 그들로선 없었다.

따라서 구 시청에 있던 툴루멘즈의 잔당들은 혼비백산해 도망쳤다.

물론 이것만으로 툴루멘즈가 완전히 무너지지는 않았다. 본거지인 구 시청이 무너졌다고 하더라도 시티 오브 툴루 각지에 지부가 마련되어 있고 그들의 사업장들도 곳곳에 박혀 있으니, 만약 잔당들이 힘을 모아 대처했더라면 툴루멘즈는 무너지지 않았을지도 모른다.

그러나 문제는 툴루멘즈가 헬람이라는 개인의 무력과 카리스마에 기대는 점이 많은 조직이라는 점이 발목을 잡았다. 헬람의 목이 날아갔다는 것을 알자, 각 지부의 장들은 즉시 다른 마음을 품었다. 헬람이 공포로 억누르고 있던 그들의 야심과 욕망이 고개를 든 탓이었다.

더욱이 툴루멘즈는 최고의 자리에서 군림하고 있던 탓에 적도 그만큼 많았고 원한도 많이 샀다. 폭군 헬람의 죽음과 구 시청의 함락 소식이 전해지자마자 그동안 쌓여 있던 원한과 불만이 폭발했다.

툴루멘즈의 말단이 일반인에게 습격을 당하기도 하고, 벌건 대낮에 다른 조직이 툴루멘즈의 지부를 공격해 오기도 했다. 이런 와중에 각 지부장들은 각자의 야망에 불타 서로 싸우기까지 하니, 시티 오브 툴루의 뒷골목은 극심한 혼란에 휩싸였다.

상황이 이쯤 되니 치안을 담당하던 경비대도 나서지 않을 수 없게 되었다.

경비대와 시티 오브 툴루의 높으신 분들이 뒤를 봐주던 건 헬람의 툴루멘즈지, 툴루멘즈의 지부들이 아니었다. 툴루멘즈의 붕괴가 이미 눈에 보일 정도가 된 이상, 달콤한 꿀이 나오지 않을 진딧물의 항문을 계속 빨아줄 이유가 없었다.

어제까지 툴루멘즈의 악행을 보고도 못 본 척하던 경비대 기사들이 오늘은 태도를 손바닥 뒤집듯 바꾸어 몽둥이를 들고 툴루멘즈의 조직원들을 가차 없이 때려잡기 시작했다.

나쁜 소식은 빨리 퍼진다더니, 뒷골목의 소란은 신전의 귀에까지 들어갔다. 이래저래 다쳐서 신전에 치료받으러 온 툴루멘즈의 잔당들은 문전박대를 당하며 쫓겨났다. 평소라면 웃는 낯으로 맞아주며 반값에 치료해 줬을 터인 신관들은 얼굴을 굳히고 경비병을 불렀다.

툴루멘즈의 잔당들에게 있어선 자고 일어났더니 세상의 모든 것들이 적이 되어버린 것 같았을 터였다.

기어이 툴루멘즈 각 지역 지부들은 서로 싸우길 그만두고 각자도생을 선언하며 자신들이 더 이상 툴루멘즈 소속이 아님을 천명했다. 당연히 그건 지나치게 늦은 결정이었고, 그들의 적들은 그들을 가만 놔두지 않았다.

그렇게 툴루멘즈, 시티 오브 툴루의 밤을 지배하던 작은 제국은 거짓말처럼 무너져 내렸다. 그리고 도시의 뒷골목은 혼란과 무질서의 전국시대로 들어섰다.

그러나 뒷골목의 옥새나 다름없는 구 시청을 점거한 세력은 안드레의 세력이라는 점에서, 혼란이 오래갈 것 같지는 않았다.

*   *   *

'이름 없는 대대'는 본래 제국의 변경을 감찰하기 위한 목적으로 만들어진 특수 비밀공작 부대였다. 그러나 지금, 이 부대는 감찰대대장 프란치노의 월권으로 예언자의 직할부대나 마찬가지인 존재가 되고 말았다.

아무리 예언자가 제국의 중추에 영향력을 발휘할 수 있는 특수한 존재라고는 하나, 공식적으로는 아무 직위도 없는 일반인에 불과하다. 대대장인 프란치노야 예언자에 대한 맹목적인 충성심을 갖고 움직이고 있으나, 다른 대대원들까지 그런 것은 아니었다.

"또, 또. 이런 무의미한 임무를."

이름 없는 대대의 행정관, 랜티스는 혀를 끌끌 찼다.

부대를 움직이는 데에는 당연히 돈이 든다. 돈뿐일까, 보급품, 인원에 이르기까지. 이 모든 것을 마련해야 하는 것이 바로 랜티스의 업무였다. 더욱이 예언자의 명령은 정식명령조차 아니니, 여기 관련된 서류 처리는 모조리 허위로 꾸며내야 했다.

물론 이것은 제국에의 반역 행위로 간주될 수 있는 위험한 행동이었으나, 펜을 움직이는 랜티스의 손은 거침이 없었다.

"이건 예언자를 위해서가 아니야. 우리 대장을 위해서라고."

대원들의 예언자에 대한 충성도가 떨어짐에도 예언자가 이름 없는 대대를 마음대로 움직일 수 있는 이유는 프란치노 개인의 무력과 통솔력, 그리고 의외로 인간적인 매력 덕이었다.

예언자 본인은 프란치노가 무능하다고 깎아내리고 있지만, 그의 지능이 떨어져 보이는 것은 오직 예언자 앞에 있을 때뿐이었다.

랜티스가 서류작업에 지친 눈두덩이를 손가락으로 꾹꾹 누르고 있을 때였다. 그가 타고 있던 마차의 문을 누군가가 똑똑, 노크했다.

"행정관님, 시티 오브 툴루에 도착했습니다."

"그래, 현지의 조력자와 접선하도록."

"그것이……. 행정관님."

바깥의 목소리가 곤혹스러운 기색이었기에, 랜티스는 한숨을 푹 내쉬고 마차의 문을 열었다.

"무슨 일이야?"

"이야기가 조금 길어질 것 같습니다만."

"알았어, 들어와."

부하로부터 자세한 보고를 들은 랜티스는 낯빛을 굳히지 않을 수 없게 되었다.

"툴루멘즈가 무너졌다고? 하루 만에?"

툴루멘즈는 시티 오브 툴루의 범죄 조직이지만, 동시에 이름 없는 대대의 조력자이기도 했다.

변경 지역의 정보를 빠르게 입수하기 위해 이름 없는 대대가 깔아놓은 정보망은 그 감찰 대상이 제국의 권력자인만큼 오히려 탈법적인 조직에 의존하는 경우가 잦았는데, 툴루멘즈도 그 일례에 지나지 않았다.

물론 툴루멘즈가 전부가 아니고 시티 오브 툴루의 몇 개 조직에 더 선을 대어놓았지만, 이름 없는 대대의 정보 자산 중 가장 큰 비중을 차지하는 건 역시 툴루멘즈였다. 그야 시티 오브 툴루의 또 다른 지배자라 불릴 정도의 세를 자랑하던 조직이었으니 당연하나.

그런데 그 툴루멘즈가 무너졌다니, 쉬이 믿을 만한 이야기가 아니었다.

"그거 진짜야?"

"그렇습니다, 행정관님."

"그게 가능한 일이야?"

"물론 상식적으로 불가능합니다. 하지만 실제로 일어난 일입니다."

두 번이나 되묻고서야 현실을 받아들일 수 있게 된 랜티스는 그럼에도 불구하고 높아지는 안압을 어찌할 수 없었다. 그는 다시금 눈두덩이를 손가락으로 꾹꾹 눌렀다.

"…아니, 어차피 우리가 해야 할 일은 변하지 않는다. 레너드 몬토반드를 확보하는 것. 여의치 않으면 죽여 버리고."

"하지만 행정관님, …그건 불가능할지도 모릅니다."

이어진 보고는 더 황당했다.

"갑자기 나타난 정체불명의 남자가 폭력배 50명을 제압했다고? 그리고 정황상 그놈이 툴루멘즈의 헬람을 목 베어 죽인 것으로 보인다니……. 그 무슨 농담 같은 소릴."

"그리고 그 정체불명의 남자는 레너드 몬토반드가 시티 오브 툴루에 나타난 날에 함께 나타났다고 합니다."

랜티스는 입을 다물었다. 그냥 다물기만 한 것이 아니라 입술까지 함께 씹었다.

"증거는?"

"없습니다. 하지만……."

"나도 알아. 우리는 조그만 위험에도 민감해야 한다."

이름 없는 대대는 어디까지나 감찰 대대다. 전면전을 상정하고 꾸려진 부대가 아니라는 의미다. 물론 변경에서는 무슨 일이 일어날지 모르니 어느 정도의 전투력은 기본적으로 확보해 놓았으나, 이번 임무는 어디까지나 비정규 임무였기에 대대 전부를 끌고 올 수 없었다.

이번에 동원한 병력은 기껏해야 한 개 소대 정도. 이것도 서류상으로는 휴가를 보내거나 비전투손실 인원을 만들어서 빼놓는 식으로 겨우 만들어낸 병력이다.

아무리 낮은 가능성이더라도, 이 병력에 손실이 생긴다거나 하는 불상사는 결코 일어나선 안 됐다.

그러니 레너드 몬토반드가 그 정체불명의 남자이며 상당한 강자일지도 모른다는, 기존에 레너드에 대해 알고 있는 사람이라면 정신 나간 소리 말라며 손사래를 칠 게 빤한 정보를 앞에 두고도 랜티스는 결코 쉽게 넘어갈 수가 없었다.

"…확실히 하는 게 좋겠군. 시티 오브 툴루의 정보 습득에 좀 더 공을 들이도록."

그들은 이제 막 시티 오브 툴루에 도착했을 뿐이다. 소문의 진위를 가리기에는 아직 데이터가 부족했다.

"그리고 대대장에게 편지를 보내야겠어."

서류상으로 추가 병력을 끌어낼 수 없는 이상, 가장 만만한 게 대대장 프란치노를 직접 동원하는 것이었다.

프란치노는 혼자서 1개 보병대대의 병력을 대신할 수 있는 괴물이다. 그런데 그를 동원하기 위해 꾸며내야 할 서류는 단 한 장, 휴가 신청서 하나면 되니 그보다 더 적임자가 없었다.

물론 프란치노가 랜티스의 상급자라는 사소한 문제점이 있긴 하지만, 이번 일은 어디까지나 본인이 벌인 일이니만큼 싫다고는 못 하리라.

랜티스는 이를 갈면서 펜을 휘갈기기 시작했다.

제3장
—
불꽃 사나이

　란첼 자작과 포아드 경이 시티 오브 툴루에 오게 된 것은 정보 라인으로부터 전해져 온 레너드 몬토반드의 생존 정보를 들은 까닭이었다.

　"대체 어떻게 된 일인지 알 수가 없군요."

　포아드 경이 고개를 절레절레 저으며 말했다.

　포아드 경과 란첼 자작은 분명 레너드 몬토반드의 죽음에 대해 전해 들었다. 그것도 레너드를 죽였다는 발언을 한 당사자로부터 직접 말이다.

　그런데 그 레너드가 실은 살아 있었다니.

　어느 쪽이 거짓말을 한 건지는 몰라도, 헛소문에 놀아난 느낌이 안 들 수가 없었다.

"저도 그렇습니다. 얼떨떨하군요."

포아드 경은 자신의 말에 대꾸한 사람을 떨떠름한 표정으로 바라보았다.

그는 바로 5령급의 정령 검사, 루에노였다.

이 남자, 루에노가 레너드를 죽였다고 발언한 당사자였다. 그 당사자가 얼떨떨하다느니 하는 소릴 하고 있으니 포아드 경으로서는 좋은 표정을 지을 도리가 없었다.

그러나 포아드 경이 구길 수 있었던 것은 어디까지나 표정 뿐이었다. 조직에도 속하지 않고 책임질 가솔도 없지만 손을 댈 수 없을 정도로 강력한 루에노라는 존재는 통제할 수 없는 태풍이나 다름없었다. 포아드 경은 일부러 태풍에 휩쓸리는 취미 같은 건 없었다.

그래서 간신히 표정을 갈무리하고 루에노 쪽을 보았더니, 루에노의 표정이 실로 기이했다. 분명 웃고는 있으나, 그 미소에서 미묘한 불쾌감이 느껴졌다.

"저는 분명히 레너드 몬토반드를 죽였습니다. 정령을 동원하지 않고 오로지 제 검술만으로 상대해서요. 그러니 그것은 정당한 결투였습니다."

자랑거리지요, 하고 루에노는 말했다. 실제로 그는 자랑스러워하는 기색이었다. 아무래도 레너드가 죽었다는 소식이 퍼진 건 루에노가 자랑하고 다녔기 때문이 아닐까, 하고 포아드 경이 생각한 순간이었다.

"그런데 만약 그게 레너드 몬토반드가 아니라면……."

스윽 포아드 경을 노려보는 시선이 실로 섬뜩했다.

설마 그게 내 탓이라는 거냐! 그렇게 소리를 지를 정도로 포아드 경은 자제력이 없는 인간은 아니었다.

그러나 루에노가 무슨 생각을 하고 있는지는 명백했다. 루에노는 자신이 누군가를 죽였다는 것만 알았을 뿐이다. 레너드 몬토반드의 인상착의에 대해 말한 건 포아드 경이며, 루에노는 그 묘사를 듣고 고개를 끄덕이기만 했다.

그런데 레너드가 살아 있다면, 거짓말을 한 건…….

거기까지 생각한 포아드 경이 섬뜩함을 느끼고 있을 때쯤, 목소리가 들렸다.

"레너드 몬토반드가 두 명이라는 소리겠지."

루에노의 말을 받은 것은 당연히 포아드 경 쪽은 아니었다. 그보다 더 섬뜩한 인간이었다. 그것은 바로 란첼 자작, 포아드 경의 주인이었다.

"레너드 몬토반드가… 두 명?"

루에노는 그게 무슨 헛소리냐는 듯 되물었다. 아슬아슬하게 반말이 아니긴 했지만, 높임말은 당연히 아니었고 무례한 어투이기도 했다.

루에노는 평민이었고 란첼 자작은 귀족이니, 단순히 법도로 따지자면 루에노의 목이 달아나도 이상하지 않은 상황이었다.

하지만 5령급 정령 검사의 목이 그리 간단히 달아나지는 않으리라.

그렇다면 지금부터 무슨 일이 일어날까?

'이래서 두 사람을 만나게 하고 싶지 않았던 건데.'

포아드 경은 결코 가벼울 리 없는 두통을 느꼈다.

그런데 의외로 란첼 자작은 루에노의 무례에도 바로 길길이 날뛰지 않았다.

"그래, 그렇소."

심지어 하오체까지 쓰며 예의를 챙겨주는 주인의 모습에, 포아드 경은 지금 자기가 꿈을 꾸고 있는지 의심스러웠다.

"…짚이는 구석이 있군."

신기한 건 루에노 쪽도 마찬가지였다. 란첼 자작의 말을 듣고 잠깐 생각하는 척을 하더니, 이상한 소릴 내뱉는 것 아닌가?

"짚이는 구석이라고 하시면?"

포아드 경이 자기도 모르게 반사적으로 물었다가 급히 입을 다물었다. 상대가 평민이든 어쨌든 주인이 대화를 나누고 있는 대상에게 말을 걸다니, 이 또한 주인에 대한 무례였다.

"확실한 건 없습니다. 그저 감일 뿐. 다른 이에게 털어놓을 만한 이야기는 아니군요."

그런데 루에노는 그런 포아드 경의 물음에 착실하게도 답했다. 아니, 내용으로만 따지면 사실상 대답하지 않은 것이나 마찬가지지만, 문제는 어투였다. 란첼 자작에게는 그냥 아슬아슬하게 반말이 아니기만 한 어투를 썼으면서, 자신의 말에는 높임말이라니?

포아드 경은 두통에 어지럼증까지 느꼈다.

"그런데 루에노 씨는 어째서 이 도시에?"

그런데 란첼 자작은 그러한 루에노의 태도에 조금도 불쾌감을 느끼지 않은듯, 태연한 기색으로 질문을 던졌다.

빨리도 물어본다. 물론 포아드 경은 감히 자신의 주인에게 그런 의문을 품을 정도로 경우가 없는 기사가 아니었다.

하지만 이 상황이 경우가 없는데 내가 경우가 있을 필요가 있을까? 포아드 경은 자기도 모르게 그런 생각을 하고 말았다.

상황이 그랬다. 레너드 몬토반드가 시티 오브 툴루에서 목격되었다는 정보를 듣자마자 란첼 자작은 포아드 경을 채근하여 즉시 이 도시로 왔다.

그런데 도시 입구에 서자마자 어느새 루에노가 바로 포아드 경의 옆에 떡하니 선 게 이 상황의 시작이었다. 그걸로 끝난 게 아니라, 포아드 경이 주인에게 털어놓은 푸념을 루에노가 듣고 멋대로 대꾸하기까지 했으니 상황 자체가 황당하기 짝이 없었다.

대체 이 인간은 뭐란 말인가? 아니, 인간이긴 한가? 저렇게 젊은데 5령급의 정령사도 아니라 정령 검사라니. 거의 확실하게 인간이 아니다. 포아드 경이 그런 식으로 착실하게 자기방어기제를 쌓고 있을 무렵, 두에노가 란첼 자작의 질문에 답했다.

"포아드 경을 뵈러 왔습니다."

갑자기 높임말? 게다가 압존법은 어디 가고 주인 앞에서 기사를 높여 부르지? 황천에 간 지 오래인 루에노의 예법에 포아드 경은 사실상 공황 상태에 놓였으나 란첼 자작은 아랑곳하지 않았다.

"그러시군. 그렇다면 함께 도시에 들어가실지?"

아니, 이상하게도 란첼 자작은 기분이 좋아 보였다. 그래선지 평소라면 평민 상대로 절대 하지 않을 제의까지 했다.

"귀족의 동행이라면 검문을 면제받을 수 있을 터. 꽤 귀찮은 일을 줄일 수 있으실 텐데?"

란첼 자작의 말에 루에노는 눈을 끔벅거리더니 되물었다.

"…그래도 되겠습니까?"

게다가 갑자기 높임말로.

"나를 위해서도 그대를 위해서도 아니라 저 도시를 위해서니 부담 가지지 마시오."

괜히 검문 받다가 검문소 날려먹지 말라는 란첼 자작의 의도가 별로 숨겨지지도 않은 말에, 의외로 루에노는 미소를 지으며 이렇게 대답했다.

"그렇다면 배려해 주심에 감사드리겠습니다, 란첼 자작님."

대체 지금 뭐가 어떻게 돌아가고 있는 거지? 포아드 경은 누구 멱살이라도 붙잡고 물어보고 싶은 기분이었지만, 안타깝게도 이 자리에 그가 멱살을 잡을 수 있는 사람은 없었다.

*　　　*　　　*

붉은 드레이크의 남은 사체도 마저 챙긴 후, 나는 비밀 통로의 탐사를 계속했다.

깨진 수조에 피투성이인 철창 등, 뭔가 살아 있던 생물을 가둬뒀던 흔적이 명백하지만 내용물은 없었다. 내가 올 때까지 살아 있었던 생물은 붉은 드레이크가 마지막이었던 모양이다.

이건 내 예상이지만, 아마도 붉은 드레이크가 다른 생물들을 모조리 잡아먹은 것 같다.

"여긴 뭐야?"

—연금술사의 실험실입니다. 고대 제국의 반란군이 쓰던 지하 수로 유적에 연금술사가 숨어들어 자기 실험실로 개조한 결과물입니다.

그렇구나.

"무슨 실험을 했던 거지?"

—이야기가 길어집니다만…….

"아, 그럼 됐어."

나는 재빨리 라플라스의 입을 막았다. 그러나 이미 늦었다.

─그렇다면 짤막하게나마 말씀드리자면, 지금 새 주인님의 각성창에 있는 붉은 드레이크의 정수를 완성시키기 위한 실험이었습니다.

라플라스는 짤막하게라는 치트키를 사용했다! 효과는 굉장했다! 내 흥미를 끌었으니 말이다.

"내 정수를?"

─네.

좋은 연금술사였구나!

─붉은 드레이크에게서 일반적으로 얻어낼 수 있는 정수는 기껏해야 100루블 정도의 가치밖에 없습니다. 이것도 평범한 드레이크에게선 나지도 않죠. 평균수명을 훌쩍 넘어 노화한 드레이크 배를 갈라야 나올까 말까 합니다.

내 정수는 1,000루블 가치라고 했으니, 일반적인 정수의 10배나 되는 셈이다.

"그렇다면 연금술사의 실험은 성공한 모양이로군."

─그렇습니다. 실험은 성공했고, 일반적인 개체보다 훨씬 크고 순수한 정수를 품은 붉은 드레이크가 태어났죠. 그런데 연금술사의 계산과 달랐던 점이 있었는데, 붉은 드레이크가 생각보다 훨씬 더 커졌다는 점입니다.

"어……. 그럼……."

―네, 예상하셨다시피 그 연금술사는 이 붉은 드레이크에게 잡아먹혔습니다.

　라플라스의 어조는 평온하기 그지없었다. 하긴 연금술사에게 연민을 품을 만한 여지 자체가 없는 이야기다. 기껏해야 자업자득?

　―그리고 연금술사가 따로 마련해 놓았던 실험동물들도 모조리 드레이크의 입안에 들어갔죠.

　"잡식성이었나 보네."

　―먹을 수 있는 모든 것을 집어삼킨 붉은 드레이크는 동면에 들어갔습니다. 공교롭게도 이 모든 과정이 연금술사가 의도한 바와 달리 드레이크의 정수가 지닌 가치를 증대시키는 역할을 했습니다. 우연의 일치였지만요.

　문자 그대로, 연금술사는 자신의 실험을 지나치게 성공시켜 버린 셈이다.

　―그 다음에는 아시다시피…….

　"문을 연 날 잡아먹으려고 동면에서 깨어났다가 나한테 잡아먹히게 됐다는 거로군.

　―요약하자면, 그렇습니다.

　지금 이야기도 충분히 길었는데 요약 안 했으면 얼마나 떠들었을 거란 소리야?

　뭐, 좋다. 요약된 라플라스의 이야기는 충분히 흥미로웠다. 특히나 결말 부분이. 내가 최후의 승리자가 되었다는 부분

말이다.

"그럼 여기엔 뭐 특별한 게 없겠군."

—뭐…… 그렇습니다.

이번에는 공략 사라는 말을 안 하는 걸 보니 진짜 뭐 없나 보다. 실제로 비밀 감지도 조용했고, 뭐 특별한 게 발견되지도 않았다.

"기껏해야 이 잡동사니들이 전부인가……."

나는 연금술사가 쓰던 책상 위에 놓인 잡동사니들을 바라 보며 말했다.

—아, 그건 연금술사의 실험 도구들입니다. 챙겨두시면 유 용하게 사용할 수 있으실 겁니다.

"진짜로? 이렇게 더러운데?"

—세척하시면 됩니다.

되게 당연한 이야기를 하네. 나는 잠깐 미간을 찌푸렸다가, 곧 씩 웃었다. 좋은 방법을 생각해 냈기 때문이었다.

"얍!"

나는 손에 든 도구를 [변신 브로치]에 등록하고 저장한 후 다시 불러내었다. 그러자 짠! 깨끗한 도구가 나타났다.

—제가 말씀드리려고 했는데…….

라플라스의 목소리에서 아쉬움이 두껍게 묻어나왔다.

—…아무튼 이 연구실에서 바로 붉은 드레이크의 정수를 정제하시길 추천해 드립니다. 도구도 다 갖춰져 있고, 환경도

그럭저럭 괜찮으니까요.

"그럼 이제 너한테서 이걸 정제하는 방법만 사면 되겠네?"

—네!

라플라스의 대답하는 목소리가 그렇게 생생할 수가 없었다.

"가만. 그런데 연금술사면 연금술을 배워야 되는 거 아니야?

—맞습니다.

"그런데 왜 술법이라고 했어?"

—연금술이 술법의 하위분류에 속하니까요.

라플라스는 뻔뻔하게 말했다.

"되게 의왼데."

내 혼잣말에 라플라스가 반응했다.

—마법과 술법의 경우, 단순히 파워 소스로 분류한 감이 있습니다.

"파워 소스?"

—네. 마법의 경우는 마력을 사용하는 힘과 기술을, 술법의 경우는 영력을 사용하는 힘과 기술을 뭉뚱그려 모아놓은 경향이 있습니다.

그래서 겉으로 보이는 이미지는 전혀 다른 연금술과 소환술이 같은 술법으로 묶여 있는 거라고 라플라스는 설명했다.

"그래도 되는 거야?"

─대현자님께서 그렇게 구분하셨는데 감히 누가 반론을 하겠습니까?

"지금은 대현자기 없잖아."

사실 등장도 안 했다. 내가 대현자 자리를 대신 차지하고 있으니.

아니, 내가 아니었어도 지금 시점 기준으로 카를은 그냥 목숨을 위협받는 어린애에 불과하다. 괜히 내가 레너드나 잭 제이콥스 신분을 취하고 다니는 게 아니다.

─…그러니 다른 사람 앞에선 말씀하시면 안 됩니다.

"아, 역시?"

성법을 다른 사람 앞에선 기도술이라고 말하고 다녀야 하듯, 술법도 술법이라는 단어 자체를 함부로 꺼내지 말고 그냥 연금술이라고 말하고 다녀야 한단다.

─뭐, 대현자님께서도 편의적으로 구분한 감각이 있긴 합니다만.

"그래서 내가 배워야 할 건 뭐야?"

─1성급의 술법과 1성급 연금술입니다. 원래는 더 많이 배우셔야 하지만 새 주인님께서는 영혼석을 소유하고 계시니 그걸 소모하면 됩니다.

영혼석은 연금술의 난이도를 낮추고 더 좋은 결과물을 얻을 수 있게 만들어준다고 한다. 이제껏 창고에서 자리만 차지하던 영혼석이 드디어 쓰임새를 찾은 셈이다.

"그럼 300루블이면 되겠네? 예상했던 것보다 싸게 먹히는군."

3성급까지 한 번에 익혀야 할지도 모른다고 각오하고 있었던 나는 긴장이 풀려 허허 웃었다. 그런데 돌아오는 대답이 의외의 것이었다.

—아뇨, 그렇지 않습니다.

"엥? 왜?"

—마법과 술법은 단순히 마력과 영력을 다루는 법을 얻으시는 데만 300루블씩을 소모하셔야 합니다. 그리고 마력과 영력을 사용하기 위한 지식과 기술은 따로 루블을 지불하셔야 하고요.

내 기억에 분명 성법은 삼성신의 기도술을 모두 익히는 조건으로 300루블이었다. 내가 했던 것처럼 짜라스트라계 성법만 부분 결제하면 훨씬 싸지기까지 했다.

부조리함을 느낀 나는 즉각 따지기로 했다.

"왜 갑자기 룰이 달라져?"

—마법과 술법에는 그만한 가치가 있기 때문입니다.

라플라스는 딱 잘라 말했다.

—마력과 영력, 이 두 가지 파워소스만으로 다양한 영역의 기술과 능력을 얻을 수 있으며 그만큼 활용의 폭도 넓습니다. 그리고 수련할수록 그 깊이 또한 깊어지죠. 굳이 비교하자면 마법 쪽이 깊고, 술법 쪽이 활용 범위가 넓습니다.

하긴 연금술도 술법으로 분류될 정도니 어련하겠는가.

그러고 보니 처음 얻을 힘을 고를 때 마법은 1마급만 익혀서는 아무것도 못 한다는 설명을 들은 적이 있기노 하다. 당시에는 아마 이런 이유 때문에 라플라스가 그렇게 설명했을 것이라는 추측이 가능했다.

"그럼 얼마야?"

―1성급의 술법은 300루블, 1성급의 연금술은 50루블입니다.

오, 연금술의 가격이 예상했던 것보다는 싸다. 하긴 2륜급짜리 라스트라계 성법도 그 정도 가격이었던 것 같았다. 다른 술법 계열도 이 정도 가격이려나? 그랬으면 좋겠는데.

자, 그럼 어쩐다. 나는 잠깐 고민했지만, 곧 결정을 내렸다.

사실 350루블의 투자로 1,000루블짜리 결과물을 얻을 수 있는데 고민하는 것도 이상하긴 하다. 더욱이 350루블은 이대로 없어지는 게 아니라 술법과 연금술이라는 형태로 남으니 다른 걸 만드는 데에 활용할 수도 있다는 것을 감안하면 뭐, 이번만큼은 남는 장사지.

"딜."

따라서 나는 딜을 외쳤다.

* * *

"드디어!"

나는 붉은 드레이크의 정수를 정제해 내는 데 성공했다. 비커에 든 루비 빛의 점성이 있는 액체. 이것이 바로 정제된 붉은 드레이크의 정수였다.

여기까지 오는 데에 시간과 노력이 많이 들었다. 연금술사의 연구실에서 구할 수 있는 적당한 재료로 만들 수 있는 화합물을 몇 개 만들어보고 감을 잡은 후, 이 정도면 되겠다 싶을 때에 정제약에 도전한 탓이다.

사실 이렇게까지 할 필요는 없었다. 대현자의 기술과 지식을 모두 다운로드받았으니, 실패하는 게 더 이상하다. 하지만 1,000루블짜리 고가의 재료를 쓰는 정제약을 만든다고 생각하니 긴장이 되는 바람에 연습으로 자신감을 얻어야 했다.

결과, 성공이다.

"이제 이걸 마시면 불의 속성력을 얻을 수 있다, 이거지?"

속성력.

처음 들었을 때는 그게 뭐냐는 말밖에 나오지 않았다.

하지만 실체를 알게 된 이상, 반드시 얻어야겠다는 생각을 할 수밖에 없게 되었다.

─붉은 드레이크 정수의 정제약으로는 불에 대한 2단계의 내성을 얻으시게 되고 다른 힘을 사용하실 때 불의 속성을 담을 수 있으시게 됩니다. 덤으로 불에 대한 2단계 친화력을

획득하시게 되니 만약 불의 정령을 소환하시게 된다면 꽤 어드밴티지를 얻으실 수 있으실 겁니다.

2단계이 내성이라는 말이 조금 애매하게 느껴지긴 했지만, 일반적인 붉은 불꽃에 대해서는 거의 피해를 입지 않게 될 거라는 라플라스의 설명이 뒤따랐다.

뭐, 그 정도만 되도 충분하지. 아니, 넘친다.

불꽃을 다른 힘에 입힐 수 있다는 것도 매력적이다. 악마 같은 존재에겐 효과적이더라도 일반적인 생물에게는 별 타격을 줄 수 없는 짜라스트라계의 성법으로 사람을 지져 버릴 수도 있게 될 것이다.

간단히 예를 들자면, 만약에 성스러운 폭발에 불꽃을 씌우면 어떻게 될까?

"성스러운 불꽃 폭발이 일어나겠군."

―그렇습니다.

이 정도면 1,000루블이라는 가치 책정에 불만은 없다.

"자, 그럼 만들었으니 먹어야지."

나는 정제된 정수를 흡수할 준비를 했다. 정제를 통해 이미 독소를 제거하고 불순물을 태워 버렸다고는 해도, 불의 정수나 다름없는 이걸 그냥 마시면 입과 식도와 위장이 홀라당 타 버리고 말 거다.

따라서 몸 멀쩡하게 정수를 흡수하기 위한 절차를 또 밟아야 한다.

"원래대로라면 흡수를 도울 비약을 또 만들어야 하겠지만……."

재료도 없으니 편법을 쓰기로 했다.

나는 각성창에서 영혼석을 꺼내 영력을 주입하며 부수어 가루를 내고 그것을 정제된 정수에 탔다. 그러자 정수가 부글부글 끓어오르며 양이 조금 늘어났다. 영력을 가득 담은 영혼석 가루를 섞음으로써 정수의 열기를 조금 희석시키는 공정이었다.

"다음."

나는 나 자신에게 축복을 걸었다. 오늘의 축복은 [잘 먹는 하루]와 [튼튼한 하루]다. 축복을 통해 위장을 강화함으로써 정수의 흡수율을 높이고 내 피해는 줄이려는 시도였다.

"다음."

자기 정령화를 켜 나 자신의 존재를 강화시키고, 내력을 위장에 집중시켰다.

이걸로 일단의 준비는 끝났다. 이제 정수를 마시고, 만약의 일이 생기면 나 자신을 치유시킬 마음의 준비를 하면 된다.

"아, 약 하나 먹자고 이렇게까지 해야 돼?"

―네. 안 하면 죽을 수도 있습니다.

"…그렇지?"

라플라스로부터 다운로드받은 연금술 지식이 외치고 있다. 그냥 먹으면 죽는다고. 그래서 이런저런 안전장치를 걸어놨지만, 지금 이렇게 먹어도 위험할 수 있다!

"자, 못 먹어도 고다!"

나는 정수 용액을 꿀꺽 삼켰다. 아주 센 술을 마신 것 같은…… 아니다, 이건 그냥 불꽃이 식도를 타고 넘어가는 느낌이다.

"끄아압!"

뜨겁다!

아, 영혼석 하나 더 탈걸! 열두 개밖에 없다고 괜히 아꼈다!

입안과 식도가 타들어가는 고통에 몸부림치며 나는 때늦은 후회를 했다.

사실을 말하자면 그랬다간 귀중한 영혼석을 하나 더 소모함에도 불구하고 정수의 효과가 반감될 수도 있기 때문에 그냥 하나만 탄 거지만, 지금은 그냥 모든 게 다 후회된다.

하지만 그걸로 끝난 게 아니었다. 위장 안에 정수가 풍덩 들어가며 지금까지 느낀 고통의 세 배에 달하는 극심한 위통이 찾아왔다.

"치, 치유!"

이미 화상으로 인해 너덜너덜해진 입안과 식도를 성법이 치유했지만, 위장은 아무리 신성력을 퍼부어도 멀쩡해지질 않았다.

아니, 사실은 치유는 제대로 먹히고 있다. 그저 치유되자마자 위장의 내벽이 다시 익어버리고 있을 뿐.

"아아아악!"

게다가 이걸로 끝난 게 아니었다. 위장 벽을 뚫고 삐져나온 정수의 기운이 간장, 폐, 심장, 췌장, 아무튼 배 속 전체를 태울 기세로 휘몰아치고 있었다.

아오, 내가 왜 이걸 내 입으로 먹겠다고 했을까?

나는 혼자 바닥에 나뒹굴며 누가 시키지도 않은 PT 8번을 정신없이 하면서 스스로에게 치유를 계속 거는, 그 누구도 두 번 하기는 싫을 귀중한 체험을 했다.

이럴 줄 알았으면 그냥 중화 비약까지 만들고 나서 먹는 건데!

물론 그건 정수가 오래되면 오래될수록 선도도 떨어지고 질도 떨어지기 때문에 바로 먹는 게 좋다고 판단한 탓이었지만, 그런 건 잘 생각나지도 않았다.

내가 왜 그랬을까!

미래영겁 이어질 것만 같았던 고통의 파도에도 끝은 찾아왔다. 갑작스레 썰물이 빠져나가듯, 어느 시점인가 치유의 힘이 고통을 뛰어넘더니 어느새 아프지 않게 되었다.

"허억, 허억, 후우……"

온몸이 식은땀으로 적셔져 기분이 나빴지만, 아주 나쁘지는 않았다.

왜냐하면 내가 어떤 힘을 얻게 되었는지 자각한 덕이다.

"됐… 어!"

나는 천장을 향해 주먹을 들어 보였다.

그리고 바로 기절했다.

＊　　　＊　　　＊

눈을 뜨니 온몸이 뻐근했다.

"아, 이럴 줄 알았으면 연구실에서 먹지 말고 침대 위에서 먹을걸."

정신을 차리자마자 나온 말이 이거였다.

몸은 당연하다시피 작아져 있었다. [성장의 반지] 효과를 꺼 버려 12살 카를의 몸으로 돌아온 거였다. 그럼에도 불구하고 몸이 뻐근하다는 건 어린아이의 괴물 같은 회복력으로조차 완전히 회복하지 못한 부분이 많다는 뜻이었다.

"어우."

나는 재빨리 몸을 점검했다. 걸어놓았던 축복이 모조리 꺼 진 걸 보니 만 하루가 흘러가 버린 모양이었다. 다행히 특별히 고통이 느껴지는 곳은 없었다. 그저 뻐근할 뿐이었다.

─24시간 정도 지났습니다.

라플라스가 눈치 빠르게 말해주었다.

아니, 그럼 그냥 너무 오래 자서 뻐근한 거였네. 내력을 몸 구석구석 돌려 이상이 없음을 확인한 나는 안도의 한숨을 내쉬었다.

안도의 한숨을 내쉴 때가 아니었다.

"속성력!"

내가 그렇게 외치자마자, 몸의 심이 저절로 달아오르는 것이 느껴졌다.

그랬다, 나는 불의 속성력을 얻었다. 정제약의 흡수는 성공적으로 이뤄졌다. 위험한 다리를 건너야 했지만, 나는 건너고야 말았다.

"어디……."

그럼 이제 그 결실을 확인해 봐야지.

나는 나 자신에게 정령력을 덧씌워 자기 정령화를 발동한 뒤, 내 몸을 뒤덮은 정령력에 불의 속성력을 덧붙여 보았다. 그러자 내 몸 전체에 불이 타오르기 시작했다.

그런데 신기한 건 이 불이 내게는 뜨겁지도 않고 옷을 태우지도 않고 있다는 거였다.

이 모든 게 내 의도대로였다.

"와……."

이번에는 신성력 차례다. 신성력에 불의 속성력을 담았더니, 내 헤일로에 불이 붙어 활활 타오르기 시작했다. 실제로는 타는 것 따위는 없으니 타오른다는 표현에는 어폐가 있지만, 그거야 뭐 아무튼.

"이거 신기하네."

마지막으로 나는 짜라스트라계 성법인 [성스러운 폭발]을
사용해 보았다.

"수류탄 투척!"

집어 던진 신성력 덩어리가 쾅! 하며 불꽃 폭발을 일으키는
광경에, 나는 흐뭇하게 미소를 짓지 않을 수가 없었다.

"기분이 좋아졌다!"

이로써 나는 마법을 배우지 않았음에도 지구의 화염술사
비슷한 짓을 할 수 있게 되었다. 기분이 안 좋을 수가 없었다.

─다행이네요. 대현자께서는 다시 처음부터 시작하실 때
마다 이거 알고선 못 드시겠다면서 매번 기억을 삭제하셨는
데……

대현자의 판단은… 존중한다. 이거 두 번 할 짓은 아니다.
이미 하고서 이런 말 하긴 좀 뭣하지만, 이번 시도는 좀 무모
하긴 했다.

결과가 좋아서 망정이지, 결과가 안 좋았더라면 죽었을 테
니까.

─아, 죽음을 극복하셨습니다. 계좌에 20루블이 입금되었
습니다.

라플라스가 뒤늦게 메시지를 흘렸다.

그럼 그렇지, 왜 안 죽었나 했다.

"그런데 라플라스, 이거 속성력을 쓸 때마다 줄어드는 것
같은데."

속성력을 쓸 때마다 몸의 심이 달아오르는 온도가 조금씩 낮아지는 느낌이다.

―걱정하지 않으셔도 좋습니다. 다시 채워지니까요.

"역시 그렇지?"

이게 일회성 소모품이면 1,000루블짜리가 아니지.

―다만 다시 채워지는 것에 조건이 있습니다.

라플라스가 그렇게 말하자마자, 내 배가 꾸르르륵 하고 울었다.

"…밥이구만."

―네, 식사를 하셔야 합니다.

어차피 24시간이나 기절해 있느라 위장은 비어 있는 상태. 설령 속성력 문제가 아니더라도 어차피 밥은 먹어줘야 했다. 그뿐만이 아니다. 온몸이 땀으로 젖어서 기분 나빴다. [변신 브로치는 빨래는 해줘도 목욕은 안 해주니까.

"밥 먹고 씻고… 해야겠구만."

나는 식탁도 있고 뜨거운 물 나오고 침대까지 있는 병영으로 가기로 했다. 어째선지 집으로 돌아가는 기분으로, 나는 발걸음을 옮겼다.

*　　　　*　　　　*

이름 없는 대대의 대대장, 프란치노는 시티 오브 툴루에 당도해 있었다.

"랜티스, 근거 없는 루머에 휩쓸려 나까지 불러들이다니."

정확히는 아직 시티 오브 툴루에 들어가지 않은 상태였다.
행정관인 랜티스가 인근에 민가를 비우고 마련한 임시 근거지
에 도착한 상태였다.

"확실하게 일을 처리하라고 늘 말씀하신 건 대대장님 아니
십니까?"

랜티스는 대대장에게 대고 툴툴거렸다. 그런 랜티스의 반응
에, 프란치노는 빙그레 웃었다.

"그래, 잘했다."

"예, 뭐. 정말 잘한 게 될 줄은 몰랐습니다만."

랜티스는 프란치노에게 보고서 한 장을 올렸다.

"란첼 자작이 시티 오브 툴루에 온 모양입니다."

보고서를 들여다본 프란치노의 미간이 꿈틀거렸다.

"란첼 자작? 그 쥐새끼가?"

"네, 그도 레너드 몬토반드를 쫓고 있었으니까요. 어떤 의미
에서는 예견 가능한 바였습니다."

"그렇군. …정말로 내가 안 왔으면 큰일 날 뻔했어."

프란치노와 이름 없는 대대가 예언자의 뜻에 따라 움직이
는 것은 당연히 대외적으로는 비밀이다. 이 비밀을 알고 있는
이는 지극히 적다. 그리고 그 지극히 희귀한 인간 군상 중 대
표적인 인물이 란첼 자작이었다.

란첼 자작은 예언자를 적대시하고 있었다. 대외적으로는 예언자가 공식적인 직위 없이 비선으로서 제국에 영향력을 행사하는 것을 경계한다고 말하고 있었지만, 그렇다면 진작 개입했어야 했다.

이제 와서 뒤늦게 개입하는 이유는 예언자가 무언가 그의 이득이나 권리 등을 침해했기 때문일 것이다.

"속물이."

프란치노는 씹어뱉듯 말하곤, 다시금 보고서를 찬찬히 훑어보기 시작했다.

"툴루멘즈가 무너졌다면 대체 세력을 포섭해야 됐을 텐데, 그건 어떻게 됐나?"

"자투리 몇몇으로 간신히 버티는 형국입니다. 지금 구 시청을 점거한 세력은 안드레의 일당인 안드레즈인데, 안드레는 올라온 보고로는 포섭이 힘든 인물로 분류되어 있습니다."

문득 튀어나온 질문에도 랜티스는 기다렸다는 듯 답했다. 답을 들은 프란치노는 골치 아프다는 듯 자신의 턱 밑을 긁었다.

"골치 아프게 됐군."

"그렇습니다. 그래서 영향력을 뻗치는 작업이 지지부진합니다. 가장 쉬운 방법을 쓸 수 없게 되었으니까요."

랜티스의 보고를 다 들은 프란치노는 긴 한숨을 내쉬고는 체념한 듯 말했다.

"…음지의 영향력을 발휘할 수 없다면, 양지의 영향력이라도 발휘해야겠지."

"그렇습니다."

한 치의 망설임도 없는 랜티스의 대답에 프란치노는 픽 웃었다.

"그래, 내가 직접 나서야겠군."

"유감스럽습니다만 그렇게 됐습니다."

"유감스럽긴."

프란치노는 다 안다는 듯 랜티스의 어깨를 툭툭 쳤다.

"다만 이 대대장이 직접 나서게 된 이상 이번 임무를 정식 임무로 격상시키겠다. 시티 오브 툴루의 감찰에 나서도록 하지. 대대원들을 소집하도록."

"알겠습니다. 준비는 다 끝내두었습니다."

"역시. 그럼 맡겨두마."

제4장
—
대탈주

라틀란트 제국에서 모든 영주는 법적으로 같은 계급이다.

남작령을 다스리는 남작이든, 후작령을 다스리는 후작이든, 그냥 자신의 영지를 가진 같은 영주인 게 맞다.

그러나 법과 현실이 다른 것이 어디 하나둘인가. 귀족이나 관료, 기사들은 물론이고, 작위 하나 없는 평민들조차 남작보다 후작을 더 높으신 분으로 본다. 남작이 후작에게 평대하는 것은 무례한 것으로 여겨지고, 후작이 남작에게 높임말을 해주는 것은 과례로 친다.

이러한 경향은 제국 중앙에서 중앙 관료들에게 영지 없는 작위를 수여하게 되면서 더욱 강해졌다.

이는 지방 영주가 중앙의 행정관을 무시하지 않게 하기 위한 조치였으나, 현실적으로는 작위 간의 우열을 확실시하는 결과로 이어졌다.

제도에서 후작의 부하가 남작이었으니, 영주들 간에도 같은 법칙이 작용되지 않겠거니, 하는 인식으로 말이다.

그런데 이 제국의 변경, 시티 오브 툴루에서는 그러한 제국 중앙의 일반적인 상식이 통하지 않는다.

시티 오브 툴루의 시장인 피어스 툴루즈 준남작은 작위야 준남작에 불과하지만, 실제로는 이 도시의 왕이나 다름없는 권력을 휘두를 수 있기 때문이다.

시티 오브 툴루는 현 라틀란트 제국의 영토다. 그러나 괜히 변경 지역이 아닌지라, 제국의 행정력이 온전히 도달하지 못하는 곳이기도 했다.

따라서 제국은 변경 지역에 한해서는 어쩔 수 없이 부분적인 자치권을 부여하고 있었다.

이것이 피어스 툴루즈 준남작의 콧대가 작위보다 높을 수 있는 이유다.

"이렇게 두 분을 같이 모시게 되다니, 영광이 아닐 수 없소이다."

그럼에도 불구하고 피어스 툴루즈가 앞에 둔 귀족 둘을 상대로 존대하는 것은 그가 양식 있는 인간이기 때문이 아니다.

원인은 상대에게 있었다. 상대 두 귀족 모두 그보다 높은 작위를 갖고 있지만 앞서 언급했듯 여기서 작위는 문제가 안된다.

진짜 문제는 두 귀족의 직위였다.

"라틀란트 제국 감찰대대장, 프란치노 경."

본래 특수 비밀 임무를 띠고 다니기에 부대에 이름조차 붙여지지 않은 속칭 '이름 없는 대대'의 부대장인 이 프란치노라는 인물은 피어스 툴루즈 같은 '변경의 왕'들의 천적이나 다름없는 존재였다.

프란치노를 비롯한 감찰대 인물이 변경에서 소문 없이 죽거나 어떤 보고를 올리면 제국 중앙은 변경 지역에 반란이 일어났다고 판단하고 토벌군을 보내올 테니까.

아무리 자신이 실질적으론 왕이나 다름없는 위엄을 떨치고 있다곤 해도 제국 중앙의 전력을 혼자 감당해 낼 순 없다. 피어스 툴루즈는 자신의 주제를 잘 파악하고 있었다.

"그리고……."

"란첼 자작이오. 아무것도 아니지."

란첼 자작은 아무렇지도 않게 변경의 왕 피어스 툴루즈에게 반말을 썼다. 피어스 툴루즈는 순간적으로 미간을 꿈틀거렸으나, 특별히 그의 예의에 대해 문제 삼지 않았다.

본인은 '아무것도 아니다'라고 헛소리를 늘어놓고 있지만, 란첼 자작의 진정한 정체는 5마급의 고위 마법사다. 마법을 준비할 시간만 준다면 혼자서 시티 오브 툴루를 초토화시킬 수 있을 정도로 강력한 전략 병기다.

즉, 프란치노가 잠재적 위험을 품고 있다면 란첼 자작은 보다 직접적인 폭탄이나 마찬가지인 존재였다.

게다가…….

'저건 또 왜 여기 있어?'

피어스 툴루즈 준남작은 아주 잠깐 루에노에게 시선을 던졌다가 혹여나 눈이라도 마주칠까 봐 바로 다른 곳을 보았다. 다행히도 루에노는 그의 시선에 관심도 없는 듯, 그의 앞에 놓인 최고급 홍차의 향기를 음미하고 있었다.

란첼 자작이 제국의 제도권에 속하고 작위도 지닌, 그래서 어떻게 대해야 할지 어느 정도 감이 잡히는 존재라면 루에노는 그 반대였다. 직위도 없고 작위도 없고 가족도 없다. 게다가 성질까지 괴팍하기 짝이 없다.

란첼 자작이 안전핀이 걸려 있는 폭탄이라면, 루에노는 안전핀이 빠져 있는 폭탄이라도 봐도 무방했다. 아니, 언제 폭발할지 모르는 불발탄이라는 게 더 정확한 표현이리라.

'최악이군.'

천적에, 폭탄에, 불발탄이라니. 피어스 툴루즈 준남작이 이 도시의 시장직을 맡은 이래, 그에게 있어 가장 운수 나쁜 날이 바로 오늘이라고 해도 과언이 아니었다.

"그래서… 여러분이 저를 찾아온 이유가……."

"레너드."

"그 망나니."

"몬토반드의… 협객."

동시에 입을 열었다가 다시 입을 닫고 서로를 노려보는 그들을 바라보며, 피어스 툴루즈는 짙은 두통을 느꼈다. 란첼 자작의 뒤에 시립하고 선 기사가 이상한 동질감을 담은 시선을 던졌다가 눈을 피한 게 좀 신경 쓰이긴 했지만, 이거야 지금 문제 삼을 게 아니었다.

프란치노, 란첼 자작, 루에노. 각자 말하는 단어는 다 달랐지만, 가리키는 인물은 전부 동일 인물이다.

레너드 몬토반드, 몬토반드 가문의 망나니, 자칭 몬토반드의 협객.

피어스 툴루즈는 레너드 몬토반드가 자신의 도시에 찾아왔다는 것도 오늘 알았다.

아무리 그가 시장이라지만 도시의 모든 것을 다 알아야 할 의무 같은 건 없었다. 그 기사가 되다만 얼간이가 자신이랑 무슨 상관이 있단 말인가? 그런 시시콜콜한 보고는 받고 싶지도 않았다.

하지만 눈앞의 폭탄들을 치워 버리기 위해서는 레너드 몬토반드에 대한 정보가 필요했다. 가급적이면 신병을 확보할 수 있다면 더욱 좋겠지. 그냥 이들에게 떠넘기고 알아서 하게 내버려 두면 될 터다.

따라서 피어스 툴루즈는 집무실 탁자 위에 놓인 황금 종을 흔들었다. 그러자 아름다운 비서가 육감적인 엉덩이를 흔들며 또각또각 그를 향해 다가왔다.

비서의 발걸음은 조금 느렸다. 이럴 땐 상황 파악 좀 하고 빨리 와줬으면 좋겠는데.

하긴 비서를 뽑을 때 능력보다 외모를 중시한 건 피어스 본인 이다. 빠르게 체념한 그는 어디까지나 자신의 체면을 위해 그다 지 서두르는 것처럼 보이지 않도록 느릿느릿 비서에게 말했다.

"경비대장을 불러오게. 아니지, 그에게 레너드 몬토반드를 확보하라고 전하게."

"알겠습니다, 시장님."

외모만큼이나 아름다운 목소리로 대답한 비서는 왔을 때와 마찬가지로 또각또각 소리를 내며 천천히 시장실에서 나갔다.

평소에는 기분 좋게 감상하던 그녀의 뒷모습이 지금은 답답 하게만 느껴졌지만, 기왕 시작한 연기 끝까지 해보자고 피어스 는 집무실의 푹신한 의자에 등을 기대며 세 사람에게 말했다.

"이제 되셨는지?"

루에노, 저 무슨 짓을 벌일지 모르는 정령 검사의 눈이 위 험하게 번뜩이는 것을 보고 피어스는 약간 후회했다. 괜히 연 기했나? 그러나 후회하기엔 이미 늦었다.

"놈을 확보하면 내 연락 주리다. 그때까지 공관을 내어드릴 테니 쉬고 계시지요."

폭탄들, 아니 손님들은 피어스의 대응에 완전히 만족한 건 아니어 보였다. 그러나 그들로서도 시티 오브 툴루의 최고 권력자를 아주 무시할 수만은 없을 터. 피어스는 그렇게 판단했다.

"홍차."

루에노만 빼고 말이다.

루에노의 뜬금없는 발언에, 피어스는 당황을 미처 숨기지 못했다.

"예?"

"맛있더군요."

이게 위협인지, 아니면 그냥 딴소리를 하는 건지 피어스는 판단할 수 없었다. 그렇기에 그나마 무난한 대응을 하는 수밖에 없었다.

"마음에 드셨다면 숙소에도 한 주전자 가져다드리지요."

"부탁드립니다."

루에노가 먼저 벌떡 일어나 방을 나갔다. 그 옆에 미녀 비서가 방을 안내하겠다며 재빨리 따라붙었다. 저럴 때만 움직임이 빠른 건 왜지? 루에노가 겉보기에는 이 중에서 가장 젊고 미남이라 그런가? 그런데 루에노가 몇 살이더라?

"꼭 좀 부탁드립니다, 시장님."

피어스가 이상한 의문에 잠겨들고 있을 때쯤 란첼 자작이 자신의 기사와 함께 일어섰다.

"놈이 죽기 전에 한번 이야기를 나눠보고 싶군요."

의미심장한 말을 남기고, 란첼 자작은 시장의 집무실을 나섰다.

죽기 전에? 왜? 레너드 놈이 마법사의 심기를 거스르는 짓이라도 했나? 피어스는 머리를 굴렸으나 딩장 손에 쥔 정보가 너무 부족했다.

란첼 자작이 완전히 방을 나선 후에나, 프란치노가 몸을 일으켜 피어스에게 속닥였다.

"시장, 놈은 죽어야 하오."

"예?"

갑작스럽게 뻗어 나온 프란치노의 살기에, 피어스 툴루즈는 당혹하지 않을 수 없었다.

그러고 보니 그랬다. 이 프란치노, 제국의 감찰대대장이 위험한 이유는 단순히 그 직위 때문만은 아니었다. 그저 일개대대의 장에 지나지 않음에도 변경의 군주들이 그를 천적으로 여기는 이유는 따로 있었다.

프란치노라는 인물은 그냥 죽음으로써 반란을 알리는 자명종인 것은 아니었다. 그런 놈에게 감찰대대장이라는 특수한 직위를 주겠는가?

프란치노는 강했다. 그저 심플하게 강했다.

목숨을 노려도 쉬이 제거할 수 없으며, 어설프게 공격했다간 반격당할 것을 걱정해야 했다. 대대적인 군사작전을 벌이면 또 모르나, 그런 식으로 눈에 띄게 움직인다면 제국에서 대응할 것이다. 말할 것도 없이 그 끝은 파멸이리라.

프란치노도 그 사실을 잘 알기에 고작 한 개 대대를 이끌며 위험한 변경을 자기 집처럼 드나들 수 있는 것이리라.

"이 프란치노가 시장을 위해 가장 많은 일을 해줄 수 있음을 잊지 마시오. 아니, 가장 많은 일을 안 해줄 수 있다고 해야 하나. …현명한 판단 바라오."

이건 부당거래다. 그러나 부당하기에 달콤한 거래이기도 했다. 이 거래에 응해 제국의 감찰에서 벗어날 수 있다면, 피어스는 그저 비유로서 왕이 아니라 진짜 왕으로서 툴루 지역을 지배할 수 있을 테니까.

그러나 피어스는 쉬이 고개를 끄덕일 수 없었다.

달콤한 함정보다 위험한 것이 없다.

이 거래 자체가 함정일 가능성에 대해 그는 생각해야 했다.

피어스의 속내를 들여다보기라도 한 듯, 프란치노는 픽 웃었다. 그리고 그대로 등을 돌려 집무실에서 빠져나갔다. 집무실의 문이 닫히고서야, 피어스는 안도의 한숨을 내쉬었다. 아니, 정확히는 내쉬려고 한다.

―시장.

"예?!"

갑작스레 귓가에서 들린 음성에, 피어스는 자기도 모르게 높임말로 대답하고 말았다. 이 목소리는 루에노, 5령급 정령검사의 목소리였다. 하지만 가장 먼저 이 방을 빠져나갔던 루에노의 목소리가 왜 갑자기 들린단 말인가?

―나는 당신이 레너드 몬토반드를 죽이지 않았으면 좋겠어.

"헉!"

―어쩌면 그는 내 제자일 수도 있거든. 세사를 죽이면… 곤란해.

어떻게 보면 그냥 떠돌이에 불과한 루에노의 협박이었지만, 피어스는 그의 협박이 가장 무서웠다.

프란치노의 요청을 거절해 봐야 피어스가 그저 책잡힐 일만 하지 않으면 목까지 날아갈 일은 좀처럼 없다. 적어도 피어스는 그렇게 생각했다. 프란치노라는 인물의 실상을 알게 되면 결코 그렇게 생각하지 않게 되겠지만, 모르니 어쩔 수 없는 일이다.

하지만 루에노의 심기를 거스르면 무슨 일이 일어날까? 이건 피어스도 알고 있었다.

'날 죽일 거야!'

1인 군단이라 불릴 정도로 강력한 무력은 덤에 불과하다. 루에노라는 작자의 진짜 무서운 점은 세상의 법도를 무시한다는 데 있다. 톨루의 왕이든 뭐든 상관없이 후환 같은 건 생각하지도 않고 피어스 자신을 그냥 죽여도 이상하지 않다.

언제나 그래 왔고 지금도 그렇듯 잃을 게 없는 놈이 가장 무서운 법이다.

드디어 불청객들의 기척이 완전히 사라져 집무실은 본래의 평화를 되찾았건만, 피어스는 도리어 이 방이 더욱 스산해진 것 같은 감각에 몸을 떨었다.

누구는 죽이라고 하고 누구는 살리라고 하고, 누구 장단에 맞춰서 춤을 춰야 하는 거야? 피어스는 그렇게 혼잣말이라도 하고 싶었으나, 혹시나 루에노가 듣고 있을까 봐 그러지도 못했다.

그래도 명색이 변경의 왕인데, 꼴이 이게 뭐란 말인가?

피어스는 통탄을 금치 못했다.

*   *   *

병영에 돌아온 나는 하루쯤 푹 쉬며 붉은 드레이크의 정수를 먹느라 할퀴어진 내 영혼의 상처를 치유하려 했다.

과거형으로 표현한 이유는, 이제 그럴 여유가 없음을 알게 되었기 때문이다.

"그러니까 시티 오브 툴루의 시장, 피어스 툴루즈가 나를 수배했다, 이거지?"

라플라스로부터 바깥 상황에 대한 정보를 요구하자마자, 녀석은 충격적인 정보를 내게 전달했다.

─십중팔구는 그럴 겁니다. 더 정확히는 89% 정도입니다.

"아닐 가능성이 11%나 되는군."

말은 이렇게 했지만 나도 11% 쪽에 걸 정도로 미련하지는 않았다.

"수배당한 건 레너드 몬토반드겠지?"

―물론 그렇습니다만, 새 주인님께서 이 도시를 빠져나가려면 레너드 몬토반드로서 검문을 받아야 하니 달라질 건 없습니다.

아무거나 다른 신분을 취해서 검문을 통과하는 건 불가능에 가깝다고 한다. 검문 통행세는 도시의 주 수입원이기 때문인지 체크를 꽤 철저히 하기 때문이라나. 뒷골목 범죄 조직 하나 처리 못 하는 주제에 이런 건 철저히 하는 게 웃기긴 하지만 지금 내 상황에서 웃을 일은 아니었다.

"하지만 신기하군. 그 피어스 툴루즈는 시 운영을 완전히 놓아버리고 시청 직원들을 미녀로만 가득 채워서 놀고먹고 있다고 들었는데."

내가 예상한 건 툴루멘즈의 배후였던 귀족들이 나를 노리고 암살을 하러 온다거나, 아니면 란첼 자작과 포아드 경이 레너드 소식을 듣고 시티 오브 툴루에까지 쫓아온다거나 하는 상황이었다.

피어스 툴루즈가 직접 나설 가능성은 고작 5%. 이건 내 판단이 아니라 라플라스로부터 다운로드받은 시티 오브 툴루의 정보에 기록된 확률이었다.

그런데 내가 그 5%에 걸려들다니. 골치가 아프지 않을 도리가 없다.

"왜 하필……"

—피어스 툴루즈가 직접 나서야만 하는 상황이 만들어져서 그렇습니다.

　그 말인즉슨, 도시 외부의 변수가 개입됐다는 소리다.

　대체 무슨 변수가 개입됐기에 그 게으른 시장이 직접 움직였을까?

　"그 상황이 뭔데?"

　모르면 물어보면 된다. 하지만 내 질문에 대한 라플라스의 대답은 평소와 같았다.

　—유료입니다만.

　"…얼마?"

　—100루블입니다.

　생각보다 훨씬 비싸다. 아니, 그보다 이 가격은…….

　"란첼 자작이구만."

　나는 넘겨짚었다. 이제까지 란첼 자작이 관련된 질문에 대한 대답은 하나같이 가격이 비정상적이라 할 수 있을 만큼 높았다.

　그 인간이 대체 뭐길래 가격을 이렇게 높여놨을까? 대현자의 속을 한 번 들여다보고 싶다.

　"란첼 자작이 피어스 툴루즈를 움직일 수 있을 정도로 끗발이 좋은 양반이란 말이야?"

　—그 질문에 대한 대답 또한 유료입니다.

"어휴, 진짜."

이런 우회로가 먹혀들 리 없음을 잘 알면서도 시도는 해봤지만 결과는 역시나였다.

"좋아, 알았어. 내가 졌다."

나는 두 손을 들었다. 100루블이면 적은 돈이 아니지만, 그거 쓰기 아깝다고 아무것도 모른 채 도망만 친 게 벌써 두 번이다. 아니, 세 번인가? 몇 번이건 어떠냐. 아무튼 이대로는 갑갑하고 답답해서 못 살겠다.

"100루블, 낸다. 답이 뭐야?"

그래서 나는 그냥 거금을 쓰기로 했다.

하긴 이제껏 라플라스와의 거래는 다 금액만큼의 가치가 있었다. 란첼 자작에 대한 정보가 유독 비싼 건 그럴 만한 이유가 있으니까 그런 거겠지.

─잘 생각하셨습니다, 새 주인님. 이제까지 입이 근질거려서 어떻게 참았는지 모릅니다.

그런데 라플라스의 감상은 다른 모양이다. 기다렸다는 듯 서론을 늘어놓는 게 아주 신났다.

─하지만 이 정보를 알게 되시면 새 주인님의 삶이 크게 편해지는 탓에 대현자님께서 가격을 높게 책정하셨던 겁니다.

"서론은 그쯤 해. 그래서 저 란첼 자작의 정체가 뭐야?"

─란첼 자작은 5마급의 고위 마법사이며, 제국 중앙 마법청의 자문관이자, 카를 페르디넌트 황자의 후견인입니다.

나는 머릿속이 멍해졌다.

"…뭐?"

물론 원인은 가장 마지막 단어 때문이었다.

"카를 페르디넌트 황자……. 그거 나잖아?"

레너드 몬토반드니, 잭 제이콥스니, 다른 신분을 많이 쓰고 다녀서 요즘 꺼낼 기회가 없었던 이름이었지만 내 첫 이름, 첫 신분은 라틀란트의 카를 페르디넌트, 라틀란트 제국의 황자다. 그 이름이 참으로 오랜만에 라플라스의 입에서 나왔다.

―그렇습니다. 새 주인님의 정체죠.

빡빡하게 따지자면 내 정체는 지구의 김연준인 것 같다만, 지금 여기서 굳이 빡빡하게 따지고 들 이유는 없을 것 같다.

"아니, 그럼 우리 편이라는 소리잖아!"

이제까지 자작을 피해 도망 다닌 걸 생각하면 머리가 솟을 정도로 화가 나는 진실이었다.

―굳이 말씀드리자면 그렇겠네요.

내 분노의 외침에도, 라플라스의 목소리는 담담하기 그지없었다.

"왜 말 안 했어?"

―저도 말씀드리고 싶었습니다만 그동안 새 주인님께서 답을 듣길 거부하셨으니까요.

"그건 너무 비싸서……. 아, 그렇지.

나는 깨달음을 얻었다.

"그래서 비싼 거였구나. 알게 되면 삶이 편해지니까⋯⋯."

─네, 삶이 너무 쉬우면 재미가 없으니까요.

징보의 가격 책정은 어디까지나 대현자가 한 거다. 그리고 방금 라플라스가 한 말은 대현자의 시그니처와도 같은 괴상한 표어였다.

즉, 란첼 자작의 신원을 너무 빨리 알면 인생이 쉽게 풀리니, 그러지 말라고 대현자가 가격을 비싸게 정해놓은 거였다.

"으드드드득, 우드드드득."

이가 절로 갈렸다. 너무 화가 나서 이게 대현자한테 화가 난 건지 라플라스에게 화가 난 건지도 헷갈렸다.

─제국 중앙 귀족인 란첼 자작이 이 변경까지 찾아오게 된 까닭은 자신이 후견을 맡은 카를 황자를 직접 뵙고 모시기 위해서였습니다. 황자가 제대로 된 교육은커녕 황자 대접조차 못 받고 있다는 소문이 돌았거든요. 아시다시피 소문이 아니라 사실이었습니다만.

비록 내가 직접 겪었다는 느낌은 별로 들지 않았지만, 카를의 기억은 내 머릿속에 남아 있었다. 확실히 황자가 아니라 평민의 자식이라도 그런 취급은 받지 않았으리라.

"하지만 타이밍이 늦었군."

─네. 변경에 찾아온 건 좋은데, 이미 카를 황자는 살해당한 후니까요.

나도 지금은 살해당한 걸로 되어 있으니, 뭐 그렇다.

그런데 되새겨 보니 괜히 울컥하네?

"아니, 그러면 시티 오브 카를에서 포아드 경한테 죽을 뻔했던 건 뭔데?"

─여러 번 돌아가셨는데요, 사인도 여러 가집니다만 대표적인 걸 몇 개 꼽아보자면⋯⋯.

1. 란첼 자작의 정체를 알고 그의 앞으로 나아가 카를이라고 주장하다가 가짜라 의심받고 불경죄로 처형당함.

2. 레너드 몬토반드로서 행동하다가 포아드 경의 심기를 크게 거슬러 결투 후 살해당함.

3. 해당 시점에서 알아선 안 되는 정보를 발설했다가 적의 공작원으로 의심받고 고문당한 후 살해당함.

─그리고 또⋯⋯.

"알았어, 알았으니까 그만해."

어쨌든 란첼 자작이 걸어 다니는 처형장인 건 잘 알겠다. 내세울 만한 작위도 없이 귀족을 상대하는 게 얼마나 위험한지도. 진짜 귀족 앞에선 기사 작위도 장식에 불과하니, 애초에 엮이지 않는 게 상책이라 할 수 있겠다.

하지만 나는 카를 황자니까 괜찮겠지, 라고 안이하게 생각하던 나는 곧 현실을 깨달았다.

"아니, 잠깐. 나도 지금 내가 카를이란 걸 증명할 수단이 없잖아?"

레너드 몬토반드로서의 신분 증명 수단은 여러 개 갖고 있지만, 카를의 것은 단 하나도 갖고 있지 않았다. 검이든, 인장이든, 뭐든.

─그렇죠? 궁견에서도 신분 증명이 될 만한 물건들은 시녀들이 다 치워놓았으니, 사실 신분 증명 수단을 얻고 시작하는 건 불가능에 가깝습니다.

거 시녀장 치밀하기도 하지. 나는 혀를 쯧쯧 찼다.

"그럼 어차피 란첼 자작 앞에 나서봤자 좋을 게 없네?"

자기 증명이 안 된 상태에서 걸어 다니는 처형장 앞에 모습을 드러내 봤자 처형밖에 더 당하겠는가?

─그렇습니다.

거참, 대답 한번 단호하기도 하지.

"뭐야, 그럼 인생이 편해지지도 않네."

내 혼잣말에 라플라스가 민감하게 반응했다.

─그렇지는 않습니다. 카를로서의 신분 증명 수단만 구하게 되면 정식으로 황자로서 대접을 받을 수 있게 되니까요. 제국 중앙에 영향력을 행사할 수 있는 강력한 배경도 두게 되고요.

"그런데 신분 증명 수단을 얻을 수는 있어?"

없으면 그림의 떡이다.

─물론입니다. 다만 쉽지는 않습니다. 더불어 유료고요.

그림의 떡이었다!

"얼만데?"

어차피 못 먹을 떡, 찔러나 보자.

─1,000루블입니다.

"컥."

진짜 못 먹을 떡이었다.

─그야 구하시게 되면 제국 황자시니까요. 인생 탄탄대로죠.

잘 생각해 보면 모으는 게 불가능한 수준의 루블은 아니다. 시티 오브 툴루에서만 얻은 루블이 천이 넘으니까. 1,000루블 이라면 위험을 무릅쓰고 열심히 돌아다녀서 충분히 모을 수 있는 수준의 금액이다.

하지만 또 한 가지 생각을 안 할 수가 없는 게 있다.

"카를의 목숨을 노리는 세력은 또 따로 있잖아?"

라플라스는 인생 탄탄대로라고 표현했지만, 제국 황자로서 의 인생이 그렇게 녹록하지만은 않을 것이다. 아무리 카를이 황위 계승 순위에선 뒤에서 세는 게 빠르다지만, 목숨의 위협 을 느낄 수준으로 견제당하며 산다는 건 그리 마음 편한 일 만은 아닐 테니까.

애초에 내가 누워 있던 침대에 바위가 떨어지는 것부터 보 고 시작한 인생이다.

─새 주인님께서 충분한 힘을 갖추신다면 그런 놈들 따위 두려워할 필요가 없어집니다.

여기에서 라플라스가 또 혀를 놀렸다.

그런데 또 이게 설득력이 있다. 상대 입장에서 생각해 봐도 암살자 하나 보내서 슥삭 할 수 있다면 목숨을 노려봄직도 하겠지만, 군대가 필요한 상대라면 쉽게 손을 쓰기 어려워질 것이다.

반대로 힘이 없다면? 슥삭 당히겠지.

"그럼 힘을 얻은 다음에는 생각해 봄직하겠군."

—그렇습니다.

어쨌든 지금은 아니다. 그리고 지금 당장 써먹지 못할 정보란 건 이런 뜻도 된다.

"아, 100루블 헛으로 썼네."

써먹지 못할 보급품은 짐밖에 안 된다. 그걸 돈 주고 샀으니……. 미치고 팔짝 뛸 노릇이다.

—아직 설명이 끝나지 않았습니다만.

그런데 라플라스는 의외의 반응을 보였다.

"뭐가, 또?"

내 신경질적인 대꾸에도 굴하지 않고, 라플라스는 계속해서 말했다.

—새 주인님께서 100루블을 지불하신 정보는 '피어스 툴루즈가 직접 나서야만 하는 상황을 만든 원인에 대한 정보'입니다. 란첼 자작에 대한 정보는 그 일부에 지나지 않지요.

"엥? 란첼 자작이 100루블짜리가 아니었어?"

—그에 대한 정보가 비싸긴 하지만 100루블까지는 아닙니다.

하긴, 그러고 보니 100루블이라는 가격은 내가 내심 매긴 가격이었다.

"그럼 란첼 자작 외에도 다른 원인이 존재할 수 있다는 거야?"

—란첼 자작은 그 원인 중 하나에 지나지 않지요. 심지어 란첼 자작이 아닐 확률도 존재할 정도입니다. 둘이 더 있습니다.

둘이 더 있다고? 산 너머 산이네. 한숨이 절로 나왔다.

—만약 새 주인님께서 란첼 자작에 대한 내용만 원하셨다면, 루블을 되돌려 드리겠습니다.

나는 잠시 고민했지만, 곧 고개를 저었다. 어차피 살아남으려면 필요한 정보다. 물어본 김에 한꺼번에 미리 듣는 게 낫다. 내 신호에 라플라스는 다시 설명을 시작했다.

—먼저 카를 황자의 '적'의 주구이자 제국 비밀 감찰 부대 '이름 없는 대대'의 대대장 프란치노가 피어스 시장을 움직였을 가능성이 78% 정도 됩니다.

내 속내를 아는 건지 모르는 건지, 라플라스는 생기 넘치는 발랄한 목소리로 설명을 이어나갔다. 아주 신났네, 신났어.

하지만 그냥 듣고 흘려보내기 어려운 정보도 섞여 있었다.

"카를 페르디넌트의 적이라고? 그게 누군데?"

그놈이 시녀들을 사주해 카를의 목숨을 노린 배후임에 틀림없다. 아무리 내가 직접적으로 당하지 않았다고 한들, 그놈을 처치하지 않는 한 카를의 신분을 되찾는 행위에는 위험이 도사릴 수밖에 없다.

―그 정보는 조금 비쌉니다. 아니, 많이 비쌉니다.

하긴 그렇지. 적의 정체를 알게 되는 것만으로도 앞으로의 삶이 엄청나게 편해질 게 확실하니, 대현자 같은 변태라면 이 정보에 적어도 천 루블 정도는 걸어놨을 것이다.

"그렇다면 프란치노에 대한 정보는?"

―이미 가격을 지불하셨죠.

다행히 100루블 안에 포함되는 모양이다. 내가 턱짓으로 계속 말하라는 신호를 보내자, 라플라스는 지금이 자기 인생의 전성기라는 듯 반짝거리는 목소리로 브리핑을 계속했다.

―외견 데이터는 지금 다운로드받으실 수 있습니다.

다운로드를 승인하자 키는 2m를 넘는 데다 전신이 근육질인 호남아 스타일의 남자 모습이 머릿속에 들어왔다.

겉보기의 연령은 40대 후반인가. 평범한 인간이라면 신체능력이 저하되기 시작할 나이지만, 노화를 어느 정도 무시할 만한 힘과 능력이 널린 이 세계에선 별 페널티도 아니리라.

"이게 프란치노라 이거지. 무력은?"

―주로 검을 다룹니다. 외력을 단련한 것은 보셨으니 아실 테고, 내력도 충분히 단련된 상태입니다. 프란치노 개인의 직위는 대대장입니다만 괜히 특수부대의 장인 게 아닌지라 4검급의 무력을 지니고 있습니다.

"4검급이면 얼마나 강한 거야?"

―정령법으로 치자면 4령급은 되겠군요.

라플라스의 대답에 나는 놀라 외쳤다.

"이런, 미친!"

지금 내가 3령급의 정령사인데, 4령급이라니. 그것도 정령도 없는데 무력으로만 4령급이란다. 아무리 내가 정령력만큼은 4령급이라지만, 아마도 정면으로 맞부딪히면 승산 따위 없을 거다.

"아니, 그런데 이상한데? 카를 황자의 적이 왜 레너드 몬토반드를 노려?"

―그 정보는 유료입니다.

지금 가진 정보를 취합해 예상해 보자면, 레너드 몬토반드가 카를 황자의 외척이니 황자의 적이 노릴 만한 근거로는 충분하다. 하지만 단지 이것만이라면 굳이 유료 정보일 이유는 없겠지. 아마 다른 이유가 또 있을 것이다.

그러나 그 이유를 지금 당장 루블까지 써가며 알아야 할 이유는 없다. 눈앞의 역경을 극복하는 게 더 중요하니까.

"마지막 하나는?"

―50%로 조금 낮습니다만, 루에노일 가능성이 있습니다.

나는 잠깐 멈칫했다. 너무 의외의 이름이라 생각이 멈췄다.

루에노. 레너드를 죽인 진범이자 5령급 정령사. 더불어 대현자의 첫 스승. 물론 내가 카를인 지금 이 시점에선 나하고 별 접점은 없다. 기껏해야 맛없는 죽을 얻어먹은 사이?

"…아니, 그 아저씨가 왜?"

—루에노 본인은 자신이 레너드 몬토반드를 살해했다고 생각하고 있었는데, 새 주인님께서 레너드의 신분으로 멀쩡히 살아서 돌아다니니 호기심이 인 까닭이죠.

"아……."

하필이면 루에노가 꼬일 줄이야. 레너드의 신분에 이런 문제가 생길 줄은 몰랐다.

"…역시 싼 게 비지떡이군."

—그 싼 신분으로 몬토반드의 왕검까지 손에 넣으셨잖습니까?

"아, 그건 그러네. 와하하."

나는 마른 웃음을 흘렸다.

웃을 수 있는 건 잠시였다. 남 일도 아니고 내 위기다. 그것도 극복하기 어려울 정도로 크고 어려운 위기.

"그런데 셋이 합쳐서 확률 100%를 훨씬 넘어가는데, 이런 경우는 뭐야?"

—둘, 혹은 셋 모두가 피어스를 찾아와 레너드 몬토반드를 수배했을 가능성이 있습니다. 오히려 이렇지 않을 가능성이 더 낮다고 보셔도 좋습니다.

"하하, 둘 이상이 날 노린다고?"

란첼 자작의 정체를 알았지만 지금 당장 내 편으로 끌어들일 수 없는 데다, 프란치노는 카를 황자의 적이니만큼 좋은 의도로 레너드 몬토반드를 노릴 가능성이 매우 낮다. 루에노는… 단순히 별로 만나고 싶지 않다.

"좋아, 도망가자."

5마급의 마법사에 4검급의 검사, 그리고 5령급의 정령 검사다. 하나만 있더라도 맞붙어 싸우는 게 바보다. 그런데 둘 이상 있을 가능성이 높다니. 이건 도망가야 한다.

다른 선택지는 없다!

─그럼 비밀 통로 쪽의 출구를 쓰시면 되겠네요.

사실 이 지하 수로 유적에서 탈출할 수 있는 출구는 둘이다. 하나는 시티 오브 툴루의 내부로 나가는, 부대를 통솔하고 나갈 수 있을 정도로 큰 출구였고 다른 하나는 내가 발견한 대대장실의 비밀 통로다.

─대대장실 아니라니까요…….

"아무튼 딱 좋군."

아무도 모르게 도망치기에 그보다 더 좋은 루트가 없었다. 탈출용 통로답게 도시 바깥으로 이어져 있기도 했고, 마침 내가 안전도 다 확보해 두었으니 말이다.

＊　　　＊　　　＊

나는 해가 지길 기다렸다.

다른 이유도 있지만 근본적인 이유는 물론 흑법 그림자 숨기를 쓰기 위해서다. 아무리 더 높은 수준의 흑법이나 특별한 추적 수단에 의해 간파당할 수 있다지만 안 쓰는 것보다는 낫다는 것에는 누구도 이견을 제시하지 못하리라.

게다가 야반도구는 밤중에 하니까 야반도주 아닌가. 이런 국룰은 또 지켜줘야 제 맛이지.

아무튼 기왕 쉬는 김에 신성력도 채우고 축복도 갱신하고 준비 만전의 상태를 기했다.

만약을 위해 [변신 브로치]와 [천변의 백면]을 통해 복장과 얼굴까지도 잭 제이콥스의 것으로 바꾸기도 했다. 수배당한 건 레너드 몬토반드니, 도시 밖으로 나가기만 한다면 잭 제이콥스가 더 안전하리라 판단한 덕이었다.

탐사 일지의 정산도 끝냈다. 탐사는 이미 전부 마친 상태였으므로 별로 손이 가는 일도 아니었다. 이번에는 보물까지 찾은 덕에 얻은 탐사 점수는 많았는데, 정작 이 점수로 살 게 별로 없었다.

[잠금 해제 2], [함정 해체 1], [기계 조작 1]을 한 단계씩 업그레이드하는 데 그쳤다.

"다음에 써야지, 뭐."

미련은 남지만 어쩌겠는가. 나는 [탐사 일지]를 덮었다.

─해가 졌습니다.

"그럼 이제 나가볼까?"

나는 무릎을 두드리고 대대장실의 소파에서 몸을 일으켰다. 이미 함정을 다 꺼둬 조용해진 비밀 통로를 통해 나는 시티 오브 툴루에서의 탈주를 시작했다.

*   *   *

지하에서만 며칠씩 시간을 보내다 바깥바람을 오랜만에 쐬니 기분이 좋아야 했지만, 쫓기는 입장이다 보니 마음의 여유가 별로 없었다.

"딱 좋게 어둡군."

내가 고른 날은 아니지만 운이 괜찮아서 하늘은 구름으로 뒤덮여 있었고 달빛도 어두웠다. 비록 내 시야도 제한되는 게 아쉽지만 좀 불편하더라도 끼릭이의 스코프로 야시경을 대신할 수 있으니 큰 문제는 아니었다.

"이럴 줄 알았으면 흑법이나 2야급으로 올려둘 걸 그랬나."

만약 그랬다면 흑법을 두 개 동시에 유지할 수 있어서 그림자 숨기를 쓴 채로 어둠 꿰뚫어 보기를 쓸 수 있었을 테니 더 편하긴 했을 거다.

하지만 나중을 생각하면 루블에 여유를 남겨둬야 했다. 끼릭이의 스코프가 없었으면 더 고민해 봤을 테지만 그런 것도 아니니, 만약의 상황을 상정하는 쪽이 훨씬 나은 판단이리라.

"가자."

해가 뜨기 전까지 최대한 멀리 이동해 두는 게 좋을 터였다. 피어스 툴루즈는 시티 오브 툴루의 시장이지만 도시 외곽 툴루 지역의 지배권도 가지고 있으니, 안전을 장담하려면 아예 다른 지역으로 나가야 했다.

지나치게 속도를 내면 흑법 그림자 숨기를 건 의미가 없어지기에, 나는 빠른 속도로 걸었다.

뒤를 돌아보니 시티 오브 툴루의 성벽에 드문드문 배치된 경비병들이 하품을 하거나 빈둥거리는 모습이 스코프 너머로 보였다. 그런 경비병들의 모습에 나는 슬쩍 웃고 말았다. 비웃거나 한심해하는 의미가 아니라, 지구 시절에 겪었던 군 생활이 생각나서였다.

정찰하고 돌아온 정찰병들을 경계 세우는 건 대체 뭔 짓인지 모르겠다만, 뭐 사람이 부족한 건 어쩔 수 없는 일이다.

그러나 웃을 수 있던 건 거기까지였다.

갑자기 돌풍이 한 차례 크게 불더니, 사람 하나가 성벽 위로 치솟았다. 나는 직감적으로 스코프를 돌려 사람의 모습을 확인했다.

"어째 느낌이 안 좋더라니!"

루에노였다! 루에노가 하늘을 날아서 오고 있었다. 방향은 내 쪽, 공교롭게도 스코프 너머로 나와 눈이 마주쳤다.

아니, 공교롭게는 무슨! 저거 날 노리고 오고 있는 거다!

흑법 그림자 숨기고 뭐고, 나는 냅다 달리기 시작했다.

살아야 한다!

"이럴 줄 알았으면 비행 마법 같은 거라도 배워두는 건데!"

─루에노는 지금 바람의 정령을 이용해서 날아오고 있습니다.

"바람의 정령 소환해 둘걸!"

─소환해서 봤자 어차피 졌을 텐데요.

"그건 그렇네!"

라플라스와의 쓸데없는 문답도 오래가지는 않았다. 돌풍이 몰아닥쳐 내 등을 강하게 가격했고 나는 그 자리에 나뒹굴었다. 그리고 루에노는 실로 부드럽게 착지했다.

"나는 너를 기억 못 하나 내 정령은 너를 기억하고 있군."

아, 그런 건가. 아무런 전조도 없이 갑자기 날아온다 했더니만 도시 주변을 바람의 정령인지 뭔지가 정찰하고 있었던 모양이다. 그리고 내가 도시 밖으로 나오자마자 덮친 거겠지.

"너는 누구냐?"

질문에 대답해야 하나? 그런데 뭐라고 대답해야 하지?

'라플라스!'

─…어쩔 수 없죠. 지금은 그냥 스승님이라고 부르십시오.

엥? 그걸로 되나? 나는 잠깐 고민하려 들었지만 점점 가늘어지는 루에노의 눈을 보곤 고민할 시간조차 없다는 걸 깨달았다.

"스, 스승님……!"

살기로 가득했던 루에노의 눈동자가 갑자기 동그랗게 변했다.

"나를 스승으로 생각하나?"

"그……."

사실 아니다.

"…그렇습니다."

그러나 아까까지 날카로웠던 살기를 기억하는 나의 본능은 나로 하여금 고개를 끄덕이게 만들었다. 후폭풍이야 감당하기 어렵겠지만 죽는 것보다야 낫겠지. 그런 생각으로 나는 나 자신을 필사적으로 설득했으나 조금 전 라플라스의 말에서 느껴진 불길함은 떨떠름하기 짝이 없다.

어쩔 수 없다니, 뭐가 어쩔 수 없다는 거지?

"그렇구나, 너는 내 제자로구나."

내 내심을 아는지 모르는지, 내 대답을 들은 루에노는 만족스러운 듯 말했다.

"네가 나를 스승으로 섬긴다면, 나 또한 너를 제자로 받아들이는 것이 순리겠지."

내가 아무 말도 못 한 채 있자, 라플라스가 침묵을 깨고 입을 열었다.

―…그렇게 된 겁니다.

'아니, 뭐가 그렇게 된 거란 거야?'

―루에노를 상식으로 이해하려 하지 마십시오.

라플라스의 대답에 나는 할 말을 잃어버렸다.

그러고 보니 첫 만남부터 그랬지. 이 남자와의 대화가 제대로 성립했던 기억이 없다.

"하지만 제자야, 지금은 너와 교분을 나누고 있어도 되는 시간이 아니로구나."

루에노는 칼을 뽑아 들었다.

"너를 노리고 있는 놈들이 있다."

"…예?"

"모르나? 네 목숨을 노리는 놈들이 있다고."

나야 내 일이니 알긴 알지만, 루에노는 그걸 어떻게 알았지?

"길을 열어주지. 도망치거라."

루에노는 빼어 든 칼을 한차례 휘저었다. 그 방향은 의외로
아무것도 없는 곳, 시티 오브 툴루를 등진 무작위의 방향처럼
보였다. 그러나 그의 일검에 갑자기 돌풍이 일어났고, 그 돌풍
에 휘말린 사람들이 하늘로 치솟아 오르는 모습이 보였다.

"으악! 뭐야!"

"아아악!"

문제는 그 사람들이 완전무장 한 군인인 데다, 내가 가려는
방향을 막고 있었다는 점이었다. 마치 내가 야반도주를 할 줄
알고 있었던 것처럼, 그것도 언제 어디로 향할 건지 알고 있었
던 것 같은 위치다.

'라플라스!'

—이미 말씀드린 프란치노 휘하의 '이름 없는 대대'입니다.

루에노는 이름 없는 대대의 군인들이 저기 숨어 있는 줄 어
떻게 알았지? 아니, 이런 걸 궁금해하고 있을 때가 아니다.

이번에는 시티 오브 툴루의 성벽 쪽에서 뭔가가 솟구치는

모습이 보였다. 내가 이걸 알게 된 건 루에노가 갑작스레 시선을 돌리며 내 등 뒤를 막아섰기 때문이었다.

"놈은 내가 믹으나."

놈?

―프란치노입니다.

'아니, 그놈 검사라고 하지 않았어? 검사가 왜 날아와?'

―유료입니다만……

지금 대답이나 듣고 있을 때가 아니다. 당장 도망쳐야 한다. 프란치노, 저놈은 날 죽이러 오는 거니까!

"너는 도망쳐라."

봐라, 루에노도 이렇게 말하잖아! …응? 그런데 루에노는 갑자기 왜 이렇게 나한테 잘해주지? 내가 의문의 시선을 돌리자 루에노는 한 번 픽 웃었다.

"스승이 제자를 지키는 것은 어미가 아이를 지키는 것만큼이나 당연한 것이다."

아니, 왜 멋있지?

"가라!"

"…죄송합니다, 무운을!"

어쨌든 살아야 될 것 아닌가. 5령급인 루에노가 4검급인 프란치노 상대로 죽을 것 같지도 않으니, 나는 그냥 염치불구하고 루에노가 열어준 길로 달리기 시작했다.

　프란치노가 성벽을 넘어온 이유는 실로 심플했다.

　호기심이었다.

　같은 공관이 묵고 있는 데다 똑같이 레너드 몬토반드의 뒤를 쫓고 있는 루에노가 갑자기 성벽을 넘어서 날아가는 모습을 보고도 그냥 넘어갈 정도로 프란치노는 둔한 인간이 아니었다.

　그러나 호기심은 곧 의문으로 바뀌었다.

　루에노가 자기 부하들을 무슨 수작으로 날려 버리고, 등 뒤에 누군가를 보호하려고 막고 있는 모습을 보면서 프란치노는 일단 저 루에노 놈이 하려던 걸 못 하게 해야겠다고 마음먹었다.

　도망치는 게 누군지는 모르겠지만, 평소에는 노느라 일도 안 하는 시장의 행태를 생각하면 도시에서 야반도주 하는 놈은 빚쟁이든 도박꾼이든 밑바닥에서 뒹구는 인간일 가능성이 높았다. 그리고 프란치노가 생각하기에, 레너드 몬토반드는 딱 그런 인간이었다.

　도망치는 모습을 자세히 보니 뒷모습이 이미 보고받은 레너드의 그것과는 달랐지만, 그건 그리 큰 문제가 아니었다. 프란치노는 예언자로부터 레너드가 자유자재로 모습을 바꿀 수 있을 거라는 소리를 들었다.

　뭐 추측이니 직감이니 그런 걸 다 빼놓고, 레너드 잡자고 기껏 도시 안에다 수배령을 내려놨는데 도시에서 도망치는 놈이 있다? 이건 무조건 잡아놔야 된다.

그런데 루에노가 그 수상한 놈을 도망 보내겠다고 자기 앞을 막아섰다. 포위망까지 깨면서!

상황 돌아가는 게 수상하기 짝이 없지 않은가?

"비켜라, 잡것!"

그러나 루에노는 비키지 않았다. 하긴 이미 부하들을 날려버린 시점에서 자신을 적대할 게 빤해진 상황이었다.

"비키지 않으면 베겠다!"

따라서 프란치노는 그냥 칼을 꺼내 들었다.

프란치노 또한 루에노가 어떤 인물인지에 대한 정보는 입수한 상태다. 그러나 그는 자신이 루에노를 크게 어렵지 않게 제압할 수 있으리라 생각했다. 왜냐하면 이미 그는 정령사를 상대해 본 경험이 있고, 따라서 어떻게 대응해야 하는지 알고 있었기 때문이다.

그냥 칼로 베면 되더라.

그러니까 루에노 또한 그럴 것이다!

"제자가 가는 길이다. 스승이 나서서 닦아줘야겠지."

프란치노의 자신감을 아는지 모르는지, 루에노는 아무렇지도 않은 표정으로 가볍게 칼로 허공을 베었다. 그러자 돌풍이 일어나 프란치노에게 덮쳐왔다.

"흥!"

프란치노는 코웃음을 치며 칼을 휘둘렀다. 그러자 본래 바람은 칼로 베이지 않는 것이라는 상식을 무시하고 그를 향해 달려드는 돌풍이 칼에 베여 사라져 버렸다. 그의 칼에 아스라이 드리운 검광이 이 불가능해 보이는 위업을 가능케 한다.

이 검으로 그는 정령술도 베고, 정령도 베고, 정령사도 베어 왔다.

그러니 이 싸움의 승리는 자기 것이다!

프란치노는 그렇게 결론 내렸다.

"정령술 따위 사술에 지나지 않음을 깨달아라."

프란치노는 나지막한 목소리로 루에노에게 멸시의 말을 흘렸다.

그러나 루에노는 프란치노의 도발에도, 그가 보여준 무위에도 아랑곳 않고 엷은 웃음을 흘렸다.

"……!"

프란치노는 불길한 느낌에 곧장 몸 주변을 크게 베었다. 검 끝에 날카로운 기운이 자라나 아직 한참 떨어져 있는 루에노에게 닿았다.

거목까지 단번에 잘라낸다 하여 붙인 이름이 거목참. 그러나 이미 일가를 이룬 프란치노의 일 검은 처음 그 이름을 붙였던 때와 달리 지금은 쇠기둥도 능히 벤다. 그야말로 필살의 일검.

이겼다.

프란치노의 입가에 회심의 미소가 깃들었다.

"뭣?!"

그러나 직후, 프란치노는 눈을 크게 뜰 수밖에 없었다. 왜냐하면 칼 끝에 아무런 삼삭이 느껴지지 않았기 때문이다. 이것이 가리키는 바는 명확했다.

베지 못했다!

심지어 그뿐이 아니다. 프란치노가 인지조차 못 한 사이, 루에노가 모습을 감췄다.

이제까지 상대해 왔던 그 어떤 정령사와도 다른 대응에 프란치노가 당황하고 있는 새, 루에노의 담담한 목소리가 시커먼 어둠 속에서 들려왔다.

"세상의 평판이 무슨 의미가 있으리오."

"어디냐!"

프란치노는 외치곤 자신의 주변 360도를 한 바퀴 회전하며 베었다. 목소리는 들렸으나 그 목소리가 들린 방향을 특정할 수 없었기에 그리 할 수밖에 없었다.

대장군급의 기사가 적의 위치조차 파악하지 못하다니! 한심한 일이나 지금은 좌절이나 하고 있을 때가 아니었다.

"나는 그렇게 생각해 왔고, 따라서 평판에 굳이 얽매이지 않은 삶을 살아왔소이다."

루에노의 목소리에는 여전히 고저가 없었다. 애초에 칼끝에 걸리는 감각이 없었으니, 베지 못했음은 이미 알아챈 바였다.

문제는 프란치노의 칼을 앞에다 두고도 아무런 동요를 보이지 않는 루에노의 반응이다.

"하오만, 후인을 생각하자면 이대로는 안 되겠다는 생각이 드는구려."

"무슨 속셈이냐!"

프란치노는 분노하여 외쳤다. 그러나 내심 두려운 마음이 들지 않는 것도 아니었다. 지금의 경지에 오른 후, 손에 식은 땀이 난 것이 얼마만이던가.

…어쩌면 처음일지도 모른다.

"속셈이라. 별거 아니오."

그렇게 잔뜩 긴장한 프란치노의 귀에 루에노의 웃음 섞인 목소리가 흘러들었다.

"그대는 꽤 강한 모양인데."

프란치노는 칼을 쥔 손에 힘을 주었다. 나를 두고 '꽤 강한 모양'이라니, 정령사 주제에 할 말 못 할 말도 못 가리는 건가? 프란치노는 생각했지만, 그 생각은 실시간으로 옅어지고 있었다.

"그대를 죽이면… 정령술에 대한 세간의 평가가 조금은 오르지 않을지?"

주변의 공기가 모조리 얼어붙은 것 같은 감각에 프란치노는 전율했다.

"크윽!"

그리고 오로지 본능에 의지해 칼을 휘둘렀다.

살아남기 위해서.

　　　　*　　　　*　　　　*

　나는 루에노를 뒤로한 채 도망치면서 라플라스에게 물었다.

　"라플라스! 스승님은 무사하시겠지?"

　사실 루에노를 스승이라고 하기엔 배운 것도 없고 맛없는 죽 한 그릇 얻어먹은 게 전부지만, 내게 생로를 열어줬다 보니 너무 자연스럽게 스승님이라는 소리가 나온다.

　루에노와 프란치노의 대결이라면 걱정할 게 없지만, 이름 없는 대대가 시티 오브 툴루를 포위한 걸 나는 안다. 그 포위 병력이 집결해서 루에노에게 덤빈다면 아무리 그라도 안전을 보장할 수 없을지도 모른다. 이게 내 우려였다.

　―루에노라면 99% 이상의 확률로 괜찮을 겁니다. 보셨다시피 바람의 정령을 아주 잘 다뤄서 도망치는 데에는 선수니까요.

　그러나 라플라스는 그런 내 우려를 가볍게 불식시켰다.

　―오히려 문제는 새 주인님입니다.

　"응? 뭐? 갑자기 왜?"

　나는 고개를 갸웃거렸지만, 곧 고개의 움직임을 멈추게 되었다.

　두두두두두두.

　지축을 울리는 말발굽 소리.

　"아니, 이런 싸버릴!"

기병대다. 기병들이 몰려오고 있었다.

지구에서도 기병대를 운용하기는 했다. 단순히 기름과 전기가 부족해서 탱크 같은 걸 굴리기 힘들다는 점이 결정적이기는 하지만, 이방인들이 동물을 잘 죽이지 않는다는 점도 노려서 하는 짓이었다.

그러나 지구보다 이방인들이 기병대를 더 잘 굴려먹었다. 하늘도 날아다니는 각성자 놈들이 무슨 기병대냐 싶긴 하지만, 평소라면 별 위협적이지 않은 각성자가 기동력을 확보하고 치고 빠지는 전술을 구사하는 걸 보면 그 말이 쏙 들어간다.

특히나 정찰병 시절에는 적 기병대 몰려오는 소리만 들어도 PTSD가 막 몰려올 정도였다.

"으아아아아……."

아무튼 상대가 기병대라면 못 도망친다. 사람이 뛰어봤자 말 앞에서 도망가면 얼마나 가겠는가? 여기서는 뒤돌아 맞서 싸워야 했다.

"끼럭아!"

나는 곧장 끼럭이를 불러냈다. 내가 말까지 한꺼번에 베어버릴 수 있을 정도의 실력자라면 모를까, 말 위의 상대와 검투를 벌인다는 건 일방적으로 불리한 짓이다.

게다가 여기에 랜티스란 놈이 따라왔을 가능성도 있다. 대현자의 정보에 따르면 그놈도 3검급의 실력자. 대대장인 프란치노보다는 못하지만 내가 왕검을 들어도 충분히 버거운 상대다.

그러니 여기서 적을 섬멸시킨다는 생각은 버린다.

"유탄!"

철컥!

K201에 정령 유탄이 장전되는 소리가 든든하기 짝이 없다. 당연히 이대로 쏘지는 않을 것이다. 나는 끼릭이에게 공급시키는 정령력에 불의 속성력을 가득 묻혀 보냈다.

"발사!"

"끼릭, 끼릭!"

퐁, 쾅! 퐁, 쾅! 퐁, 쾅!

나는 연속적으로 K201을 펌프질 하며 유탄을 쏴 보냈고, 불의 속성력이 담겨진 유탄은 곡선을 그리며 날아가더니 폭발과 함께 불꽃을 뿜어대었다.

히히히힝, 하는 놀란 말의 투레질 소리가 들렸다. 끄아아아악, 하는 사람의 비명 소리도 들렸다. 확실히 말보다는 사람의 반응 소리가 좀 늦었다.

우선은 불로 길을 끊는다! 이게 내 노림수였다.

내 노림수는 적중했다. 뒤를 돌아보니 선두로 달려오던 몇 놈은 폭발에 휘말려 비명도 못 지르고 살점들로 흩어졌고, 눈치가 느린 놈들은 말을 멈추지 못하고 불길에 휩싸여 비명을 질러대고 있었다.

그러나 아직 기뻐하기는 이르다. 이를 악물고 불꽃을 뛰어넘어 나를 노리고 달려오는 놈들이 몇몇 있었기 때문이었다.

그나마 그 숫자가 적은 게 다행이다.

나는 스코프에 눈을 대고 K-2의 조정간을 연사로 맞췄다. 드르르륵, 드르르륵, 드르르륵! 한 놈 당 정확히 4발씩 끊어서 쏴주자 둘은 넘어갔지만 하나가 버텼다.

젠장, 단단하기도 하지. 저게 제국의 기사인가?

나는 이를 악물었다.

"끼릭아! 정령 폭주다!"

투투투투투! 마지막까지 버티던 놈도 폭주 정령탄까지는 버티지 못하겠는지 결국 낙마하고 말았다. 그야 한 발 한 발이 강철도 끊어놓는 위력인데 저걸 버티는 게 더 신기하지.

"끼릭……!"

폭주를 시킨 끼릭이의 총구가 늘어지기 시작했다. 본인에게는 의욕이 있는 모양이지만 더 이상은 무리다. 어차피 어느 정도 피해를 입혔으니 이제 빠져야 할 때다. 그러려면 새로운 불꽃의 벽을 쳐야 했다.

"반짝아!"

나는 신성의 정령인 반짝이에게 남은 정령력과 속성력을 모조리 밀어 넣었다. 이러면 당연히 정령 폭주 상태가 된다. 그것도 불꽃을 잔뜩 머금은!

"자폭해라!!"

반짝반짝…….

반짝이가 반짝거리는 궤적을 그리며 날아가더니, 사람이라면 눈을 감아도 눈이 멀어버릴 정도의 빛과 함께 불꽃을 뿌려대며 폭발했다. 물론 나는 미리 등을 돌린 데다 팔로 눈까지 가렸지만 그럼에도 눈앞이 번쩍거릴 정도였다.

"돼, 됐어!"

나는 휘청거리면서 앞으로 나아갔다. 원래 빛이 강할수록 그림자도 강한 법. 간신히 적당한 엄폐물인 바위 뒤까지 물러난 나는 다시 흑법을 펼쳤다. 그제야 반짝이가 남긴 빛이 사그들기 시작했지만, 폭발의 여파인 불은 초원의 흙마저 태울 기세로 활활 타오르고 있었다.

눈을 깜박거려 시력에 문제가 없다는 걸 확인한 나는 조심스럽게 가까운 숲을 향해 나아갔다. 그리고 숲에 도착하자, 드디어 라플라스가 말했다.

─죽음을 극복하셨습니다.

"아이고, 배고프다."

정령력이 바닥난 건 당연하고, 속성력까지 아낌없이 다 써버린 탓에 위장이 사정없이 꾸르륵거리고 있었다. 각성창에서 비스킷 하나를 꺼내 입안에 넣자, 이 팍팍한 비스킷이 입안에서 넘쳐 나온 침 때문에 금세 적셔져 위장으로 꿀떡 넘어갔다.

"후우, 후우, 흐읍."

호흡을 정돈한 나는 다시 숲속을 향해 움직이며 라플라스에게 물었다.

"그럼 이제 안전한 거지?"

—아뇨, 그렇지 않습니다. 이름 없는 대대가 따로 추적조를 보내올 가능성도 높지만, 그보다도……

"그보다도?"

—루에노, 입니다.

아니, 스승님이 왜?

—루에노를 스승님이라고 부르셨잖습니까?

"어, 네가 그러라고 해서……."

—네, 그땐 그게 유일한 방법이었으니까요. 하지만…….

라플라스의 말을 채 다 듣기도 전에 난 답을 알게 되었다.

루에노가 내게 스승이라고 불린 이상, 스승의 역할을 다하려고 들 수도 있다……!

"만약 지금 루에노한테 잡히면……."

—루에노의 교육을 받게 되겠죠.

예를 들어 산 채로 불 위에 매달려 훈제처럼 구워진다든가, 물속에 집어 던져진다든가, 땅속에 파묻혀진다든가, 그런 전통적인 정령술 수업을 받아야 할지도 모른다. 그것도 몇 년씩이나!

생각만 해도 소름이 돋는 이야기였다.

"어쩔 수 없다는 게 그런 의미였냐!"

—하지만 어쩔 수 없었습니다.

그건 동의한다. 상황이 상황이었다.

"도, 도망쳐야 해."

사실 나는 내 뒤를 막아준 루에노를 버리고 그냥 도망 온 것에 대해 아주 약간의 거리낌을 느끼고 있었다. 그러나 이제는 다르다. 그서야 발로 고양이 생각해 주는 쥐 꼴이다.

지금의 나는 루에노'로부터도' 도망쳐야 하는 입장이다!

─방금 경험하셨다시피, 루에노를 상대로는 어중간한 흑법은 통하지 않습니다.

"그러고 보니 루에노한테 잭 제이콥스의 얼굴을 보여준 적은 없는 것 같았는데!"

내가 [천변의 백면]을 손에 넣은 건 루에노와의 조우 후의 일이다. 따라서 내가 루에노에게 보여준 얼굴은 기껏해야 [성장의 반지]로 보여준 카를의 어른 모습뿐이다.

그리고 지금 나는 잭 제이콥스의 얼굴을 취한 채다. 이건 딱 루에노를 따돌리기 위한 수단이었다. 혹시나 들키더라도 다른 사람인 척 넘어가기 위해서.

그럼에도 불구하고 루에노는 나를 알아봤다. 알아봤다는 말은 하지 않았지만, 딱 봐도 알아봤다! 그런데 어떻게?

─새 주인님, 정확히는 레너드 몬토반드를 추적하던 바람의 정령이 새 주인님의 정령 파장을 기억하고 있었기 때문입니다.

뭔 소린지 모르고 싶은데 뭔 소린지 알겠다. 3령급의 정령법 지식은 라플라스가 말한 게 무슨 뜻인지 내게 쉽게 풀어서 이해시켰다. 이해하고 싶지 않은데도!

요는 그거다.

끼럭이와 반짝이를 포기하지 않는 한, 내가 모습을 바꿔도 루에노는 나를 알아볼 수 있다.

식은땀이 삐질삐질 비어져 나왔다.

"튄다!"

남은 답은 하나뿐이다. 숨을 수 없다면 물리적으로 거리를 벌려야 했다.

나는 달렸다. 힘껏 땅을 박찼다. 외력과 내력을 총동원하고, 체력이 떨어지고 호흡이 달릴 때마다 나 자신에게 치유를 걸면서 나는 계속해서 달렸다.

"헉, 헉……. 아이고, 죽겠다."

그 결과, 나는 전력 질주로 숲속의 언덕길을 통해 한 시간 이상을 도망친다는 인류의 한계를 넘어선 도전에 성공했다. 이것저것 배우고 먹고 얻은 성과가 빛나는 순간이었다.

"라플라스, 이제 안전해?"

─사실 완전히 안전하지는 않습니다.

내심 나 자신을 자랑스러워하며 던진 질문이었는데, 라플라스는 사정없이 내 기세를 꺾었다.

─새 주인님께서 남기신 흔적을 토대로 이름 없는 대대가 추적을 개시할 테니까요.

"아, 그렇군."

하긴 흔적 같은 건 신경도 안 쓰고 스피드만 올렸으니, 라플라스의 말이 완전히 틀리진 않다. 나는 속도는 조금 늦추는 대신 흔적을 남기지 않는 것에 신경을 쓰면서 1시간 정도를 더 도망치기로 했다.

―죽음을 극복하셨습니다.

라플라스의 메시지로, 나는 드디어 이름 없는 대대의 추적을 완전히 뿌리쳤음을 알았다.

"후, 좋아."

주의 깊게 이동하느라 속도는 느렸고, 따라서 거칠어졌던 호흡은 정리할 수 있었다. 당연히 체력까지 회복하진 못했지만, 그런 건 성법으로 억지로 회복시키면 된다.

"다시 뛴다!"

전력질주 1시간에 10분을 숨 돌렸다가 회복 성법 쓰고 다시 전력질주 1시간! 시간이 흐름에 따라 자연스럽게 회복된, 하지만 양이 얼마 되지는 않는 정령력으로 자기 징령화를 쓰고 다시 전력질주!

이걸 반복하다 보니 어느새 밤이 지나고 태양이 떠오르고 있었다.

긴 밤이었다.

"어후! 아이고, 죽겠다."

풀밭을 나뒹굴듯 몸을 누인 나는 거칠어진 숨을 정리하다 고개를 저었다. 이런 짓을 반복해서야 체력이 남아날 리가 없었다. 몸이 먼저 축나겠다!

―이렇게 멀리까지 도망 올 필요는 없었는데요. 루에노의

탐지 범위에는 한계가 있습니다.

나도 안다. 여기까지 오면서 라플라스가 몇 번씩 말해줬으니까.

하지만 내 생존 본능은 가능할 때 더 멀리 가라고 외치고 있었다.

진짜 뛰다가 죽겠다 싶으니 그 생존 본능이 좀 다른 생각을 하는 것 같다만.

그래, 아무래 루에노라도 여기까지 도망쳐 오면 쫓아오지 못하겠지. 라플라스도 몇 번씩이나 장담을 했으니 이제 괜찮을 거다.

그런 생각을 하던 나는 언뜻 자괴감에 빠졌다.

나는 내가 꽤 강해졌다고 생각했는데, 이 정도로는 여전히 누군가의 도움 없이는 살아남기도 힘들다는 것을 몸으로 체감하고 나니 울적한 기분이 들었다.

시티 오브 툴루에서 막대한 양의 루블을 손에 넣고 이걸 아낌없이 갈아 넣었음에도 결과가 이러니 원.

"루에노처럼 5령급이 되고 나면 좀 낫겠지?"

―그럴 수도 있고 아닐 수도 있습니다.

"뭐야, 그게."

―새 주인님의 선택에 달려 있죠.

하긴 5령급이라고 다 같은 5령급이 아니다. 자기 정령화 같은 편법이 있긴 하지만, 편법은 편법일 뿐. 정령사의 강함은 정령에 달려 있으니까.

"아직 4령급도 못 됐는데 너무 먼 이야기를 했군."

나는 고개를 저으며 몸을 일으켰다. 가만히 있는다고 루블이 빌리는 것도 이니다. 㮒직에 들어가고, 탐사 섬수를 모으고, 루블을 벌고, 힘을 얻어야 한다.

"잭 제이콥스도 안전하지는 않지. 얼른 제3의 신분을 손에 넣어야겠어."

그러고 보니 100루블이나 내고 세 번째 신분을 사놓고서 딴 데로 샜다.

물론 시티 오브 툴루에서 얻은 것들은 확실히 컸으니 수확이 없었다곤 못하지만, 마지막이 좀 안 좋았다. 그러고 보니 처음도 안 좋았지. 시티 오브 툴루가 내 기억 속에 별로 좋은 모습으로 남을 것 같지는 않았다.

"라플라스! 그……. 새 신분은 어디서 얻어?"

—도망친 방향이 나쁘지 않군요. 여기서 그리 멀지는 않습니다.

라플라스가 기다렸다는 듯 내비를 개시했다.

제5장

—

괴도 등장!

란첼 자작은 아침에 일어났다.

그렇다. 아침이다.

해가 떠버리고 말았다.

지난밤에 일어났던 소란에 대해서 모르는 것은 아니다. 란 첼 자작도 귀가 있고, 나름 정보를 얻을 구석도 있다.

문제는 이 정보를 얻은 시점이 모든 일이 끝나고 난 다음인 아침이라는 점이었다.

"하… 아……"

사실 그들 일행의 여행이 그리 쾌적한 것이라고는 할 수 없 었다. 레너드 몬토반드나 잭 제이콥스를 뒤쫓으면서 머물 수 있었던 곳은 귀족 전용의 여관이 마련된 도시만이 아니었다.

큰 방 하나에 여행자들을 모조리 밀어 넣는 곳도 있었고, 촌부의 농장에서 신세를 져야 할 때도 있었다.

물론 그들은 귀족이니 큰 방의 다른 여행자들을 모조리 쫓아내 조금 편히 쉴 수도 있었고, 촌부의 안방을 대신 차지하는 것도 가능은 했다.

그러나 예언자의 주구인 프란치노가 이끄는 이름 없는 대대가 이쪽 변방에 몰려왔다는 소식을 들은 이상 소란을 일으키는 것도 좋지 않았다. 귀족으로서 위세를 떨면 귀족이 왔다는 소문이 나게 마련이다. 따라서 란첼 자작과 포아드 경은 그동안 불편을 감수해야 했다.

불편을 감수했으니 피로가 쌓일 수밖에 없고, 피로가 쌓인 몸은 푹 쉬길 원했다.

피어스 툴루즈가 마련해 준 공관은 그러한 휴식에 적합한 공간이었다. 간만에 편안하고 쾌적한 침구를 만난 몸은 그대로 파업을 선언했고, 란첼 자작은 하는 수 없이 하룻밤 동안 푹 잠들어야 했다.

란첼 자작이 아무 생각 없이 휴식을 택한 건 아니었다. 아무리 그래도 그동안 그렇게 잘 숨어 다니던 레너드 몬토반드가 하루 새에 붙잡힐 리 없다는 계산이 있었기에 내린 판단이었다.

아무리 그들의 적인 프란치노가 같은 공관에 머물고 있다지만, 놈도 생각이 있다. 아니, 생각이 있는 정도가 아니라 그만큼 교활하고 약아빠진 적도 드물다.

그렇기에 란첼 자작은 프란치노가 사람 눈이 많은 시티 오브 툴루의 공관에서 일을 벌이지는 않으리라는 기묘한 신뢰를 할 수 있었다.

"다 변명이지."

란첼 자작은 씁쓸하게 읊조렸다.

아무리 길게 늘어놔 봐야 자신이 방심했고, 그 틈을 타 레너드 몬토반드는 시티 오브 툴루를 빠져나갔다는 사실은 변하지 않는다.

"후……."

긴 한숨에 홍차 위에 서린 김이 긴 꼬리를 남기고 사라졌다.

그나마 위안인 건 어젯밤에 그 소란을 떨고도 프란치노 또한 레너드 몬토반드를 확보하는 것에 실패했다는 점이었다. 루에노가 프란치노와 이름 없는 대대의 앞을 막아섰다던데, 자세한 사정은 전해 듣지 못했다.

"대체 뭐가 어떻게 된 건지 모르겠군……."

프란치노와 이름 없는 대대는 루에노의 체포나 처치에도 실패한 것 같았고, 긴 꼬리를 남긴 채 서둘러 레너드 몬토반드의 뒤를 쫓아 시티 오브 툴루를 떠나갔다.

루에노도 행방불명됐으니, 지금 이 공관에 남은 것은 푹 자고 일어나 든든히 아침 식사를 한 란첼 자작과 포아드 경뿐이었다.

"쫓을까요?"

포아드 경은 주인의 눈치를 보며 물었다.

지난밤 잠들어 버린 것은 포아드도 마찬가지였다. 그렇다 보니 지레 찔려 저러는 것이리라.

그러나 란첼 자작은 화를 내지 않았다.

사실 화를 못 내는 것에 가까웠다. 주인 된 자로서 이런 책임까지 부하에게 떠넘길 정도로 란첼 자작은 망가지지 않았다.

한숨으로 자괴감을 녹여내려는 시도를 한 란첼 자작은 그 시도가 무위로 돌아갔음을 곧 깨닫고 그냥 말했다.

"아니, 이제 레너드 몬토반드를 쫓아봐야 흔적도 못 찾을 거야. 차라리 잭 제이콥스의 흔적을 찾는 게 빠르겠지."

"잭 제이콥스를 말입니까?"

포아드 경의 목소리에 의구심이 담겼다.

"거기다 우리가 이대로 계속 레너드 몬토반드를 쫓아야 하는지 의구심도 드는군."

애초에 란첼 자작이 레너드 몬토반드를 확보하려 한 건 예언자가 놈을 노린다는 소식을 들었기 때문이었다.

란첼 자작의 의도는 놈을 먼저 확보해 보호하려 했던 거였지만, 정작 그 본인은 이름 없는 대대의 포위망을 뚫고 유유히 도망갔다.

"혼자 제 몸 건사 잘하는 걸 보고 나니, 굳이 우리가 확보해서 보호를 해야 하나 싶기도 하고."

란첼 자작은 픽 웃었다.

이렇게 되고 보니 꼴이 참 우습게 됐다.

"그러면 어찌하시겠습니까? 자작님."

포아드 경의 물음에 란첼 자작은 주변을 슥 둘러보았다. 편안하고 쾌적한 환경, 맛있는 음식. 이것만으로도 좋은데, 불편한 상대들은 떠났고 자신들은 남았다.

"…일단 푹 쉬고, 나중에 생각하지."

그래, 이것도 다 피로가 쌓여서 생긴 일이다. 이 김에 며칠쯤 정양하는 것도 나쁘지 않겠지. 이러한 판단이 다소 자기변명적인 것 또한 사실이지만, 어쨌든 생각에 잠기기 위해서는 설탕과 홍차가 더 필요했다.

포아드 경의 낯에 뜬 희색이 좀 거슬렸지만, 란첼 자작은 애써 못 본 척해주었다.

"좋은 판단이로군요, 란첼 자작님."

그때, 낯설지만은 않은 목소리가 들렸다. 평소라면 반갑지 않은 목소리라고 표현했어야 하나, 지금 상황에선 반만 그랬다.

"루에노."

"네, 접니다."

루에노가 천장에서 떨어져 내렸다. 깔끔하게 착지에 성공한 그의 옷은 이곳저곳 찢어지고 혈흔도 남아 있었으나, 그 자신은 그다지 상처를 입지 않은 것처럼 보였다.

아니, 모르지. 어쩌면 상처를 치유해 버린 것일지도.

사실 란첼 자작은 정령사에 대해 잘 몰랐다. 루에노가 꽤나 대단한 자라는 것 정도는 문건으로 입수한 정보를 통해 알고 있었으나, 그가 정령술로 정확히 뭘 할 수 있고 약점이 무엇인지까지는 알지 못했다.

"염치없습니다만 신세를 좀 져야겠습니다."

정말 염치가 없는 소리였다. 귀족을 대뜸 찾아와서 의향을 묻지도 않고 신세부터 지겠다니.

"그러시오."

그러나 루에노가 갖고 있을 정보의 가치를 생각하면 란첼 자작으로서도 그를 내칠 수 없었다.

*　　　*　　　*

나는 라플라스의 내비에 따라 이동했다.

시티 오브 툴루에 들르기 전까지는 운 좋게 말을 되찾을 수 있었지만, 이번에는 그렇지 않았기 때문에 이동은 기본적으로 도보였다.

"이게 보통이지."

이제까지가 너무 운이 좋았던 거였기에 나는 불평하지 않았다.

레너드 몬토반드도, 잭 제이콥스도 안전한 신분이 아니었기 때문에 최대한 사람의 이목을 피해서 이동해야 했다. 그렇다 보니 마을에 들를 수도 없었고, 숙식도 노숙으로 해결해야 했다. 지구에서도 이 세계에서도 익숙해진 일이었기에 딱히 불만 가질 일은 아니었다.

—다 왔습니다.

그럼에도 불구하고 라플라스의 선언에 환호성이 나올 뻔했던 건 어쩔 수 없다. 나도 사람이다. 편한 게 좋지, 굳이 일부러 불편을 감수하고 싶지는 않다.

더욱이 이번에 얻을 신분은 귀족 신분. 도시의 검문을 우선적으로 통과할 수 있을 거고 귀족 전용 여관에도 머물 수 있을 테니 아주 기대가 크다.

그러나 내 시야에 도시 같은 건 보이지 않았다.

대신 보인 건…….

—이 절벽을 오르시면 됩니다.

"응? 절벽?"

앞에 벽이 있다 했더니만, 그게 절벽이었다. 고개를 들어 봤더니 절벽의 꼭대기는 구름에 가려 보이지도 않았다.

"여길 오르라고?"

—네.

라플라스의 대답은 단호했다.

"얼마나 올라야 하는데?"

─설반쯤이요.

다시 말하지만 절벽의 꼭대기는 구름에 가려 보이지 않았다.

"후⋯⋯."

─아, 문을 여는 일시도 맞춰야 합니다. 조금 서두르시면 지금 딱 맞을 것 같습니다만⋯⋯.

내가 하룻밤 쉬고 가자고 할 걸 어떻게 알았지?

─시티 오브 툴루에서 보셨던 지하 수로의 입장 방법과 비슷한 기술이 사용됐다고 생각하시면 될 것 같습니다.

"⋯그럼 더 지체하면 안 되겠군."

하는 수 없군. 나는 곧장 절벽에 들러붙었다.

＊　　　＊　　　＊

달이 휘영청 뜬 밤, 밤새 절벽을 탄 나는 드디어 목적지에 도착했다.

─죽음을 극복하셨습니다.

"헉, 헉⋯⋯. 후우⋯⋯."

절벽을 타는데 안 죽으면 카를이 아니지. 사실 나도 몇 번 죽을 뻔했으니까. 20루블을 얻은 건 좋은 일이지만 절벽이 하도 높아서 왠지 손해 본 기분이다.

"아니! 여기 유적도 아닌데! 신분 하나 먹자고 이렇게까지 해야 해?"

그렇다. 여긴 유적도 아니었다. 안에서 유물을 얻을 수 있는 것도 아니고 탐사 점수를 얻을 수 있는 것도 아니다. 그저 새 신분의 시체 하나 찾자고 이 노력을 들이고 있는 거였다.

─이런 과정을 거쳐야 하기 때문에 신분의 가격이 비교적 저렴해진 겁니다.

"…별로 안 쌌던 것 같은데."

이 신분의 가격이 100루블이었던 걸로 기억한다.

─그게 싼 겁니다.

"이게 싼 거라고?"

따지고자 하는 마음은 절로 수그러들었다. 이 신분은 레너드 몬토반드와 달리 제대로 된 귀족 신분이기도 했지만, 그보다는 유적에 들어가기 위한 입장권 비슷한 것에 가까웠다.

즉, 유적의 가치 또한 신분값에 어느 정도 포함되어 있다는 의미다!

그 생각을 하니 의욕이 절로 솟구쳤다.

─시간을 지체하시면 안 됩니다. 이제 바로 문을 여셔야 합니다.

라플라스가 나를 재촉했다. 망상에 잠겨 있을 여유도 없는 것 같다.

"알았다, 알았어."

나는 곧장 문을 여는 일에 매달려야 했다. 그럴 만한 이유가 있었다. 평소에는 다른 절벽의 암석들과 별다를 바가 없어 보이는 곳인데, 지금은 달빛을 받아 기묘한 문자가 반짝이고 있었다.

"달이 지면 이것도 안 보인다고 그랬지."

아무래도 시티 오브 툴루의 지하 수로 유적을 열 때 경험했던 것과 같은 기술이 적용된 듯했다.

즉, 이 시간대를 놓치면 이 절벽에서 매달려 하루를 꼬박 비박하든가, 아니면 내려갔다가 다시 올라와야 한다.

"이 짓을 두 번 할 수는 없지."

─문을 여는 법을 다운로드하시겠습니까?

"그래, 지금 당장."

따라서 나는 즉각 문 여는 법을 다운로드받았다.

"그런데…… 뭐야, 이 얼굴 데이터는?"

다운로드받은 데이터에 모르는 노년 남자의 얼굴이 포함되어 있었다.

─그야 문을 열려면 필요한 데이터입니다.

"그건 나도 알아. 다운로드받았으니까."

─아, 누구 얼굴인지 물어보신 거로군요? 그건 금방 알게 되실 겁니다.

나는 각성창 안의 [천변의 백면]을 사용해 내 얼굴을 데이터대로 변형시키면서 라플라스의 말에 고개를 끄덕였다.

"아하. 이게 내 다음 신분의 얼굴이로군."

—조금만 더 고민해 주셨으면 좋았을 텐데요…….

재미없다는 듯 툴툴거리는 라플라스의 넋두리를 무시한 채, 나는 문에 나타난 기묘한 문자들을 순서대로 손바닥으로 내려쳤다. 이 동작을 하다가 균형을 잃고 한 번 떨어질 뻔했지만, 몸에 묶어둔 로프를 잡고 간신히 위기를 모면했다.

"카를은 이러다 죽은 적 없어?"

—절벽의 축의금은 이미 받으셨잖아요?

쓸데없이 짜기는.

아무튼 조작을 마치자마자 문의 중앙에서 빛이 뿜어져 나오더니, 내 얼굴을 스캔이라도 하듯 훑고 지나갔다.

"이게 그건가."

—네, 안면인식입니다.

아니나 다를까, 곧 암석이 안쪽으로 젖혀지며 문이 열렸다. 나는 그 안으로 기어 들어갔다.

—죽음을 극복하셨습니다.

"아, 역시."

카를이라면 여기서도 대여섯 번 정도는 죽었을 것 같았다.

—여기가 바로 괴도 늑대거미 가면의 은신처입니다.

"괴도……. 뭐?"

난 귀족 신분을 얻으러 왔는데, 갑자기 왜 괴도 타령이지?

─자세한 건 괴도 늑대거미 가면의 시신을 확보하셔야 말씀 드릴 수 있을 것 같군요.

"얼른 안으로 들어가라, 이거지. 알았어."

나는 순순히 그… 뭐시기 가면맨의 은신처로 발을 옮겼다.

*   *   *

"웃, 차! 뭐 이런 데다 함정을 다 깔아놨어?"

이미 안면인식을 통과했음에도 불구하고, 은신처로 통하는 동굴에는 함정이 다섯 개나 깔려 있었다. 기초적인 함정이라 개처하는 게 별로 어렵지는 않았지만 기분은…….

─죽음을 극복하셨습니다.

좋았다. 아니, 루블 주는데 좋아해야지. 싫어할 일이 아니다. 나는 싱글벙글 웃으며 은신처 안쪽으로 향했다. 동굴의 막다른 곳에는 자연 동굴처럼 보였던 통로와는 달리 고풍스러운 장식이 달린 나무문이 달려있었다.

"오, 이 문에는 함정이 없군. 다른 잠금 장치는?"

─없습니다. 열려 있습니다.

라플라스의 확언을 들은 내가 손잡이를 붙잡고 문을 열자, 거긴 그냥 여느 귀족 저택의 가주 집무실에서 볼 법한 광경이

펼쳐져 있었다.

　가장 먼저 눈에 들어온 것은 벽난로였다. 벽난로에는 장작
이 타닥타닥 소릴 내며 타고 있었고, 난로에서부터 따스한 온
기가 방 전체를 덥히고 있었다. 벽난로 앞에는 소파가 비치되
어 있었으며, 양탄자까지 깔려 있었다.

　벽마다 일정 간격으로 놓인 촛대에는 막 갈아놓은 것 같은
긴 양초가 꽂혀 있었으며, 파르르 타오르는 촛불은 방 전체를
은은히 밝히고 있었다.

　방에서 가장 밝은 곳은 책상이었다. 책상 위에 놓인, 기름
을 가득 채운 램프 덕이었다. 호화롭지는 않지만 고급스러워
보이는 목재로 만들어진 책상은 잘 닦여 반들반들 윤이 나고
있었다. 같은 나무로 만들고 가죽으로 마감된 의자도 솜을 가
득 채워 무척이나 편안해 보였다.

　"은신처라기보다는 안식처 같군."

　나는 방 안을 뚜벅뚜벅 걸어 들어갔다. 방의 입구에 서 있
을 때는 보이지 않았지만, 들어가 보니 소파에 누군가 앉아 있
는 것이 보였다.

　―그자가 바로 15년 전에 행방불명된 괴도 늑대거미 가면입
니다.

　라플라스가 말했다.

　"행방불명이라고?"

　―세간에는 그렇게 알려져 있죠.

하긴 시체가 발견되기 전까지는 행방불명이지.

그랬다. 소파에 반쯤 늘어지듯 앉은 사람은 죽은 지 오래였다. 기이하게도 시체 썩은 냄새가 풍기지 않는다 싶었더니, 방 안이 건조해 시체가 미라화된 탓인 듯했다.

"아니, 그럼 이 방은 15년이나 방치됐다는 소리 아니야? 그런데 왜 이렇게 다 새것 같지?"

기름이 가득 찬 램프, 먼지 하나 없는 책상. 카페트도 먼지를 먹지 않아 푹신했다. 나는 여기 누군가가 와서 주기적으로 청소하고 관리하고 있다는 설을 바로 떠올렸다. 아니라면 이게 이렇게 잘 관리되어 있을 수가 없지.

그러나 그러한 내 가설은 라플라스에 의해 깨져 나갔다.

─유료입니다.

"아항, 마법이구나."

나는 납득했다.

─유, 유료입니다.

마법 맞나 보네!

─…아무튼 그 괴도 늑대거미 가면의 정체는 루브스 페르핀 남작. 새 주인님의 세 번째 신분이 될 이름입니다.

나는 죽은 루브스 페르핀의 맞은편에 앉았다. 벽난로의 온기는 상상했던 대로 아늑했고, 은은한 조명도 한몫해 바로 잠들어 버릴 것 같았다.

그러나 자기 전에 해야 할 일이 있었다.

"다운로드."

—알겠습니다. 루브스 페르핀의 정보를 다운로드합니다.

*　　　*　　　*

"재미있는 사람이군."

루브스 페르핀이라는 사람의 인생에 단평을 내리자면, 딱 이거였다.

"자기 영지의 부자들 저택을 털어서 가난한 서민에게 재물을 뿌린다… 라."

마치 조선시대 의적 같은 짓을 하는데, 문제는 이 아저씨가 영지의 영주라는 점이었다.

아니, 영주면 그냥 부자들에게 세금을 많이 물리고 서민들에게 복지정책을 쓰면 되지 않나? 나는 이렇게 생각했지만 루브스의 생각은 달랐다.

부자들을 상대로 합법적인 방법을 써서 빼앗을 수 있는 재물의 양에는 한계가 있다. 그러니까 그냥 불법적인 방법, 즉 도둑질을 해야겠다! …라는 미친 발상에 이른 루브스 페르핀은 괴도 늑대거미 가면이라는 제2의 페르소나를 창조해 그 발상을 행동으로 옮겼다.

"하하, 정신 나간 아저씨네."

처음에는 성공적인 것 같았던 루브스 남작의 이중생활은

머지않아 파탄을 맞이한다. 꼬리가 길면 밟힐 수밖에 없다고, 결국 괴도 늑대거미 가면의 정체가 루브스 남작이라는 사실이 밝혀지고 만다.

그런데 여기서부터 이야기가 이상하게 꼬인다. 보통 괴도의 정체가 들키면 그걸로 끝이어야 하는데, 문제는 그 정체가 페르핀 남작령에서 가장 높으신 분이라는 점이었다. 피해를 당한 부자가 어디다 신고를 하겠는가? 경비대? 시청? 전부 남작의 부하들인데?

제국 직할령이라면 황제에게 탄원서라도 보내보겠지만, 페르핀 남작령은 변경이고 루브스 페르핀은 변경의 지배자 중 하나였다.

결국 페르핀 남작령의 부자들은 궁지에 몰린 나머지 독특한 발상을 한다. 괴도 늑대거미 가면의 가면을 벗기지 않은 채 현행범으로 잡아 죽이면 된다는 기괴한 논리였다.

그렇게 괴도 늑대거미 가면이 누군지 모두 알고 있지만 일부러 모르는 척하면서 그를 잡으려 드는 이상한 대결이 남작령의 밤을 수놓게 된다.

"…이게 말이 돼?"

―글쎄요. 인간이 아닌 저로서는 잘…….

이걸 인간 탓으로 돌리지 마라. 인간이 다 이런 건 아니야. 이 사람들이 이상한 거야.

―어쨌든 승리자는 루브스 페르핀 남작이었습니다. 보시다

시피요.

아늑한 소파에 앉아 잠들듯 세상을 떠난 것만 봐도 알 수
있듯, 괴도 늑대거미 가면은 결국 끝까지 누구에게도 잡히지
않았다.

"가만? 그럼 루브스 페르핀도 범죄자잖아? 이거 안전한 신
분이 아닌데?"

—아뇨, 안전한 신분 맞습니다. 범죄를 저지른 건 어디까지
나 괴도 늑대거미 가면이지, 루브스 페르핀이 아니니까요. 행
정적으로 루브스 페르핀과 괴도 늑대거미 가면은 다른 사람
입니다.

눈 가리고 아웅도 작작해야지! 도시 사람들 다 루브스 페르
핀이 괴도인 걸 안다면서!

나는 그렇게 생각했지만, 실제는 달랐다. 루브스 페르핀은
시티 오브 페르핀을 포함해 제국 어느 지역에서도 수배당하
지 않은 상태라는 라플라스의 설명을 듣고 고개를 끄덕일 수
밖에 없게 되었다.

"이게 권력인 거냐!"

—그렇죠. 괜히 제국 변방 지역의 시장이 '변경의 왕'이라는
별명으로 불리는 게 아닙니다.

라플라스는 아무런 망설임도 없이 긍정했다.

—그러니 새 주인님께서도 상황에 따라 두 신분을 따로 사
용하실 수 있습니다. 다만 주의하실 건, 루브스 페르핀이 15년

간 행방불명된 사이 시티 오브 페르핀의 시장은 바뀌었고 페르핀 지역도 루브스 페르핀의 영지가 아니게 되었다는 점입니다.

"권력이 없다, 이거군?"

뭐, 예상한 바다. 시장직을 유지한 상태라면 이 신분의 가치가 100루블로 끝날 리가 없다.

―그러니 이제 루브스 페르핀의 신분으로 범죄를 저지르시면 수배 및 체포를 당하실 수 있습니다. 더불어 이제부터는 루브스 페르핀과 괴도 늑대거미 가면이 동일 인물이라는 증거를 남기시게 되면 위험해질 수 있습니다. 15년 전까지는 괜찮았습니다만, 이제는 아니죠.

"그렇군……. 알았어."

그냥 괴도 짓 안 하고 루브스 페르핀으로서만 돌아다니면 되겠지, 하고 나는 다소 안이하게 생각했다.

"자, 그럼 신분증을 받아야겠지?"

루브스 페르핀의 정보를 다운로드받았기 때문에, 신분증이 어디 놓여 있는지도 잘 알고 있었다. 나는 루브스의 책상으로 다가가 첫 번째 서랍을 열어 페르핀 가문의 인장과 페르핀의 검을 챙겼다.

"혹시나 했는데, 인장에도 검에도 비밀은 걸려 있지 않군."

다소 아쉽긴 하지만, 이건 레너드 몬토반드가 특례였던 거겠지.

그리고 옷걸이로 다가가 온통 시커먼 색의 귀족용 정장을 각성창 안에 집어넣고 이 복장을 [변신 브로치]에 등록시켰다.

이 은신처를 들어올 때 취했던 얼굴이 바로 루브스 페르핀 이었으니, 이제 나는 루브스 페르핀 본인이다.

—다음은 괴도 늑대거미 가면만 챙기시면 되네요.

"아니, 난 괴도 될 생각 없는데?"

나는 태연히 대꾸했지만, 라플라스가 내 약점을 아무 망설 임도 없이 푹 찔렀다.

—보물 유적 들어가시는 거 아니셨어요?

"어? 무, 물론이지."

안 좋은 예감이 내 등골을 쓸었다.

"설마……."

—그 설마가 맞습니다, 새 주인님.

보물 유적에 들어가기 위해 필요한 신분은 루브스 페르핀 이 아니었다.

괴도 늑대거미 가면이었다.

—괴도 늑대거미 가면은 세간에 의적으로 알려져 있고, 이 건 루브스 페르핀이 의도한 면도 큽니다. 하지만 사실과는 차 이가 있죠.

"돈이나 귀금속 같은 건 사람들에게 뿌렸지만, 진짜 귀중한 것들은 자기가 챙겼다는 거지?"

사실 의적이 아니라 그냥 도적이었다, 는 건 반전도 뭣도 아니다. 그냥 인간의 본성일 뿐이다.

　─그렇습니다. 그래서 루브스 페르핀이 행방불명된 후, 피해 지들은 자신들의 보물을 되찾기 위해 노력했지만 그 노력은 무위로 돌아가고 말죠.

　그 보물들은 루브스가 자기만 알고 있는 유적에 감춰놓았고, 이 유적이 바로 내가 라플라스에게 거금 100루블을 지불해서까지 노리고 있던 그 보물 유적이다.

　"하는 수 없군."

　나는 책상에서 일어나 책상 옆에 놓인 책장으로 갔다. 책장에는 금박을 입힌 가죽 정장 책들이 가득 꽂혀 있었는데, 루브스 페르핀이 죽은지 15년이나 지났음에도 불구하고 먼지 하나 쌓인 것 없이 잘 정리되어 있었다.

　"R⋯ B⋯ P⋯ N."

　책장의 책들 중 제목 첫 글자의 이니셜에 맞춰 하나씩 앞으로 당겼다가 놓으니, 책장이 양옆으로 열리면서 감춰져 있던 비밀 문이 드러났다.

　그리고 위기 감지도 함께 반응했다.

　"아하, 변태 영감탱이."

　이 인간, 여길 자기 집처럼 꾸며놓고도 그 안에다 함정을 박아두다니. 게다가 입구 통로에 있던 함정들보다 수준이 높다.

　"이거 퍼즐 같은데?"

마치 이것도 못 풀 거면 들어오지 말라는 것 같은, 계단식 난이도의 함정들을 차례차례 돌파하면서 나는 기이한 즐거움을 느꼈다.

—새 주인님께서도 삶의 어려움에서 즐거움을 찾기 시작하셨군요.

"그거 아니거든?"

아닌가? 맞나? 헷갈리지만 인정하기엔 자존심 상하고 기분 나쁘니 그냥 아닌 걸로 해두자.

여하튼 함정을 전부 돌파하자 통로의 끝에는 늑대거미 문양이 새겨진 문이 나타났다.

"하하, 멋 좀 부릴 줄 아는 아저씨네."

문을 열고 들어가자, 푸른빛의 불이 확 켜지면서 방 안의 공간을 신비롭게 비췄다. 자기 말고는 아무도 안 볼 곳 같은데, 연출에 신경을 많이 쓴 것 같았다.

—새 주인님께서 보고 계시잖아요.

"아, 하긴."

기본적으로 어두운 기조의 방 안에 마치 여기 좀 보라는 듯 하이라이트가 비춰진 곳에, 괴도 늑대거미 가면이 쓰던 도구들이 보란 듯이 진열되어 있었다.

"이게 늑대거미 가면이고, 이건 늑대거미 갑옷인가. 아, 벨트도 있네."

마네킹에 멋들어지게 입혀진 늑대거미 가면 세트.

그리고 옆의 서랍장에는 고장 나거나 파손됐을 경우를 상정했는지, 똑같은 장비들이 세 벌씩이나 더 있었다. 나는 전부다 챙기지 않고 딱 한 세트씩만 챙겨서 [변신 브로치]에 등록했다. 그리고……

"짠."

이제 나는 괴도 늑대거미 가면이다.

"응? 그런데……"

나는 각성창에서 익숙한 물건을 발견했다.

"[탐사 일지]가 여기서 왜 나오지?"

―…진짜요?

"여기도 유적 취급인가 보네."

내겐 좋은 일이다.

"그런데 탐사 점수는 안 주는군."

괴도 늑대거미 가면의 물건과 루브스 페르핀의 개인 물품은 모두 유물로 취급되지 않는 모양이었다.

하기야 고작 15년 전에 죽었던 사람의 물건이다. 더욱이 괴도 늑대거미 가면은 위인도 아니고 영웅도 아닌 그냥 도둑놈이다. 그런 놈의 유품이 유물로 취급되면 그게 더 놀랄 일이긴 하다.

"그냥 여기가 원래부터 유적이었고, 루브스 페르핀이 개조해서 썼던 모양이네."

―그런 모양이네요.

그래서 얻을 수 있었던 건 순수한 탐사 점수 100점뿐이었다.

좀 아쉽긴 하지만 괜찮다. 이제까지 쌓아뒀던 탐사 점수가 좀 많아야지. 오히려 탐사 일지를 새로 얻어서 능력을 찍을 수 있는 좋은 기회다.

─[트레저 헌터의 직감 3], [잠금 해제 3], [함정 해체 3], [기계 조작 3]

이렇게 능력을 올리는 데 결국 남은 탐사 점수를 탈탈 털어야 했으므로, 남은 점수는 160점뿐이다. 조금 모자라 보이기는 하지만, 다음에 갈 유적은 보물이 있는 유적일 테니 굳이 미리 가슴 졸일 이유는 없었다.

이걸로 괴도 늑대거미 가면의 은신처에서 볼일은 끝났다.

그렇다고 지금 당장 여길 떠날 생각은 없었다.

"여기서 하룻밤 정도 쉬다 가야겠다."

하룻밤도 머물지 않고 떠나기엔 몸이 피곤했고 은신처는 지나치게 아늑했다.

나는 유혹을 이기지 못했다.

*   *   *

눈을 떴더니 미라와 눈이 마주쳤다.

"좋은 아침, 미스터 루브스,"

미라의 정체는 맞은편 소파에서 잠들어 있는 루브스 페르핀이었다.

뭐, 영면도 잠은 잠이니 틀린 말은 아니다.

—지금은 아침이라 부를 수 없는 시각인 것 같습니다만······.

라플라스가 깊숙한 태클을 찔러 넣었다.

"우리 업계에선 눈 뜬 때가 아침이야."

—처음 듣는 말씀입니다만······. 그리고 업계라니요?

대충 좀 넘어가자. 그냥 아무 말이나 한 건데 따지고 드니 피곤하다.

"으아으······. 하음!"

나는 기지개와 하품을 한꺼번에 처리했다. 몸이 뻐근한 게, 아무래도 벽난로 앞의 소파에 반쯤 누워 꾸벅거리다가 잠들어 버렸던 모양이다.

어제 저녁을 좀 많이 먹어버린 탓도 있을 것이다. 벽난로에 솥을 걸고 물과 재료와 향신료를 대충 때려 넣고 한참 끓였더니 이게 또 운 좋게 맛이 좋았다. 면을 깨 먹고 남은 라면 스프를 때려 박은 게 잘 맞아떨어진 모양이지.

그 대가로 은신처 안에 음식 냄새가 가득 배이리라고 생각했었는데, 또 그렇지는 않았다. 눈 뜨고 일어나 보니 공기에

청량감마저 느껴지는 걸 보니, 공기 순환이 제대로 되고 있는 것 같았다. 아니면 공기정화장치가 대단하든가.

"하긴 그런 장치도 없이 시체가 미라화되지는 않겠지. 그전에 썩을 테니까."

루브스의 미라를 내려다보며 혼잣말을 읊조리고 있노라니, 라플라스가 말했다.

―유료입니다.

"…아직 아무것도 안 물어봤다만."

나는 어제 먹다 남은, 아직 이름을 짓지 않은 잡탕 요리가 담긴 솥을 다시 벽난로 위에 걸어 데우기 시작했다. 금방 달아오른 솥에서 탄수화물이 눌어붙는 좋은 냄새가 났기에, 나는 솥에다 물을 더 붓고 내용물을 한차례 휘저어주었다.

맛을 상상한 탓인지 입안에 침이 고였다.

그러나 결과물은 실망스러웠다.

"…생각보다 맛이 없군."

어제 저녁의 그 맛은 지친 몸과 아늑한 휴식처, 그리고 굶주림이 가져다준 마법 같은 거였을지도 모르겠다.

눈 딱 감고 시티 오브 카를에서 쟁여놓았던 포도잼을 한 수저 크게 떠 섞어 넣자 그럭저럭 먹을 만해진 것이 위안이었다.

―요리를 배워보시는 건 어떻게 생각하시나요?

내가 잡탕을 먹는 걸 보면서, 라플라스가 넌지시 판촉을 걸

어왔다.

"지금 그런 거 배울 여유 없어. 흑법도 2야급까지 올려야 힌디며?"

괴도 늑대거미 가면이 어지간히 돈 많은 부자들을 털어먹고서도 살아 나올 수 있었던 원동력은 그가 흑법을 익혔기 때문이었다. 그것도 꽤 수준급으로.

그러한 괴도의 기술을 흉내라도 내려면 흑법을 더 배워야 했다. 1야급 가지고는 안 된다. 최소한 2야급은 배워야 한다. 이것도 라플라스의 입에서 나온 말이었다.

물론 나는 괴도로 활동할 생각이 없었기 때문에 당장 루블을 써 없애지는 않았다. 필요한 상황이 생기면 그때 배우면 될 테고. 지금 결정할 필요는 없었다.

"사실 그보다 빨리 5령급 정령사가 되고 싶군."

시티 오브 툴루를 탈출할 때, 루에노가 보여준 모습이 꽤나 인상적이었다. 5령급쯤 되면 어지간한 군대도 두려워할 필요가 없다더니, 말로 들을 땐 그저 그랬는데 직접 보니 달랐다.

그리고 빨리 5령급에 도달해야 어느 날 갑자기 루에노가 눈앞에 나타나 가르침을 전수하겠다며 나를 납치하는 상황을 피할 수 있었다.

루에노를 스승이라 불렀기에 목숨을 한 번 건질 수 있긴 했지만, 강제로 비효율적인 수련을 하게 되는 건 사양이었다.

은혜도 모르는 소리긴 했지만, 그렇다고 싫은 게 좋아지지는 않는다.

보은이야 다른 방식으로 하면 된다. 게다가 루에노가 날 가르치면서 보은을 받는다고 생각하진 않을 것이다. 자기가 은혜를 베푼다고 생각하겠지.

사실 내게 라플라스가 없다면 그게 맞는 생각이기도 하다. 누가 5령급 정령사보다 더 좋은 정령술 스승이 있으리라고 생각이나 하겠는가?

하지만 내겐 라플라스가 있고, 내가 배운 건 정령술도 아닌 정령법이다.

"시간 낭비야, 시간 낭비."

아니, 시간만 낭비하면 다행이지. 수명도 깎여 나갈 것 같은 그딴 수련을 할 생각은 없었다.

그러니 루에노와 다시 마주치기 전까지 최대한 빨리 루블을 모아 5령급을 찍어놔야 했다.

무슨 반환점 찍듯이 말하고 있긴 하지만 결코 쉬운 일은 아니다. 스스로의 의지로 자기 몸을 위험에 내던져서 루블을 잔뜩 벌어들여야 비로소 가능해질 일이었다.

"이런 상황에서 요리는 무슨 요리야."

—그건 그렇네요.

라플라스의 대답은 위안이 되기는커녕 내 마음을 더 가라앉게 만들었다. 루에노가 날 순순히 놔줄 가능성이 낮을 거라는 내 가설이 진실에 가깝다는 소리밖에 안 되니까.

*　　　*　　　*

은신처의 아늑함을 뿌리칠 수 있을 정도로 체력과 정신적
인 피로가 회복되었으므로, 나는 이만 여기를 떠나기로 했다.

—시티 오브 페르핀으로 가시면 됩니다.

"그래, 알았어."

나는 괴도의 방으로 향했다. 이쪽으로 나가는 출구가 또 따
로 있었다. 그것도 평범한 방식으로 나가는 출구가 아니었다.

"후……. 이런 식으로 하늘을 날게 될 줄은 몰랐는데."

괴도의 특제 도구 중 하나인 늑대거미 글라이더. 이걸 어깨
와 허리에 매달고 활강하는 방식으로 나가는 출구였다.

높이가 높이이니만큼, 글라이더를 타고 날아가면 꽤 멀리
날아갈 수 있을 것이다. 조종하는 방법은 괴도 늑대거미 가면
이 잘 알고 있었다. 이 말인즉슨, 괴도의 데이터를 다운로드받
은 나도 무리 없이 조종할 수 있다는 소리이기도 했다.

"좋아, 간다."

아무리 데이터를 다운로드받았다지만, 내 입장에서는 첫 비
행이니만큼 긴장이 안 될 수가 없었다. 심호흡을 한 번 크게
한 후에나 나는 레버를 당겨 출구의 문을 열고, 활강용 레일
을 타고 미끄러져 나아갔다.

그리고… 활강!

―죽음을 극복하셨습니다.

달이 휘영청 뜬 하늘을 가르고 날아가는 기분은 그야말로 상쾌하기 짝이 없었으나, 라플라스의 메시지가 풀릴 뻔했던 긴장의 끈을 다시 꽉 죄여주었다.

그래, 죽을 수도 있는 비행이지. 이 고도라면 열 번 죽고도 남는다. 손아귀에 식은땀이 송송 솟아나왔으나, 나는 익숙하게 글라이더를 조종해 바람을 탔다. 비행에 익숙한 건 괴도지만, 지금은 내가 괴도다. 바람을 제대로 탄 나는 빠른 속도로 하늘을 달렸다.

―죽음을 극복하셨습니다.

그렇게 한창 비행을 즐기고 있으려니 라플라스의 갑작스러운 메시지가 찬물을 끼얹었다.

"아니, 이번엔 왜?"

―새 떼와 충돌하는 바람에 그만…….

이 밤에 무슨 새 떼를……. 하긴 굳이 항의할 건 또 아니지. 기왕 주는 거니 고맙게 받자.

나는 혹시 밤중에 날아다니는 눈 먼 새 떼가 없는지 주변을 두리번거리며 주의 깊게 글라이더를 조종했다.

*　　　　*　　　　*

확실히 날아다니는 게 빠르긴 하다. 걸어서는 적어도 이틀 밤은 노숙으로 지새워야 했을 거리를 해가 뜨기도 전에 이동, 노착했으니.

"여기가 시티 오브 페르핀인가."

시티 오브 페르핀은 시티 오브 툴루보다 규모는 약간 작았지만, 바다에 인접해 항구에 크고 작은 배들이 가득 들어찬 모습을 보니 그 위상이 결코 작아보이지는 않았다.

작은 고깃배들도 보였지만, 그 건너편에 정박된 저 큰 배들이 그냥 고기잡이에만 나서지는 않겠지. 저 도시 사람들 중 일부는 아마 해상무역으로 돈을 좀 만졌을 거다.

그렇게 생각하고 다시 도시 쪽을 바라보니 도시 한쪽에 꽤나 큰 저택들이 줄줄이 늘어선 것이 보였다. 아마 저기가 시티 오브 페르핀의 부촌일 터였다.

"저기가 괴도의 사냥터인가."

—그렇습니다.

하긴 부자가 어지간히 많아야 괴도도 이름을 날릴 때까지 날뛸 수 있겠지. 그리고 그 괴도가 의적 소릴 들으려면 그만큼 빈민도 많아야 할 테고.

이 도시에는 그 두 조건이 모두 충족되어 있는 것 같았다.

지금 내가 괴도의 모습을 하고 있다고는 하지만, 지금의 내 목적지는 괴도의 사냥터가 아니다. 오히려 그 반대다. 나는 괴도의 비밀 창고를 털러 가는 거다.

"저쪽이로군."

시티 오브 페르핀의 전경을 한 번 쭉 둘러본 나는 방향을 틀어 도시 외곽의 해안가로 향했다. 해안가의 고지대, 사람의 발길이 거의 닿지 않는 산과 언덕의 중간쯤 되는 곳에 나는 글라이더를 접고 착륙했다.

"이쯤일 텐데……."

접은 글라이더를 각성창 안에 던져 넣은 후, 나는 수풀이 우거진 언덕 위를 탐색했다.

─오른쪽으로 다섯 걸음 더 가시면 됩니다.

"아, 여기로군."

라플라스의 안내에 따라 이동한 나는 고개를 끄덕이고 바닥에 손을 짚었다. 흙 아래 딱딱한 것이 짚이는 걸 보니 제대로 찾아온 모양이다. 덮어놓은 흙을 파내자 작은 레버 비슷한 것이 보였다.

"좋아."

레버의 존재를 확인한 나는 주변을 더 넓게 파 기묘한 모양의 나사를 찾아냈다. 절반은 별 모양이고 나머지 절반은 칠각형인 나사에, 나는 괴도의 은신처에서 가져온 전용 렌치를 꺼내 맞춰 넣었다. 당연히 딱 맞았다.

"1, 2, 3, 4, 5, 6, 7."

렌치를 돌리는 손끝에 아주 약한 진동이 느껴질 때마다 숫자를 세고, 그 숫자가 7에 달했을 때 이번에는 반대로 렌치를 돌렸다. 그러자 덜컥, 하는 소리가 났다.

"됐군."

나는 렌치를 회수하고, 레버를 조심스럽게 당겼다. 드드드드득. 다섯 번 반동이 느껴질 때까지 당겼다가 바로 놓고서 몇 초를 기다리자, 비로소 바닥이 돌아가면서 가라앉기 시작했다.

유적의 문이 열린 것이다.

"이거 여는 데 이 렌치만 있으면 됐던 거 아니야?"

열리는 문을 흐뭇하게 바라보면서, 나는 라플라스에게 작은 항의를 던졌다. 그러자 라플라스는 더없이 드라이한 되물음을 던졌다.

—구매하시겠습니까?

뭘? 이라고 이제 와서 되물을 이유가 없었다. 공략 사겠냐고 묻는 거다. 사실 이 질문 자체가 힌트이기도 했다. 문을 연다고 그게 다가 아니라는 걸 알려준 거나 마찬가지니까.

나는 잽싸게 [변신 브로치]를 사용해 괴도의 복장으로 갈아입었다. 그리고 완전히 열린 문, 사실 작은 구멍으로 몸을 던졌다.

—죽음을 극복하셨습니다.

구멍을 타고 내려가는 도중에 라플라스의 메시지가 떴다. 역시. 아마 괴도 복장이 아니었다면 여기서 1차적으로 걸러졌을 가능성이 높았다.

—이 구멍에는 사실 체형 감지기도 설치되어 있습니다만, 장년의 루브스가 없었습니다.

"살이… 쪘군."

—귀족 남성에겐 흔한 일이지요.

신장까지는 [성장의 반지]를 이용해 어떻게든 꾸밀 수 있지만, 체형까지 똑같이 만들기는 어려웠던 내게는 지극히 다행한 일이 아닐 수 없다.

어쨌든 이로써 괴도의 유산이 남겨진 유적에의 입장에 성공했다.

—루브스 페르핀에게는 자식이 없었습니다. 사실 그의 사생활은 꽤 난잡한 편이었습니다만 그럼에도 불구하고 혼외자 하나도 남기지 못한 걸 보면 아마도 그쪽으로 문제가 좀 있었지 않을까 하는 소문도 돌았습니다.

라플라스는 갑자기 설명조로 사람의 사생활에 대해 늘어놓기 시작했다.

—페르핀 가문을 이을 양자를 들이긴 했지만, 루브스는 그양자에게 괴도의 유산까지 물려줄 마음은 추호도 없었습니다. 양자 간택에 라틀란트 제국의 중앙이 관여했기 때문이기도 했겠지만, 그의 속내까지 들여다볼 방법은 없죠. …사실 있습니다만, 이건 유료입니다.

아냐, 루블 안 낼 거야. 안 궁금해.

내가 잠자코 있자, 잠시 입을 다문 채 기다리던 라플라스는 약간의 실망이 담긴 한숨과 함께 다시 이야기를 시작했다.

—그래서 루브스 페르핀은 괴도 늑대거미 가면의 유산을 사신의 은신처와 이 비밀 미궁을 발견하고 시련을 통과하는 자에게 넘겨주기로 결심했습니다.

"아니, 은신처는 얼굴로 거르면서 그걸 어떻게 열라는 거야?"

—유료입니다.

"엥?"

앗, 설마 [천변의 백면]이 아니더라도 루브스의 얼굴을 베낄 방법이 따로 존재한다는 건가?

이런 걸 물어봐야 유료라는 답밖에 돌아오지 않을 게 빤했으므로, 나는 떠오른 의문을 굳이 입 밖에 내지 않았다.

그보다 중요한 건 눈앞의 일이다.

"갑자기 왜 이런 이야기를 늘어놓나 했더니만, 그런 이유였군."

은신처와는 달리, 조명 하나 없이 깜깜한 통로. 흑법 어둠 꿰뚫어 보기를 발동해서 보면, 아무것도 없는 통로처럼 보인다.

"아마 내가 갓 각성한 트레저 헌터였다면 여기서 목숨을 잃었을지도 모르겠어."

방향도 앞뒤좌우 정도로밖에 감지 못 하고, 위기가 찾아오기 0.1초 전에나 감지가 가능했던 [위기 감지 1]로는 절대 이 통로를 통과하지 못했으리라.

그러나 탐사 점수를 잔뜩 투입해 3까지 올린 [트레저 헌터의 직감]은 그보다 훨씬 민감했고 정교했다. 시선을 돌리는 것만으로 꽤 신뢰할 만한 감지 결과를 얻을 수 있게 되었으니까.

그 결과, 나는 알게 되었다.

이 통로에는 의도적으로 만들어진 온갖 위기로 가득 차 있었다.

함정 감지에 걸려드는 함정들을 바라보며, 나는 혀를 차지 않을 수가 없었다.

"거참, 이걸 트레저 헌터의 각성 능력도 없이 어떻게 헤쳐가라고 이렇게 잔뜩……."

ㅡ간단합니다. 공략을 구매하시면 됩니다.

라플라스는 오늘도 뻔뻔했다.

"아니, 그것도 카를만 가능한 거잖아? 다른 사람들은 어떻게 하라는 거야?"

ㅡ루브스 페르핀은 자신의 괴도 후계자가 일반인이길 원치 않았습니다.

"…이런 걸 공략도 없이 안 죽고 한 번에 통과하는 재능이 세상에 있기는 해?"

ㅡ루브스 페르핀이 있었죠.

하지만 이제는 없다.

그래서 루브스 페르핀의 의도와 다르게, 이 유적은 카를 전용의 유적이 된 모양이다.

카를은 이 유적에 여러 번 도전했고, 도전한 만큼 죽어나갔으며, 죽음을 쌓아 올린 결실로 공략법을 빚어내어 라플라스에게 입력해 놓았다.

그렇지만 나는 선인이 그렇게 고생해서 만들어낸 공략법을 구매하지 않았다.

왜냐하면 나는 트레저 헌터니까.

—원래 거기는 2야급 흑법을 활용해 통과하셔야 되는데…….

함정을 해체하고.

—아니, 거기는 수수께끼를 푸셔야…….

기계를 조작하고.

—죽음을 극복하셨습니다.

위기 감지를 통해 미리 회피함으로써, 죽음을 쌓아 올릴 필요 없이 루브스 페르핀이 안배한 시련을 상처 하나 없이 통과할 수 있었으니까.

"대현자의 유적보다 쉽군."

—아뇨, 객관적으로 난이도는 더 높습니다만.

"그건 내가 성장한 탓이겠지."

0.1초 만에 반응해서 칼날을 종이 한 장 차이로 피해야 했던 첫 번째 유적의 체감 난이도는 진짜 대현자가 직접 날 죽

이러고 덤벼드는 것 아닌가 싶을 정도였다. 그에 비해 트레저 헌터로서 성장을 이룬 지금, 이 유적의 체감 난이도는 애들 장난처럼 느껴질 정도였다.

"그래도 은신처의 함정들보다는 돌파하기가 쉬워."

―그건 그렇지만요.

"악마도 없고 용도 없으니 이렇게 편할 수가 없네."

―드레이크는 용이 아닙니다.

"아, 하긴 차라리 악어랑 더 닮았더라."

나는 라플라스와 시시덕거리면서 별로 고생도 하지 않은 채 모든 '시련'을 극복했다.

"이걸로 끝?"

―네, 뭐. 유료라고 말씀드리기에도 민망하네요.

아재 남은 건 괴도의 보물고에 입장하는 것뿐이다.

"잘 생각해 보니 루브스 페르핀이 원하던 인재가 바로 나였네?"

―…그, 그러고 보니.

나도 공략 없이, 단 한 번의 죽음도 겪지 않고 여기까지 왔으니까.

"그럼 뭐, 내가 루브스 페르핀의 정당한 후계자라고 받아들여도 되겠지?"

즉, 이건 정당한 상속이다.

뭐, 설령 정당한 상속이 아니더라도 발굴한 유물을 놓고 갈

건 아니지만.

"입장!"

나는 보물고의 문을 열었다.

           *   *   *

괴도의 보물고는 이름과 달리 금빛이 별로 보이지 않았다. 보석도 별로 눈에 띄지 않았다. 보기에는 차라리 잡동사니를 쌓아놓은 창고처럼 보였다.

그러나 트레저 헌터인 내게는 여기가 바로 천국이었다.

"와, 여기가 난이도 대비 보상은 제일 좋은 것 같은데?"

—그러니까 별로 쉽지는 않았습니다만.

"어쨌든 보상이 좋은데?"

라플라스의 말에 따르면, 여기 있는 보물들은 시티 오브 페르핀에 사는 부자 가문들의 가보와 지보를 거의 대부분 한데 모아놓은 거나 다름없다고 한다.

말은 좋지만 엄밀히 따지자면 장물이니 어디다 팔아넘길 수도 없고 가보라고 모두 특별한 능력을 가진 건 아니라서 실질적으로는 별 가치가 느껴지지 않을 수도 있었다.

내가 트레저 헌터가 아니었다면 그랬을 것이란 소리다.

"이게 다 탐사 점수야!"

하지만 나는 트레저 헌터고, 지난 유적에서 모아두었던 점수를 거의 대부분 털린 직후이기도 했다. 다음 유적에서 모으면 되겠지, 라고 쿨하게 넘기긴 했지만 사실 확실한 건 아니었다.

기대와 현실이 다른 게 어디 하루 이틀 일이던가.

그런 상황에서 이 유물들은 내게 달콤하게 느껴질 수밖에 없었다.

일말의 불안감마저 지워주는 결과물!

기대대로 이뤄진 현실!

"캬, 좋다!"

더군다나 아무런 능력이 없는 골동품만 있는 것도 아니었다. 어떤 특별한 기능이 붙은 유물들도 나왔다.

"이건 뭐지?"

—[거인 힘의 가죽 반지]입니다. 착용하면 힘이 세지죠.

"벨트처럼 보이는데?"

—거인의 손가락 굵기가 사람의 허리통만 하다는 콘셉트로 제작된 것으로 보입니다.

"콘셉트라고?"

뭐, 아무튼 좋다. 트레저 헌터인 나는 허리띠 바꿀 거 없이 그냥 각성창에 넣으면 되니까.

유물의 힘을 발동시켜 본 나는 고개를 갸웃거렸다.

"힘이 조금 세진 것 같긴 한데, 거인 힘이라는 느낌은 안 드는데?"

—어디까지나 콘셉트니까요.

"그렇구나……."

뭐 그럴 수도 있지. 나는 넓은 마음으로 이해하는 아량을
베풀었다.

"그런데 이 돌은 뭐야? 수석인가?"

못생기고 볼품없어 보이는 돌이 고급스러워 보이는 받침대
위에 놓여 있다. 만약 받침대가 없었더라면 그냥 돌덩이인 줄
알고 던져 버릴 법한 생김새.

—아, 그게 이 유적의 가장 귀중한 보물입니다.

그런데 라플라스의 대답은 의외였다.

"엥? 이 돌이?"

—돌이라도 보통 돌이 아닙니다. 그 돌이 바로 [연명의 돌]입
니다. 주변에 두고 생활하는 것만으로도 수명이 늘어나지요.

"뭐야, 그 사기꾼 같은 멘트는."

—사기가 아니라 실제 효과입니다.

그냥 웃어넘기기엔 라플라스의 목소리가 진지했다.

—사실 대현자님의 수명이 짧은 편은 아닙니다만.

"몇 분에 한 번씩 죽어나가는 데 짧은 편이 아니야?"

—…항상 그런 건 아닙니다.

좌우지간.

—마법이나 술법 중에 수명을 요구하는 게 간혹 있습니다.

"수명을?"

소름이 돋는 소리다.

—듣기에는 꺼려지시겠지만 대가가 큰 만큼 효과도 좋습니다. 하지만 이런 힘을 주력으로 쓰시려면 [연명의 돌]은 몇 개 있어도 모자랍니다. 그중에서도 이 [연명의 돌]은 씨알이 굵고 그만큼 효과도 커서, 초반기에 가장 우선적으로 습득해야 하는 보물 중 하나입니다.

"그, 그렇군."

각성창에 넣어봐도 뭐 힘이나 생명력이 넘쳐난다거나 하는 느낌은 별로 안 들지만, 그건 이 몸이 아직 어리기 때문이겠지.

카를의 몸은 아직 12살이다. 수명 같은 걸 걱정하기엔 앞날이 너무 창창했다.

"뭐, 오래 살면 좋지."

더 이상 깊게 생각하지 않기로 하고 나는 다음 유물을 살펴보았다.

힘 외에도 체력, 정력, 집중력을 조금씩 올려주는 유물들이 추가로 발견되었고, 나는 모조리 각성창에 집어넣어 발동시켰다. 정력은 모르겠지만 다른 건 그럭저럭 체감이 느껴진다.

"이게 트레저 헌터가 사기 각성 직업인 이유지."

뭘 몸에 주렁주렁 매달지 않아도 각성창에 집어넣기만 하면 바로 효과를 받을 수 있다. 지구 시절엔 전혀 느끼지 못했던 각성 직업의 수혜를 이 세계에 와서야 받으면서, 나는 새삼스럽게 감회에 젖었다.

　—이게 마지막이로군요.

　내가 마지막으로 집어 든 막대기를 보고 라플라스가 말했다.

　—마롤카 왕국의 레갈리아인 [마롤카의 왕홀]입니다.

　"마롤카 왕국?"

　처음 튀어나오는 생소한 단어에 나는 고개를 갸웃거렸다.

　—제국 교체기에 세워진 왕국입니다. 시티 오브 페르핀이 수도였습니다만, 발흥 자체는 마롤카 섬에서 시작했기에 나라 이름은 마롤카 왕국이었죠. 지금은 라틀란트 제국에 의해 멸망한 나라입니다.

　[마롤카의 왕홀]은 겉보기에는 그냥 세공에 공을 좀 들인 쇠막대기처럼 보였다. 하지만 레갈리아라는 설명을 들으니 이 막대기에도 뭔가 대단한 힘이 깃들어 있는 게 아닐까 하는 기대감이 느껴졌다.

　—대현자 님께서 조사해 보신 바에 따르면 이 왕홀에도 별다른 능력이 없습니다만……. 혹시 모르니 새 주인님께서 한번 각성창에 넣어보십시오.

　라플라스도 나랑 같은 기대를 품었는가 보다.

　고개를 끄덕여 대답을 대신한 나는 왕홀을 각성창에 넣어보았다.

　그리고…….

"…잘 모르겠는데?"

—네?

"잘 모르겠다고."

진짜로 잘 모르겠다. 뭔가 느껴지는 것 같기도 한데, 그냥 기분 탓인 걸지도 모르겠다.

—…아, 그러고 보니.

"뭐가?"

—마롤카 왕국은 고대 왕국이 아니라 구 제국 시대 이후에 발흥한 왕조니, 레갈리아에 별다른 힘이 없어도 이상할 게 없습니다.

"그런가?"

하긴 그렇다.

—원래는 거의 모든 레갈리아가 그냥 상징적인 물건에 지나지 않는다고 대현자께서는 결론을 내리셨습니다만.

내가 [몬토반드의 왕검]과 [툴루의 보주]의 힘을 끌어내는 걸 보고 라플라스도 혹시나 했나 보다.

—이게 보통이죠.

"그러게. 그렇긴 해도……. 좀 아쉽군."

나는 미련을 끊어냈다.

하지만 미련은 곧 다시 부활했다.

"이거 봐! 이거 천 점짜리잖아!"

원인은 [탐사 일지]였다. 유물의 숫자를 세어본 결과, 900점

이 남았다. 그렇다는 건 유물 중 하나가 1,000점짜리, 즉 보물이라는 소리였다.

ー새 주인님께서 그냥 잡동사니라고 분류해 놓은 것 중에 진짜 유물이 섞여 있는 것 아닐까요?

"딱 아홉 점이? 그런 우연의 일치가 있을 수 있나?"

ー살다 보면 별 우연이 다 생기게 마련이죠. 아니면 [연명의 돌]이 보물일 수도 있고요.

"[연명의 돌]이?"

ー그거 진짜 좋은 겁니다.

"흐음?"

하지만 나는 [마롤카의 왕홀]에 내가 아직 이해하지 못한 미지의 힘이 깃들어 있을 수도 있다는 의혹, 혹은 미련을 마지막까지 놓지 못했다.

그렇다고 지금 당장 뭘 할 수 있는 건 또 아니니, 나는 일단 이 레갈리아를 잘 간직해 놓기로 했다.

*　　　*　　　*

괴도의 보물고에서 얻은 보상은 그야말로 막대했다.

힘을 가진 유물들을 얻은 것을 제외하고도 3,000점 가까이 되는 탐사 점수를 얻었고, 이 탐사 점수로 나는 [잠금 해제 3], [함정 해체 3], [기계 조작 3]의 업그레이드를 단행해 [트레저 헌터의 손재주 1]를 새롭게 얻었다.

　―[트레저 헌터의 직감]을 얻을 때와 마찬가지네요.

　"세 가지 능력을 3까지 올리면 업그레이드를 할 수 있나 보네."

　그리고 새로운 능력으로 [순간 가속 1]과 [이중 도약 1]을 탐사 점수 1,000점과 교환했다. [순간 가속]은 달리는 도중에 발동하면 순간적으로 달리기 속도가 빨라지는 능력이었고, [이중 도약]은 도약하는 도중에 발동하면 도약 거리나 높이가 약간 더 길어지거나 높아지는 식이었다.

　함정을 극복하거나 아니면 뭘 하든 뭔가 뛰어넘어야 할 일이 많은 내게는 둘 다 만족스러운 능력이었다.

　"이것들도 모아서 업그레이드하면 뭐, 트레저 헌터의 발 재주 같은 걸 얻을 수 있으려나?"

　―트레저 헌터의 능력을 얻는 규칙에 일관성이 있다면 그렇겠죠.

　이것들을 얻느라 2,000점의 탐사 점수가 훅 날아갔지만 그러고도 800점 넘게 남았으니, 이번 유적 탐사는 정말 많이 남는 장사였다는 걸 알 수 있다.

　게다가 200루블 좀 넘는 경조사비도 얻었으니 불만은 전혀 없었다. 다만 이건 당장 써야 할 데가 있다.

　"라플라스."

　―네, 새 주인님.

나는 짧은 한숨 후에 마음을 굳게 다지고 결정을 내렸다.

"4령급의 정령법을 익히고 5령급의 정령력을 따로 시꼈이."

나는 정령력만큼은 4령급까지 강화시켜 두었지만 4령급의 다른 부분, 그러니까 지식과 기술은 아직 구입하지 않은 상태였다. 이걸 마저 사고 5령급은 또 정령력만 불리기로 결정했다.

─보통이라면 별로 권장하지 않는 성장 방식입니다만…….

나도 안다. 자기 정령화를 완전히 체득하고 세 번째 정령을 소환한 후 이 정령까지 완전히 성장시킨 후에 4령급으로 넘어가는 게 정석이다.

아무리 대현자의 유산을 통해 힘과 지식과 기술을 얻는다지만, 나 자신이 완전히 체득하지 않는 이상 내 것이라고 할 수 없으니까.

그러나 상황이 상황이니만큼 어쩔 수 없다.

"루에노가 날 끌고 가서 뭘 가르칠 생각을 못하게 하려면 일단 성장부터 빠르게 해야 해. 그러니 내실은 나중에 다지자."

라플라스도 이해한 듯 이어 말했다.

─알겠습니다. 총 가격은 800루블입니다. 지불하시고 나면 65루블이 남습니다.

나는 눈을 질끈 감았다. 간만에 하는 큰 지름이긴 하다. 그러나 여기서 망설일 수는 없다.

"지불한다."

―알겠습니다. 바로 다운로드를 진행하시겠습니까?

"잠깐만."

보물고의 바닥에 적당히 누울 자리를 마련해 시트를 깔고 침낭까지 꺼낸 나는 침낭에 몸을 집어넣고 말했다.

"좋아, 진행해."

지끈, 하는 두통을 느낀 것도 잠시.

나는 기절했다.

예상대로였다.

제6장

—

괴도의 귀환

　일주일에 걸친 수색 끝에, 프란치노는 현실을 받아들일 수
밖에 없게 되었다.

　"레너드 몬토반드, 그리고 잭 제이콥스. 두 타겟 모두 확보
에 실패했습니다."

　행정관 랜티스의 보고를 받아든 프란치노는 긴 한숨을 내
쉬었다.

　"이런, 젠장."

　이번 작전으로 인해 잃어버린 대대가 입은 피해가 너무 컸
다. 안 그래도 정규 전투 부대가 아닌지라 기병을 동원하는 데
에 어려움이 큰데, 그 기병의 절반이 한 번에 날아가 버렸다.

단순한 전투 손실이라면 그래도 좀 참을 수 있겠지만, 귀중한 기병들이 폭사당하고 기병 중대장까지 목숨을 잃었으니 프란치노가 쌍욕을 해도 이상할 게 없었다.

심지어 기병들은 프란치노가 다른 곳에서 루에노와 싸우고 있을 때 레너드 몬토반드로 추정되는 괴인을 쫓다가 반격으로 피해를 입게 된 거니 남 탓을 하기 딱 좋은 구도가 되었다.

"미안하다. 내가 부족해서 이름 없는 대대의 이름에 누를 끼쳤군."

그럼에도 불구하고 프란치노는 사과의 말부터 했다.

"무슨 말씀이십니까, 대장. 이름 없는 대대에는 이름이 없습니다."

랜티스의 날카로운 태클에 프란치노는 잠깐 입을 다물었다가, 그를 향해 으르렁거렸다.

"너 진짜……."

프란치노가 부들부들 떨었다. 그런 그의 모습을 감상이라도 하듯 바라보고 있던 랜티스는 문득 휙 하고 손바닥을 뒤집어 보였다.

"대장이 사과하실 일이 아닙니다. 저희 전력이 부족해서 일어난 일. 루에노라는 변수가 존재하는 걸 알면서도 제대로 계산하지 못한 제 잘못이죠. 절 벌하여 주십시오."

"……그렇군."

프란치노는 무겁게 고개를 끄덕이며 말했다.

"알았다. 내 널 벌하도록 하지."

"아니, 여기선 대범하게 용서해 주셔야 되는 거 아닙니끄악!"

따악! 하는 소리와 함께 랜티스의 고개가 급격히 뒤로 넘어갔다. 프란치노의 딱밤이 작렬한 결과였다.

"자, 이쯤 해서 지난 일은 잊고 미래를 향해 나아가자."

랜티스는 볼멘 시선을 프란치노에게 던졌지만, 프란치노는 뻔뻔하게 말했다.

"아뇨, 복기해야 되지 않겠습니까?"

마치 장난은 여기까지라는 듯, 랜티스의 표정이 진지해졌다.

"그래, 그렇지."

프란치노 또한 굳은 얼굴로 고개를 끄덕였다.

아무리 이번 일의 결말이 그들에게 있어서 씁쓸한 것이라한들, 곱씹지 않으면 같은 실수를 반복하리라는 것을 그들은 잘 알고 있었다.

"정령사가 그렇게 강력한 존재일 줄은 처음 알았습니다."

그날의 기억을 되짚던 랜티스가 몸을 부르르 떨며 말했다.

"나도 그랬다. 이래서야 네 계산이 틀린 것도 비난할 수 없겠군."

일반적으로 라틀란트 제국에서 정령사의 인식은 잡술로 인생을 허비하는 이교도에 가까웠다.

비록 루에노 개인은 정령사 중에서도 이례적이고 독보적인 존재로 자리매김하고는 있었지만, 랜티스는 물론이고 프란치노도 내심 그 힘을 얕봤던 건 부정할 수 없었다.

방심의 대가는 혹독했다.

가능성은 낮다고 봤음에도 레너드 몬토반드와 루에노가 연합할 경우의 수에 대해 미리 계산하기는 했었다. 그러나 루에노의 전력이 완전히 계산 밖의 것으로 드러나면서 전체 계획이 꼬여 버려 지금의 결과에 이르렀다.

"그래서 이제 어쩌실 겁니까? 루에노를 추적하여 격살하실 겁니까?"

"마음 같아선 그러고 싶지만 그런 무의미한 행동에 우리 대대원을 희생시킬 순 없지. 게다가……."

프란치노는 다시금 한숨을 내쉬었다.

"솔직히 지난 전투에서 희생이 너무 컸어."

프란치노의 말에 랜티스는 무심코 고개를 끄덕였다.

피해의 대부분은 레너드를 쫓다가 나왔다. 루에노 쪽에선 의외로 피해가 적었다.

만약 루에노가 그럴 작정으로 덤볐더라면 이름 없는 대대의 병력 절반쯤은 손실되었을 수도 있었다. 그런데 루에노는 어째선지 프란치노만을 집요하게 노렸다.

정령술의 인식 어쩌고 하는 소릴 한 것 같지만, 그건 아마도 진짜 목적을 숨기고 위장하기 위한 헛소리였으리라.

겉으로 보기에는 프란치노가 대대원들을 지휘해 루에노를 쫓아 보낸 것처럼 보이지만, 실제로는 그렇지 않음을 전투에 참여한 모두가 잘 알고 있었다.

1 : 1의 대결로는 자신이 수세에 몰릴 수밖에 없음을 깨달은 프란치노가 오로지 몸을 지키는 데에만 전념해 시간을 벌고, 몰려온 이름 없는 대대의 대대원들이 달려들어 루에노를 쫓아낸 덕에 이름 없는 대대는 모두 함께 살아남을 수 있었다.

가까스로.

결국 이름 없는 대대는 양쪽의 전선 모두에서 패배한 셈이 되었다.

"그런데… 기병대 생존자 증언으로는 레너드가 마법을 썼다던데."

"그게 레너드인지조차 의문입니다만, 아무튼 그렇습니다. 그 폭발음은 저희도 들었고요."

정확히는 신성의 정령이 불의 속성력을 잔뜩 머금고 자폭한 거였지만, 정령법은커녕 정령술조차도 제대로 모르는 병사들이 그걸 제대로 알아봤을 리 만무했다.

"…아무래도 저희가 란첼 자작의 함정에 빠진 것 같습니다."

마법사는 그리 흔한 존재가 아니다. 일단은 방랑 신관처럼 혼자 따로 떨어져 다니는 방랑 마법사가 아예 없지는 않지만, 보통 사람이라면 일생에 한 번 조우할까 말까 할 정도로 희귀하다.

그 정도로 희귀한 방랑 마법사가 우연히 나타나 이름 없는 대대의 앞을 가로막았다는 소리는 그다지 신빙성 있게 여겨지지 않았다.

현실적으로 제국 마법청 자문관인 란첼 자작이 이번 일에 은밀히 마법사를 동원했다는 가설이 훨씬 설득력이 있었다.

"루에노와 란첼 자작 일당이 한통속이라고?"

"그렇게까지 말씀드리지는 않았습니다만, 그런 의혹을 저도 품고 있습니다."

아직 확증은 없지만, 간신히 얼마간 회복한 시티 오브 툴루의 정보 라인을 통해 전달된 정보에 따르면 란첼 자작과 루에노가 툴루의 관문을 함께 통과했다고 한다.

"그렇군⋯⋯."

그 보고를 지금에야 들은 프란치노는 이를 으드득 갈았다.

"란첼 자작, 네 이놈. 내가 언젠가 이 빚을 갚고 말리라!"

그렇게 그날 밤 그냥 피곤해서 잠들었던 란첼 자작이 모든 일의 흑막이 되었다.

"아직 확실한 건 아닙니다만⋯⋯."

"달리 있을까? 이름 없는 대대의 존재를 아는 놈들도 별로 없는데, 우리를 딱 노린 함정을 팔 수 있는 놈들이 얼마나 있겠어?"

"그건 그렇습니다. 하지만 확증이 없으니 이걸로 얽어맬 수는 없죠."

"끄응!"

확실하지 않으면 승부를 걸지 말라는 정계의 금언을 무시할 수 있을 정도로 프란치노는 막 나가는 인간인 건 아니었다.

"이거 확증 찾느니 그냥 다른 방식으로 어떻게든 복수하는 게 낫겠군."

정체불명의 마법사를 잡는 데에도, 루에노를 족치는 데에도 실패했으니 프란치노와 이름 없는 대대에 남은 선택지는 몇 없었다.

*　　　*　　　*

예언자가 이번에 택한 방법은 기존에 쓰던 방법과 그 방향성이 완전히 달랐다.

기존에 쓰던 방법은 예언을 어긋나게 만드는 존재를 제거함으로써 앞으로의 계획에 차질이 없도록 만드는 것이었고, 그 방법은 틀림없이 예언자에게 있어 최선의 방법이었다.

그러나 카를 페르디넌트를 제거했음에도 신출귀몰한 레너드 몬토반드, 가짜 성자 잭 제이콥스가 연이어 등장하자 그녀는 어떤 의구심을 품게 되었다.

어쩌면 레너드 몬토반드와 잭 제이콥스를 모두 처치하더라도 또 새로운 변수가 태어나는 것이 아닐까, 하는 생각이 바로 그것이었다.

만약 그렇다면 이 싸움은 길어질 수밖에 없다.

카를을 희생양으로 내주는 예언을 함으로써, 제국 궁정에서 예언자의 입지는 흔들리고 있었다. 그런 상황에서 변수를 상대로 예언을 계속하다간 언젠가는 파탄으로 이어질 위험이 있었다. 지금은 아니더라도, 결과적으로는 파탄에 이르리라.

더군다나 예언자는 이름 없는 대대와 그 대대장인 프란치노를 완전히 신뢰하고 있지 않았다.

그것은 프란치노가 예언자 앞에서는 지능이 반 토막 난 모습을 보이기 때문이었지만, 공교롭게도 결과적으로는 그녀의 판단이 옳은 것이 되었다. 프란치노와 그의 이름 없는 대대는 결국 루에노의 개입으로 레너드 몬토반드의 처치에 실패했으니 말이다.

그래서 예언자는 이번에 다른 선택을 했다.

그 선택이란 바로 틀릴 리 없는 예언을 하는 거였다.

예언을 틀리게 만드는 변수가 없다면 예언자의 예언은 백이면 백 맞아들었다. 그렇기에 그녀가 예언자로서 영향력을 행사할 수 있는 거고, 그렇기에 그렇게도 필사적으로 변수를 제거하려고 드는 거였다.

이번에 예언자는 기존과는 다른 방법으로 변수를 제거했다. 변수의 존재가 제국 서쪽 변방에 집중적으로 나타난다면,

이번에는 반대쪽인 동쪽 변방의 예언을 하면 될 것 아닌가?

그런 예언자의 판단은 딱 맞아떨어졌다.

예언자의 예언이 속속 사실로 드러나고, 그로 인해 본래대로라면 파멸했어야 할 운명이 건재하게 되었다. 그 덕에 목숨을 건진 이들은 물론이고, 그렇지 않은 이들 사이에서도 예언자의 영향력이 급격하게 확대되어 가기 시작했다.

"아직은 아니다. 아직은……."

지금 당장 새롭게 얻은 영향력을 행사에 제국 서쪽 변방을 쓸어버리고 싶은 생각은 굴뚝같았으나, 예언자는 초인적인 인내력을 발휘해 그 계획은 뒤로 미루고 일단은 같은 방법을 몇 차례 더 사용하기로 결심했다.

예언자는 새로이 들어온 추종자들의 환심을 완전히 사로잡고 영향력을 확고히 다진 후, 예언이 한두 번쯤 틀리더라도 충성을 바칠 만한 자들을 확보한 후에나 서쪽 변방 초토화 작전을 실행하기로 마음을 다져먹었다.

"1년도 걸리지 않으리라."

다음번에야말로 모든 변수를 확실히 제거하고야 말겠다는 야심이 담긴 예언자의 눈동자가 서늘하게 빛났다.

*   *   *

다운로드의 충격으로 기절해 있던 나는 정신이 들자마자

내 몸에 넘쳐나는 정령력의 기운에 전율했다.

하지만 동시에 이 상황이 길어질수록 내게 크게 이롭지 않음을 이해했다.

―지금 새 주인님의 그릇은 넘치기 직전의 상태라 해도 과언이 아닙니다.

라플라스의 말이 맞다. 정령은 두 개체만을 다룰 수 있는데 정령력은 5령급에 달하도록 지니고 있으니, 그릇은커녕 확 부풀어 오른 풍선에 비유할 만도 했다. 조금 잘못했다간 빵 터져버리고 말겠지.

―빨리 대책을 마련하는 것을 권고해 드립니다.

"…나도 알아."

4령급의 지식 또한 다운로드받았기에, 지금의 내 상태가 얼마나 위험한지는 나도 이해할 수 있었다. 지금 와서 다시 생각해 보면 왜 그런 무모한 판단을 했는지 싶을 정도다.

―그나마 다행인 것은 새 주인님의 육체는 아직 어린 데 비해 나이에 걸맞지 않은 외력과 내력으로 신체 내부의 불균형을 버텨낼 수 있다는 점입니다.

그나마, 라는 표현이 딱이었다. 지금의 나는 그동안 꾸준히 단련해 온 외력과 내력으로 버티고 있는 거나 마찬가지였다.

마치 과식을 한 것처럼 속이 울렁거리고 약간의 구역질도 느껴졌지만, 나는 이를 악다물고 참았다.

―그리고 4령급의 정령력 제어 능력을 다운로드받으신 것

도 호재입니다.

맞다. 애초에 가능하지도 않았겠지만, 만약 정령력만 5령급까지 다운로드받았더라면 지금쯤 몸이 빵 터져 있어도 이상하지 않았으리라.

―그러니 늦지 않게 수습하신다면 별 후유증 없이 위기를 넘기실 수 있을 겁니다.

이 선택이 무모한 것이었음에도 불구하고 라플라스가 적극적으로 말리지 않은 이유는 이것 때문이다.

위험하긴 해도 아예 뒷수습이 불가능하거나 영구적인 후유증이 남는 건 아니라는 점!

"그래도 정령력이 넘쳐난다는 게 꼭 나쁜 것만은 아니야."

거기에 더해, 부작용을 감수할 만한 장점이 존재한다는 점도 판단에 영향을 끼쳤다.

단숨에 불어난 정령력을 기반으로 내 정령법의 폭발적인 성장을 기대할 수 있다는 것이 대표적인 장점이었다.

자기 정령화를 숙련시키는 것이 크게 빨라질 것은 물론이고, 그 후에 세 번째 정령을 소환하고 성장시키는 데에도 큰 도움이 되리라.

물론 단순히 정령법의 위력이 이전보다 배가 되었다는 것도 빠뜨릴 수 없는 장점 중 하나다.

"어쨌든 당면 과제는 자기 정령화의 완성이로군."

자기 정령화를 완성시킨 후 차례차례 정령을 소환해, 내가 지금 그릇 이상으로 받아들인 정령력을 새로 소환한 정령에게 나눠주면 이 불균형 상태도 해결될 것이다.

"일단은 항시 자기 정령화를 켜놓는 것부터 시작해야겠어."

―좋은 판단입니다.

라플라스의 공인도 받았겠다, 나는 바로 자기 정령화를 켰다. 평소라면 켜자마자 정령력이 빠르게 줄어드는 게 느껴졌을 텐데, 지금은 그럴 기미조차 보이지 않는다.

"이 상태에 익숙해져야겠지."

나는 심호흡을 하며 정령력을 조절했다.

내 존재에 너무 많은 정령력을 퍼부었다간 거기에 버티지 못한 몸 전체가 끓어올라 그대로 죽어버릴지도 모른다.

그렇다고 너무 적게 넣으면 의미가 없을 뿐더러 자기 정령화의 수련을 가속화시킨다는 원래 목석이 달성되지 않는다.

그리고 그 끝 또한 파멸이리라.

새삼 무모한 짓을 했다는 자각이 들었지만 뭐 어쩌겠는가.

호랑이 등에 올라타 버린 이상 떨어지지 않게 꽉 잡고 버틸 수밖에 없다.

평소처럼 다른 짓을 하면서 자기 정령화를 하기엔 난이도가 너무 올라가 버려서, 나는 아예 그 자리에 주저앉아 자기 정령화에 열중했다.

"그래도 역시 엄청 빠르긴 하군."

워낙 양이 많다 보니 제어가 어렵긴 하지만 일단 감을 잡고 자기 정령화를 돌리기 시작하니, 성장 속도가 정령력을 사기 전보다 최소한 세 배는 빠르다.

게다가 빠르게 정령력이 소모되면서 부담스러웠던 속이 괜찮아졌다.

하긴 그렇다. 간단한 발상이다.

정령력이 너무 많아서 문제가 생긴 거니, 써버리면 문제가 해결된다!

물론 안 쓰고 있으면 도로 문제가 생기겠지만, 그런 건 나중에 생각하자. 일단 자기 정령화부터 완성하자. 그 다음에 세번째 정령을 소환해서 정령력을 나눠담으면 된다!

생각을 정리한 나는 다시금 자기 정령화에 집중했다.

*   *   *

한참 동안이나 자기 정령화에 집중하고 있으려니 정령력이 비워져 헛구역질이 완전히 가라앉았다.

─죽음을 극복하셨습니다.

그때, 라플라스가 말했다.

"아니, 왜?"

─정령력의 수습에 성공하셨으니까요. 전 주인님께서는 실패하신 적이 여러 번 있었습니다. 그리고…….

"아……."

죽었구나, 카를. 죽었었어.

하긴 나도 정령력을 다루기가 버거워서 주저앉아 집중까지 해야 했다. 평소라면 자기 정령화를 쓰면서 다른 걸 하는 게 기본이었는데 말이다.

"아무튼 루블도 부족했었는데 잘됐군."

나는 그냥 좋은 방향으로 생각하기로 했다.

"속도 편해졌겠다, 아침밥이나 먹어야겠군."

지금이 아침 시간인지는 모르겠지만 뭐 아무렴 어때. 우리 업계는 원래 밤낮 안 가린다.

"음식을 데우기 위해 불을 피울 필요가 없어진 건 편하고 좋네."

불의 속성력을 손에 넣은 덕에, 그냥 음식에 속성력만 담아도 금세 따끈따끈해진다. 김이 오르는 햄 위에 딸기잼을 치덕치덕 발라 먹은 나는 만족스럽게 배를 두드렸다.

"맛있어!"

역시 잼은 언제나 옳다. 고기도 옳다. 옳은 것에 옳은 것을 더한 음식인데 맛이 없을 수가 없다. 이것은 옳은 음식이다. 나는 내가 직접 개발해 낸 음식의 이름을 잼앤고기라고 붙이기로 했다.

—고기가 아니라 미트라 하는 게 맞지 않을까요?

"그럼 재미가 없잖아."

—새 주인님께 있어서 재미란 대체 무엇인가요?

나는 대답하지 않았다.

기분도 좋아졌겠다, 컨디션도 좋아졌겠다, 나는 새로 얻은 기술을 시험해 보기로 했다. 새로 얻은 기술이란 물론 정령법, 그것도 4령급의 특수 기술인 [정령 합일]이다.

"두 정령을 합쳐서 쓸 수 있다고 했지?"

—그렇습니다.

내겐 끼릭이와 반짝이, 이 둘밖에 없으니 다른 조합은 없다.

"자, 그럼 한번 해볼까? [정령 합일]!"

분위기도 탔겠다, 나는 굳이 입으로 말할 필요 없는 기술이름을 소리까지 지르며 내뱉곤 바로 기술을 발동했다. 그러자 내 앞에 반짝이는 끼릭이가 뽕 하고 나타났다.

"끼릭끼릭!"

반짝반짝.

눈부시다!

"좋아, 반짝이는 끼릭아! 신성 정령탄 연사로! 발사!!"

투타타타타타타!

신성의 빛으로 번쩍여 섬광탄처럼 보이는 정령탄이 요란한 소음을 내며 발사됐다. 그리고 꽤 단단한 소재로 이루어졌을 터인 괴도의 보물고 벽을 꿰뚫고 그 뒤의 흙을 파냈다.

"어어, 그만! 그만!!"

이러다가 보물고에 파묻혀 죽겠다 싶어서, 나는 재빨리 발사를 멈췄다. 다행히 보물고는 무너지지 않았지만, 전혀 예상치 못한 신성 정령탄의 위력에 가슴이 두근두근두 아니고 두쾅두쾅거렸다.

"뭐야, 왜 이렇게 세?"

―정답을 말씀드릴까요?

"알았다, 5령급의 정령력에 이미 완성된 두 정령을 합일시킨 덕에 내 계산 이상으로 정령들의 힘이 증폭한 탓이구나."

―제가 말씀드릴 수 있었는데…….

라플라스가 노골적으로 아쉬운 기색을 비쳤다. 나는 녀석의 말은 못 들은 척하며 혼자 고개를 끄덕였다.

"역시 이론과 실제는 다르군."

다운로드받은 지식으로 이렇게 될 줄 알고는 있었지만, 그게 정확히 어느 정도인지는 감을 잡지 못해 일어난 게 방금 전의 참사였다.

아무튼 그렇다. 1령급 정령사와 정령을 하나만 소환한 2령급 정령사는 겉보기에는 할 수 있는 게 비슷하지만 실제로는 그 전력의 자릿수부터가 다르다. 정령사가 지닌 정령력의 규모에 따라 각 정령이 뿜어낼 수 있는 힘과 한계가 달라지기 때문이다.

내가 그동안 루에노를 필사적으로 피해 다녔던 것도 이런 이유다. 만약 루에노와 싸우게 된다면 절대로 승리를 장담할 수 없으니까.

5령급의 정령력을 손에 넣은 지금이라면 혹시? 하는 생각도 버리는 게 좋다. 애초에 넘치는 정령력을 주체 못해 부작용까지 겪고 있는데 이미 완벽하게 5령급을 다루는 루에노와 제대로 맞서 싸울 수 있을 리 없지.

역시 도망치는 게 정답이다.

루에노를 생각했더니 다시 수련 의욕이 뿜어져 나온다.

"살려면 강해져야 해!"

언제 루에노가 찾아올지 모르는데 낭비하고 있을 시간이 없다.

나는 반짝이는 끼럭이의 소환을 해제하고 다시 자기 정령화에 열중하려 했다.

─그런데 새 주인님.

그때, 라플라스가 다급히 나를 불렀다.

"어, 왜?"

─다음 목적지는 어디로 정하시겠습니까?

그러고 보니 괴도의 보물고를 마지막으로 라플라스의 안내가 끝난 상태였다.

"아, 그렇지."

물론 바로 다음 유적에 가는 것도 좋지만, 시티 오브 툴루에서 워낙 여러 일이 있었던지라 조금 지쳤다.

새 귀족 신분도 손에 넣었겠다, 이 신분을 쓸 만한 곳에 가고 싶다. 좀 큰 도시에서, 귀족 전용의 고급 여관에서 느긋하게 휴식을 취하는 게 좋지 않을까?

뭐, 휴식이라고는 해도 여관에 틀어박혀서 자기 정령화나 수련하고 있을 것 같지만…….

"아."

거기까지 생각한 나는 내 계획에 문제가 있음을 알아차렸다.

레너드 몬토반드도 수배당하고 잭 제이콥스로서 활동하는 것도 위험하다고 판단된 탓에 새롭게 얻은 세 번째 신분인 루브스 페르핀인데, 보아하니 루브스로서의 생활도 별로 안전할 것 같지가 않았다.

"가보들을 너무 많이 훔쳤잖아."

괴도 늑대거미 가면의 보물고에는 가보들이 너무 많았다. 그냥 평민인 부자들의 가보만 훔쳤으면 모르겠는데, 괴도 늑대거미 가면은 귀족들의 가보도 몇 개 훔쳐놓은 상태였다.

문제는 루브스가 곧 괴도 늑대거미 가면인 걸 아는 사람이 너무 많다는 거였다.

루브스 페르핀이 시티 오브 페르핀의 시장이었을 때는 권력으로 무마해 버렸지만, 이제는 시장이 아니니 15년 전처럼 뭉개 버릴 수도 없다.

그러니 내가 만약 루브스로 행동하게 되면, 그가 괴도로서 저질렀던 범죄들의 책임도 내가 짊어져야 할 사태로 이어질 수 있었다.

라플라스는 루브스 페르핀이 행정적으로는 아무 문제 없는 신분이라고 했지만, 이건 말 그대로 행정적인 이야기일 뿐이다.

원한을 품은 귀족 가문이 사적으로 암살자를 보내오는 것까지 미연에 방지할 수는 없다.

"루브스는 대체 무슨 생각으로 이런 짓을 저지른 거지?"

―그냥 이렇게 될 줄 몰랐던 겁니다. 길게 생각하고 저지른 게 아닙니다.

"…흔한 범죄자의 사고방식이로군."

나는 혀를 찼다.

―별문제는 안 될 것 같습니다만, 정 찜찜하시면 그냥 버리시는 것도 생각해보실 만 합니다.

"100루블짜리 신분을?"

누구 좋으라고?

―이미 보물까지 얻으셨잖…….

"아냐, 방법이 있을 거야."

안 그래도 지금 루블 잔고가 85루블밖에 안 남았는데, 새 신분을 산답시고 쓸데없이 돈 낭비를 하고 싶지 않다.

"그럼……. 만약 가보들을 각각의 가문에 돌려주면 어떨까?"

이 가보들은 내겐 거의 아무런 가치가 없는 거나 다름없었다. 물론 팔아넘겨 돈으로 바꾸는 수도 있지만, 장물을 팔아

넘겨봤자 얼마나 벌겠는가? 장물을 파는 루트를 알아내느라 쓸 루블이 더 아깝다.

제국 바깥으로 나가서 이 가보들을 처분하는 방법도 있다고 라플라스는 언급했지만, 사실 지금 내가 그렇게 귀찮은 방법을 동원해서까지 돈을 마련해야 할 정도로 쪼들리지는 않는다.

시티 오브 툴루의 툴루멘즈가 깨끗하게 세탁해 준 금괴도 있고, 라틀란트 제국 금화도 모자라지 않게 갖고 있다. 여차하면 고대 제국의 달란트 금화를 써도 된다. 굳이 제국 영역 바깥에까지 기어나가 도난품을 팔아치울 동기 자체가 없는 셈이다.

그렇다면 차라리 이 가보들을 주인들에게 돌려줌으로써 원래 주인들이 루브스를 제국에다 고발하는 것도 막을 수 있지 않을까? 하는 다소 일차원적인 발상에서 떠올린 아이디어였다.

내 생각에도 별로 좋은 아이디어 같지는 않았는데, 의외로 라플라스는 호의적으로 대답했다.

―괴도 늑대거미 가면의 부활 이벤트로서 적절하군요.

"…좋다는 거야, 나쁘다는 거야?"

―물론 좋다는 의미입니다.

라플라스의 말에 따르면 어차피 암시장에서도 못 팔아먹을 가보를 몇 개 돌려줌으로 인해, 시티 오브 페르핀을 비롯한 페르핀 지역 유력자들의 루브스에 대한 적대감을 상당 부분 희석시킬 수 있다고 한다.

─다만 사람들의 인식은 어떨지 몰라도 공식적으로는 루브스 페르핀과 괴도 늑대거미 가면은 별개의 인물이므로 루브스로서 각 가문을 방문해 가보를 돌려주는 것은 그리 추천할 만한 방법이 아닙니다.

시티 오브 페르핀의 대부분이 이미 심증을 굳혔지만 물증은 없거나 루브스가 시장이었던 시절 인멸되었기 때문에 법적으로 둘이 동일 인물이라는 근거는 현재 존재하지 않는다.

그런데 내가 루브스의 얼굴로 다른 가문의 가보를 들고 나타난다면 이것 자체가 빌미가 될 수 있다는 의미다.

"역시 괴도로서 찾아가야 한다는 건가?"

─그것도 괴도의 방법으로요.

괴도 늑대거미 가면은 15년 전부터 현상금이 걸려 있는 상태다. 15년이나 지났는데 공소시효 같은 것도 없는 거냐고 묻자, 라플라스는 공소시효가 뭐냐고 반문해 왔다.

상황이 이런데 내가 괴도로서 각 유력 가문에 방문해 대문을 땅땅 두들겨 가보 돌려주러 왔소, 해봤자 체포나 당할 게 뻔했다.

그러니 괴도의 방법, 즉 담을 넘고 문을 따서 저택에 침입한 다음 가보를 원래 자리에 돌려놓고 아무도 모르게 빠져나오는 방법을 써야 했다.

─미리 말씀드립니다만, 꽤 루블을 벌 수 있으실 겁니다.

"그거, 목숨이 위험한 작업이라는 말을 돌려서 말한 거 맞지?"

─유료입니다.

거의 대놓고 말한 거나 마찬가진데 이제 와서 유료라니 그게 무슨. 나는 헛웃음을 흘렸다.

"어쨌든 그거라도 해놓고 여길 뜨는 게 낫겠군."

아무리 가보를 되돌려 준다고 하더라도 시티 오브 페르핀이나 이 주변에서 얼굴 까고 활동하는 건 너무나도 염치없는 짓이다. 그걸 하든 말든 이 지역에서 떠나야 하는 건 확정 사항이다.

떠날 것임에도 가보들을 돌려주려는 이유는 가보들이 가문의 품으로 돌아가면 그나마 루브스의 신분으로 좀 마음 편하게 돌아다닐 수 있으리라는 계산에서였다.

아무리 공식적으로 루브스와 괴도는 다른 사람이라지만, 비공식적으로 칼을 맞을 확률을 최대한 없애야 뒤통수 걱정 좀 덜 하고 살겠지.

덤으로 루블 부수입을 노릴 수 있다는 점도 나를 움직이게 만드는 이유 중 하나긴 했다.

그만큼 목숨이 위험하긴 하겠지만, 뭐 어떻게든 되겠지. 내가 극복할 수 없을 정도의 난이도였다면 애초에 라플라스가 좋은 생각이라고 하지도 않았을 테니 아마 괜찮을 거다.

"밤이 되면 출발하도록 하지."

1야급에 불과한 내 흑법 실력으로 대낮에 돌아다녔다간 바로 걸릴 거다. 해서 내린 결정이었는데, 라플라스가 의외의 발언을 했다.

―지금이 밤입니다만.

"잉? …나 여기 밤에 들어왔잖아. 그런데 아직도 밤이야?"

―정확하게는 아직도 밤인 게 아니라, 다시 밤이 된 겁니다만.

나는 몇 번 고개를 갸웃거렸다.

"…라플라스."

―네.

"나 얼마나 기절해 있었던 거야?"

―고작 만 하루 정도밖에 안 됐습니다.

뒷통수를 얻어맞은 것 같은 충격이 날 덮쳤다.

"하루나?"

―고작 하루죠. 5령급의 정령력과 4령급 정령법의 지식 및 기술을 다운로드받으셨는데도 하루밖에 기절하지 않은 것이 놀라운 일이라고 할 수 있습니다.

아무리 그래도 그렇지, 하루나 지나다니.

"해가 뜨기까진 얼마나 남았지?"

―1시간쯤 남았을 겁니다.

방금 전에 먹었던 밥이 진짜 아침밥이었을 줄이야!

"그럼 꼼짝없이 여기서 하루를 지새워야겠군."

―그러시죠.

차라리 잘됐다. 어차피 원래 오늘 하루 종일 자기 정령화에 매달릴 생각이었다.

그러니 이왕 이렇게 된 거, 그냥 계획대로 된 거라고 해두자.

*　　　*　　　*

적당히 컨디션이 좋을 정도로 정령력의 크기를 조절한 나는 해질녘이 되자 괴도의 보물고에서 나와 언덕을 올랐다. 몸을 숨긴 채 해가 완전히 가라앉기를 기다려, 적당히 때가 되자 나는 절벽에서 몸을 넌지고 글라이더를 펼쳤다.

"달도 안 떴고, 바람도 좋고. 작업하기 최적의 날이로군."

목적지는 물론 시티 오브 페르핀. 도시의 유력 가문에 괴도가 훔쳤던 가보를 돌려주는 것이 오늘의 목적이다.

―죽음을 극복하셨습니다.

해풍을 타고 도시의 방벽을 간단히 넘자, 라플라스의 메시지가 들렸다. 이것만으로 이미 도시의 정보값을 다 갚고도 거스름이 남는다.

"도시 정보 가격이 고작 15루블인 걸 보니, 여긴 유적이 없나 보지?"

─유적은 모르겠습니다만, 던전은 확실히 없습니다.

"유적은 있을지도 모른다는 이야기로군."

─그건 저로서는 알 수 없습니다. 어느 건축물이 새 주인님의 각성창에 반응하는지에 달린 것이니……

그건 그런가. 하긴 대현자는 대현자였지, 트레저 헌터가 아니었으니 장담 못 하는 게 당연하다. 나는 적당히 납득하고 도시 상공을 날았다.

혹시나 부자의 저택이 유적으로 판정될지도 모른다는 생각을 아주 약간만 하긴 했지만, 그 기대는 빠르게 배신당했다. 하긴 좀 비싼 집이라고 유적이 됐더라면 내가 지구에서 그 고생을 하진 않았겠지. 빠르게 납득한 나는 할 일부터 마치기로 했다.

─죽음을 극복하셨습니다.

─죽음을 극복하셨습니다.

들어갈 때 한 번, 가보가 놓인 곳에 가보를 놓을 때 한 번. 라플라스가 아무리 들어도 지겹지 않은 메시지를 들려주었다.

이게 뭐냐고? 함정이다.

옛날 일이라고는 하지만 괴도와 오랫동안 싸워온 도시의 부잣집답게 도난 방비가 좀 도를 넘을 정도로 철저히 되어 있었다.

그러나 [트레저 헌터의 직감]과 [트레저 헌터의 손재주] 앞에서 모든 함정은 의미를 잃을 뿐이었다.

―죽음을 극복하셨습니다.

마지막으로 빠져나올 때 한 번.

"이게 되게 안정적인 루블 벌이인데?"

루브스 페르핀의 신분에 걸린 리스크를 완화시키는 동시에 도난품을 짊어지고 있다는 내 마음의 짐을 내려놓는 것으로도 모자라 루블까지 벌다니, 일석삼조라는 말을 여기다가 쓰지 않으면 대체 어디다 쓸까?

―이게 모두 새 주인님께서 트레저 헌터로서 크게 성장한 덕분이겠죠.

라플라스는 이제 어이없어하지도 않고 어딘가 초탈한 것처럼 말했다.

"그래, 칭찬 고맙다."

가보를 돌려놓고 오는 길에 혹시 [탐사 일지]가 생성됐는지 각성창 안을 유심히 살폈지만 그런 일은 없었다. 만약 유적이었다면 탐사 점수까지 벌어들이면서 일석사조란 말을 창조해다 썼을 텐데 참으로 아쉬운 일이다.

"유적이기까지 했다면 더 좋았을 텐데."

―양심이……. 아뇨, 아무것도 아닙니다.

라플라스가 뭔가 욱해서 어떤 선을 넘으려고 했던 것 같았지만 기분 탓이겠지?

나는 가벼운 발놀림으로 저택의 굴뚝 위에 올라가 [이중 도약]으로 고도를 확보하고 글라이더를 펼쳐 다음 저택으로 향했다.

"이거 산타라도 된 느낌이로군."

―산타가 뭔가요?

"겨울에 돌아다니면서 보급품을 나눠주는 할아버지야."

―좋은 사람이로군요.

"응, 실존했더라면 좋은 사람이었겠지."

산타가 전설 속의 존재가 되어버린 지는 좀 됐다. 지구에 쳐들어온 이방인들이 크리스마스를 챙겨주는 것도 아니고, 지구 인류에게 그러한 로망과 판타지가 통할 정도의 심적 여유도 남아 있지 않았으니까.

―새 주인님께선 좋은 사람이신 건 같습니다.

"응, 나는 실존하지."

어쩌다 보니 내 얼굴에 내가 금칠하는 것같이 되어버렸다. 낯이 뜨거워진 나는 바로 다음 저택을 향해 하강했다.

"돌입!"

이번 저택에서는 40루블을 벌었다. 가보가 놓여야 할 곳에 함정 같은 게 설치되지 않은 탓이었다. 물론 유적인 것도 아니었다. 어라, 뭔가 이상하게 손해 본 기분인데.

"다음!"

나는 싱숭생숭한 기분을 뿌리치기 위해 일부러 입으로 소리 내어 선언했다.

이런 방식으로 나는 오늘 밤에만 200루블 넘는 수입을 올렸다.

"이걸로 반쯤 한 건가?"

남색으로 물들기 시작하는 동쪽 하늘을 바라보며 나는 중얼거렸다.

오늘만 6곳의 저택을 돌았다. 남은 곳은 5곳.

뭐, 내일이면 다 끝나겠네.

내가 그렇게 속으로 셈을 하고 있으려니, 라플라스가 불쑥 말했다.

─내일은 더 힘들어지실 겁니다.

"아니, 왜?"

─괴도가 어떤 식으로 나타났든, 이 도시의 피해자들에게는 그서 괴도가 돌아왔다고 받아들여질 테니까요.

하긴 그렇다. 괴도가 돌아왔다면 상식적으로 또 도둑질을 하러 왔다고 생각하겠지. 가보를 돌려줬다고 바로 경계를 해제하면 그것도 얼간이 같은 생각이긴 하리라. 오히려 성동격서라고 받아들이는 게 똑똑한 판단일지도 모른다.

"그럼 내일은 루블을 더 많이 벌 수 있겠네?"

다른 가문의 사람들의 경계심이 높아진다면 해체해 놨던 함정도 도로 설치할 거고, 경계병도 늘릴 테니 루블 수입 자체는 더 늘어날 가능성이 높았다.

─역시, 이제야 새 주인님께서도 대현자님의 격언을 이해하

시게 된 모양이로군요.

그게 무슨 뜻이지? 나는 묻지 않았다. 이해해 버리면 안 될 것 같은 느낌이었다. 나는 애써 라플라스의 말을 못 들은 척하고 일부러 기운차게 말했다.

"자, 해가 뜨기 전에 철수하자고."

나는 오늘 마지막 범행 장소의 굴뚝을 박차고 날아올랐다.

곧 괴도의 시간이 끝난다. 아침이 올 것이다. 괴도는 괴도답게 어둠과 함께 사라져야 했다.

*　　　*　　　*

괴도 늑대거미 가면이 돌아왔다!

이 짧은 소식은 시티 오브 페르핀을 뜨겁게 달궜다. 호오는 갈렸음에도 루브스 페르핀과 괴도 늑대거미 가면은 그만큼 페르핀의 도시에 거대한 영향력을 행사하던 인물이었다. 특히나 괴도가 뿌리는 금화 맛을 본 빈민들 사이에서는 절대적인 지지를 얻고 있었다.

그러나 이번만큼은 여론의 방향성이 조금 다를 수밖에 없었다.

오랜만에 돌아온 괴도는 빈민가에 금화를 뿌리지 않았다. 오히려 기존에 괴도가 사냥감으로 여기던 부자 가문에 가보를 되돌려 주기까지 했다.

빈민들의 영웅이었던 괴도가 그간 보여줬던 행보와는 완전히 반대되는 행동을 보였기 때문에 여론은 그의 이번 행동을 혼란스럽게 여길 수밖에 없었다.

그러한 기존과 완전히 다른 행보는 이번에 출몰한 괴도가 루브스 페르핀이 아닐지도 모른다는 의구심을 낳았다.

괴도 늑대거미 가면이 루브스 페르핀과 함께 자취를 감춘 지 벌써 15년. 혈육이라도 그만큼 소식을 듣지 못했다면 죽었을지도 모른다는 생각을 하게 마련이다.

그나마 괴도가 늑대거미 가면임이 틀림없다고 사람들이 여기는 이유는 그가 이번에 되돌려 놓은 가보들 때문이었다.

이 가보들은 괴도 늑대거미 가면이 훔쳐갔던 것으로, 루브스 페르핀이 행방불명된 후 각 가문이 모든 능력을 총동원해 그 행방을 찾았던 물건들이었다.

물론 그 시도는 모조리 실패했었다. 루브스 페르핀과 늑대거미 가면이 얼마나 행적을 잘 숨겼던지, 각 가문은 작은 힌트조차 얻지 못하고 가보를 포기해야 했었다.

적어도 이 페르핀 지역에서만큼은 위세가 대단한 부자 가문과 일부 귀족들마저 찾아내지 못한 가보를 찾아내 주인에게 돌려주다니, 괴도의 정체가 늑대거미 가면 본인이거나 그 후계자가 아니면 있을 수 없는 일이다.

적어도 시티 오브 페르핀의 사람들은 그렇게 믿었다.

갈등의 씨앗은 이번에 가보를 돌려받은 가문이 단 여섯 가문뿐이라는 점이다. 남은 다섯 가문은 가보의 그림자조차 보지 못했으니, 가보를 받은 가문과 못 받은 가문 사이에 미묘한 파장이 흘렀다.

가보를 돌려받지 못한 다섯 가문의 사람들은 소식을 듣자마자 바로 시장을 찾아가 괴도 늑대거미 가면을 수배해 달라고 요청했다.

당연하지만 시티 오브 페르핀의 현 시장은 루브스 페르핀이 아니다. 15년이나 행방불명이 된 사람을 위해 시장 자리를 비워둘 정도로 라틀란트 제국의 통치는 무르지 않다.

루브스 페르핀이 행방불명되기 전, 후세를 남기지 못한 그에게 라틀란트 제국의 중앙은 페르핀 가문을 이을 양자를 들이도록 지시했다. 그렇게 양자가 된 것이 바이론 페르핀이었다.

양아버지가 실종되자마자 바이론 페르핀은 시티 오브 페르핀의 임시 시장이 되었고, 임시가 정규로 바뀌는 데에는 2년도 채 걸리지 않았다. 제국 중앙 측에서 지정한 인물인 만큼 제국에서 확실하게 밀어주기도 했고, 페르핀의 유지들이 지지를 보낸 덕도 컸다.

그렇게 어느새 15년간 시장직을 역임해 온 바이론 페르핀은 시장으로서 시민들의 요구를 받아들여 괴도를 수배토록 했다.

그런데 바이론의 속셈은 따로 있었다.

지난 12년간, 괴도의 보물고를 누구보다도 열심히 수색한 것이 바이론 페르핀이라는 사실은 별로 놀라울 것이 없는 이야기다. 그는 시장이니, 시민의 재산을 되찾기 위해 노력한다는 건 어찌 보면 당연하기까지 하니까.

문제는 그의 진의였다.

바이론 페르핀이 물려받은 것은 오로지 페르핀 가문의 유산과 시장직, 그러니까 그의 양부가 루브스 페르핀이 남긴 유산뿐이다.

그런데 바이론은 괴도의 유산 또한 자신의 것이 되어야 한다고 믿었다.

루브스 페르핀이 남긴 재산이 거의 없다는 것도 바이론의 욕망을 부채질하는 한 요인이 되긴 했으리라. 시장으로서의 루브스는 아주 청렴했으니까. 저택이야 가문으로부터 물려받은 것이지만, 그 안을 채운 가구와 집기들은 시 소유의 공방에서 만든 소박한 것들뿐이었다.

그렇게 물려받은 유산에 실망한 바이론은 '진짜 유산'이 따로 있다고 망상하기 시작했다.

그 망상은 욕망에 의해 부풀려져, 그는 어느새 괴도가 남긴 금과 비단, 보석 따위의 진짜 보물이 가득한 비밀 금고가 어딘가 존재하리라고 굳게 믿게 되었다. 그리고 그 비밀 금고의 정당한 소유자는 자신밖에 없으니 반드시 찾아내 소유해야만 한다는 강박관념에 시달렸다.

그런데 괴도가 돌아와 괴도의 비밀 금고에 놓여 있었을 터인 도시 유력 가문들의 가보를 되돌려 놓았다.

이 상황을 두고 바이론이 어떤 생각을 했을까?

"그 가보들은 자기 것이라 생각할 수도 있겠군."

―그렇게 생각하고 있습니다.

라플라스가 단정적으로 말했다.

―하지만 시장으로서 돌아온 가보들을 징발할 수는 없으니, 그는 다른 방법을 택할 것입니다.

"다른 방법?"

―네.

단호하기도 하지.

―바이론은 가짜 괴도 늑대거미 가면으로서 등장해 각 가문의 가보를 훔치려 들 것입니다.

"…뜬금없네."

어쩌다 그런 생각을 다 하게 되셨어요? 하고 직접 물어보고 싶은 심정이다. 하지만 그래서는 안 된다.

"그럼 바이론은 루브스 페르핀을 수배했겠네?"

루브스가 괴도로서 돌아다니면 자신이 가짜란 걸 들킬 테니, 수배해서 움직이지 못하게 만드는 게 바이론에게 유리하리라. 그래서 이렇게 생각하게 된 건데, 라플라스의 대답은 내 예상을 벗어났다.

―아닙니다. 오직 괴도 늑대거미 가면만이 수배당했습니다.

왜냐하면 루브스의 생존을 인정해 버리면 바이론은 정당한 상속권을 주장할 수 없게 되어버리니까요.

아, 그게 또 그렇게 되어버리나.

─더불어 행정적으로는 괴도와 루브스는 별개의 인물이니 바이론의 조처는 흠잡을 곳 없이 정당하기도 합니다.

"그러고 보니 그런 소릴 들었었지."

그럼 어떻게 해야 하나… 하고 내가 생각하고 있을 때였다.

─이번 일은 새 주인님께 호재입니다.

라플라스가 의외의 말을 건네 왔다.

"어, 왜?"

─바이론 페르핀은 가보들을 훔친 뒤에도 괴도 행각을 멈추지 않습니다. 루브스와 달리 그는 아직 젊고 혈기 왕성합니다. 그는 자제할 줄을 모르고 제국 직할지까지 활동 영역을 넓히다 제국에 의해 체포당할 것입니다.

아무리 변경의 왕이라는 별명이 붙는 변경 도시의 시장이라지만, 제국 직할령까지 가버리면 그 위세도 통하지 않는 모양이다.

─1년 내에 잡힐 가능성이 60%, 2년으로 넓히면 90% 이상입니다. 5년 내라면 100%입니다.

"확정인가."

─네, 확정 사항입니다.

라플라스가 확정 사항이라면 확정 사항이 맞다. 대현자가 수만 번을 죽어가면서 쌓은 데이터니 확실하다. 즉, 바이론이 괴도 활동을 시작해 버린 이상 그가 붙잡히지 않는 미래는 없다.

　―바이론이 잡힘으로써 루브스 페르핀의 신분은 깨끗해집니다. 새 주인님께서 짊어지셨어야 할 리스크가 완전히 사라지는 셈이죠.

　"아, 그래?"

　―네. 안전을 기하기 위해 5년만 기다리시면 됩니다.

　5년이라고는 해도 네 번째 신분을 사서 버티면 그만이니, 별로 부담되는 세월이라고는 할 수 없다.

　"마음에 안 들어."

　그럼에도 불구하고 나는 고개를 저었다.

　"내가 어제 시티 오브 페르핀에까지 발품 팔아가며 돌려준 가보를, 그놈이 괴도인 척하고 다시 훔쳐간다고?"

　물론 그 각 가문에서 가보랍시고 귀중하게 여기는 것들은 유서 깊은 어떤 무언가가 있기 때문이겠지. 하지만 나에게는 아무런 쓸모도 없는 오래된 잡동사니에 불과하다. 게다가 그걸 돌려주면서 루블도 벌었으니 적어도 손해는 아니다.

　문제는 내가 이 정도 수고를 했는데, 이 수고를 무위로 돌리는 놈이 있다는 거였다.

　어차피 내일이면 무너질 모래 탑을 쌓았더라도, 그걸 쌓자마자 옆에서 부수는 놈이 있는데 그걸 그냥 넘어가?

"이대로는 못 가지."

나는 고개를 저었다.

리스크가 문제라면 새 신분으로 갈아타면 그만이다. 고작 리스크 하나 없애자고 바이론, 그게 난장을 치고 다니는 걸 좌시하긴 싫다.

"적어도 그 바이론이란 놈한테 거한 엿 하나 먹여주고 가야지."

그것도 내게 손해가 안 되는 방향으로……. 아니지.

기왕이면 제대로 한몫 챙기는 방식으로 말이다.

제7장
—
괴도의 시간

바이론 페르핀은 손에 쥔 늑대거미 가면을 빙글빙글 돌렸다.

"시장 일은 결코 녹록치 않지."

변경 도시의 시장은 시의 모든 일을 관장한다. 달리 말하면 모든 일이 시장의 손에서 처리되어야 한다.

"사람들은 변경 도시의 시장을 두고 변경의 왕이라고도 부른다지만… 모르는 소리야."

그러나 시에서 일어나는 모든 일을 시장 혼자 대처하는 건 물리적으로 불가능하다.

결국 일을 대신하고 나눠 해줄 사람이 필요하다.

문제는 일을 나누는 것은 곧 권한을 나누는 것과 동일하다는 거다.

그런데 그렇게 나눠준 권한을 과연 일하는 데에만 쓸까?

원론적으로는 그렇다.

그러나 어느 분야나 그렇듯 이론과 실제는 다른 법.

자신의 의무와 책임을 권리인 양 행세하며 제 잇속을 챙기는 놈들이 허다하다.

세금을 거두라고 했더니 세금을 덜 걷고 그만큼 자기 주머니를 채워 넣는 건 가장 밑바닥 일반 세리들도 하는 짓이다. 범죄를 단속하라고 했더니 눈앞에서 일어나는 범죄를 못 본 척하는 대가로 딴 주머니를 차는 놈들도 부지기수.

아무리 일을 잘한다 한들, 믿을 수 없는 놈에게 일을 맡기면 안 되는 이유가 이것이다.

그래서 바이론 페르핀도 믿을 만한 사람을 골라 일을 맡겼다.

자신과 함께 제국 중앙에서 공부를 한 동문이자, 친구들, 혹은 선후배들이 그들이었다. 그들 모두는 시티 오브 페르핀의 유력 가문 출신으로서, 바이론과 함께 이 도시를 끌어갈 동량으로서 커왔고, 교육받아 왔다. 그러니 잘들 하리라. 바이론은 믿었다.

순진하게도.

그러한 그의 믿음이 배신당하기까지 채 1년이 걸리지 않았다.

믿었던 친구들은 뇌물을 처먹고 바이론에게 거짓 보고서를 올렸으며, 그를 따르던 후배들은 제국으로 올려 보내야 할 예물을 가로챘다. 선배들은 더 심했다. 자기들 멋대로 일을 처리하고 보고조차 올리지 않았다.

그 모든 부패는 바이론이 저지른 것으로 조작되었다.

제국 중앙은 그러한 시티 오브 페르핀의 부패를 쉽게 알아챘다. 올라와야 할 예물이 올라오지 않았으니 당연하다면 당연한 일이었다.

책임은 당연히 바이론이 지게 되었다.

제국에서 보낸 감찰관이 이런 것도 똑바로 못 하냐며 그를 비난했다.

그제야 뒤늦게 모든 사실을 알게 된 바이론은 격노했다.

마음 같아서는 부정부패를 저지른 이들을 다 죽여 버리고 싶은 게 굴뚝같았으나, 이들을 다 죽이고 나면 누굴 그 자리에 대신 세우느냐가 문제였다.

친분이 있고 우정이 오간 이들도 이런데, 다른 이들은 어떻겠냐는 생각이 먼저 들었다.

처벌을 결정하기 직전, 약한 마음이 든 것도 사실이다.

그래서 바이론은 결국 적당히 벌금만 물리고 말았다.

바이론으로서도 참고 참아서 내린 결정이었다.

그러나 그러한 어중간한 처벌은 하느니만 못하다는 것을 당시의 바이론은 알지 못했다.

친구였던 이들, 동창이었던 이들, 선후배였던 이들이 바이론에게 원한을 품었다,

그리고 시의 운영이 멈췄다.

파업이었다.

단순히 바이론이 처벌한 이들만 파업을 했기 때문이 아니다. 그들이 속한 가문의 이들, 그리고 가문의 입김이 닿는 모든 이들이 함께 파업했다. 그들의 명목은 이러했다.

진짜 페르핀도 아닌 자가 페르핀을 공포로 지배하려 들다니! 버릇을 고쳐줘야 한다! 태업하고 파업한 이들은 이러한 슬로건을 내걸고 광장에 모여 군중들을 선동했다.

바이론은 분노에 앞서 공포에 휩싸였다.

페르핀의 시장인 바이론 페르핀은 실질적인 페르핀의 왕으로서 도시에 속한 모든 시민들의 목을 쳐 날릴 권한을 갖고 있다. 제국 이전 시대부터 이어져 내려온 권한이자, 제국 중앙도 그 존재를 알지만 일부러 묵인하는 강력한 권한이었다.

그러나 바이론이 전통적인 권한을 행사하기 위해서는 그들을 체포할 경비대가 움직여야 했다.

그런데 경비대는 페르핀의 각 유력 가문들의 손아귀에 들어가 있었다. 믿을 만하다고 생각했던 이들에게 경비대의 실권을 맡긴 결과물이 이거였다.

시에서 가장 강력한 무력을 지닌 기사대도 마찬가지였다. 그들은 본래 제국에서 파견을 나온 입장이라 시장의 편을 드

는 게 당연했으나 너무 오래 도시에 머문 탓일까 시장과 유력 가문 사이를 저울질하다 상당수가 유력 가문들 편으로 돌아서고 말았다.

경비대나 기사대가 단순히 명령을 듣지 않는 것으로 끝나면 오히려 다행이라고 봐야 했다.

저 유력 가문들이 자신을 향해 칼을 겨누고 쿠데타를 일으킬 마음을 품는다면 목이 날아가는 건 자신 쪽이라는 것을 바이론은 뒤늦게 깨달았다.

시장 혼자 기사대를 어떻게 당해내겠는가? 경비대조차 아주 쉽게 그를 체포할 수 있을 것이다. 하다못해 성난 군중이 시청으로 몰려들어도 바이론 한 명의 힘으로 감당해 낼 수 있을 리 없다.

물론 정말로 쿠데타를 일으킨다면 각 가문들의 행위는 라틀란트 제국에 대한 반역으로 간주되어 제국으로부터 토벌당하겠지만, 그게 무슨 소용이랴. 그때는 이미 바이론의 목이 날아간 뒤일 텐데. 자기가 죽고 난 뒤에 뭐가 어떻게 되든 아무 상관이 없었다.

만약 바이론에게 강단이 있었다면 자기 목이 날아갈 것을 각오하고 더 강경하게 움직였겠지만, 그는 자신의 권위와 권력보다 본인의 안위와 목숨을 무겁게 여길 줄 아는 평범한 축의 인간이었다.

결국 바이론은 당장 살아남기를 선택했다.

죄인들에게 내린 벌금형을 철회하고, 유력 가문의 가주들에게 고개를 숙였다.

그러자 각 유력 가문들 또한 파업을 철회했다. 그들에게 있어서도 쿠데타는 넘어서는 안 될 마지막 일선이었던 탓이었으나, 당시의 바이론은 그 사실을 몰랐다.

아무튼 바이론의 패배로 도시는 정상으로 되돌아왔다.

과연 그랬을까?

바이론의 심장을 할퀴고 지나간 12년 전의 그 상처는 아직도 아물지 않았다.

무엇보다 자신이 진짜 페르핀이 아니라고 깎아내렸던, 한때는 친우였고 동지였으나 원수가 되어버렸던 그들의 소리 높은 비난이 아직도 그의 심장에 못 박혀 있었다.

대외직인 사리에서는 입가에 미소를 지으며 환담을 나누지만, 그날의 원한을 바이론은 단 한시도 잊은 적이 없다.

"…나는 페르핀이다. 내가 이 세상에 남은 유일한 페르핀이야."

루브스 페르핀에게 남은 혈육이 없었기에 바이론이 페르핀의 이름을 받았다. 그렇기에 그의 말에는 틀린 것이 없었다.

"그러니 나는 페르핀의 정당한 후계자이며, 따라서 페르핀의 모든 것을 상속받을 권리가 있다. 물론 그 모든 것에는 괴도 늑대거미 가면의 유산 또한 포함된다……!"

자기도 모르게 가면을 쥔 손에 힘이 들어갔다. 가면이 구겨

질까, 금방 손아귀의 힘을 풀었지만 이미 늦어 가면은 구겨져 버리고 말았다.

바이론은 한숨을 내쉬곤 그 가면을 벽난로에 던져 넣었다. 일부러 타기 쉬운 재료로 만든 가면은 금방 한 줌 재가 되어 버리고 말았다.

혀를 몇 번 찬 바이론은 이미 잠금 장치를 해제해 둔 비밀 서랍을 열었다. 서랍 안에는 늑대거미 가면이 가득 들어 있었다.

"나의 것인 유산이 다른 곳으로 가버렸으니, 나는 나의 정당한 권리를 행사하겠다."

비밀리에 수련하던 흑법을 좀 더 완성한 다음 괴도행을 시작할 참이었지만, 가짜 괴도가 출몰해 자신의 것일 터인 괴도의 유산을 다른 이에게 뿌리고 다닌다는 것을 알게 된 이상 일을 더 미룰 수 없게 되었다.

바이론은 괴도의 옷을 입고 괴도의 망토를 둘렀다. 그리고 괴도의 가면을 씀으로써, 괴도 늑대거미 가면이 되었다.

적어도 바이론 자신은 그렇게 생각했다.

"가면을 썼는데, 가면을 벗은 기분이로군."

원수들을 상대로 원한을 숨긴 채 미소 짓던 시장으로서의 가면을 벗어버린 것 같은 해방감에, 바이론은 꽉 쥔 주먹을 부르르 떨었다.

이제는 종이 놓여 있지 않아 아무도 찾지 않게 된 시청의 종탑에 오른 바이론. 아니, 괴도 늑대거미 가면은 그의 시그니 처나 다름없는 글라이더를 펼쳤다.

"오늘 밤은 내가 나의 것을 되찾는 행보의 첫걸음이 될 것이다."

나지막한 혼잣말을 남긴 괴도의 신형이 페르핀의 밤하늘을 갈랐다.

괴도의 시간이다.

*   *   *

"출발하는군."

나는 흑법 그림자 숨기로 모습을 숨긴 채 밤의 시청에서 날아가는 바이론 페르핀의 글라이더를 바라보며 중얼거렸다.

흑법 어둠 꿰뚫어 보기에는 특별한 사용법이 있다. 그것은 바로 타인의 흑법을 꿰뚫어 보는 것이었다. 그러나 그렇다고 내가 흑법으로 바이론의 흑법을 꿰뚫어 본 건 아니었다.

─바이론 페르핀은 3야급의 흑법사입니다.

"뭐야, 나보다 더 높네?"

─네. 따라서 1야급인 새 주인님의 어둠 꿰뚫어 보기론 바이론의 그림자 숨기를 간파하실 수 없습니다. 반대도 마찬가지고요.

그래서 나는 끼릭이의 스코프를 통해 시청을 감시할 수밖에 없었다. 이 스코프의 감지 능력은 설령 3야급의 흑법이라도 간파할 수 있을 거라 믿었고, 끼릭이는 나의 믿음에 부응해 주었다.

"와, 진짜 안 보이네."

그러나 스코프에서 눈을 떼자, 글라이더를 탄 바이론의 모습이 감쪽같이 사라진 것을 확인할 수 있었다. 내 어둠 꿰뚫어 보기가 놈을 상대론 무용지물이라는 것이 증명된 순간이었다.

─흑법의 숙련도에서 차이가 있는 이상, 바이론과 정면 승부는 승산이 없습니다.

"똑바로 말해. '괴도로서' 정면 승부라고."

─아, 네. 물론 그렇습니다.

지금 당장 바이론을 죽여 버리는 건 간단하다. 끼릭이로 몇 번 쏴주면 그걸로 승부는 끝난다. 하지만 내가 바라는 건 놈을 죽이는 게 아니라, 놈에게 패배감과 굴욕감을 선사해 주는 것이다. 다시는 괴도로 활동 못 할 정도로 놈의 마음을 꺾어 버릴 셈이다.

그리고 그 방법이 이거였다.

"저놈이 자기 거랍시고 가보들을 회수하러 간 틈을 타서, 나는 시청을 턴다."

자기 본진이 털리고도 앞으로 괴도라고 가슴 펴고 다닐지, 심히 흥미진진하다.

"이게 바로 복수와 실익을 겸하는 일석이조의 해결책이지."

—아직까지는 딱히 피해 입으신 게 없으신 거 아닙니까?

내 선언에 라플라스가 딴지를 걸고 나섰다. 그러나 예상한 질문이었다. 나는 당당히 반박했다.

"피해 입기 전에 복수부터 하는 거지. 말하자면 선제 복수야."

—그런 단어도 존재하나요?

"내가 방금 만들었어."

라플라스는 침묵했다. 나의 완벽한 논리에 반박할 말을 찾지 못한 모양이었다.

내가 이겼군.

"돌입한다."

나는 시청의 높은 벽을 휙 넘었다. [이중 도약]을 쓰니 간단했다.

* * *

바이론 페르핀은 아무도 없는 시청의 종탑에 가볍게 착지했다.

아직 해는 뜨지 않았다. 따라붙은 추적자도 없다. 모든 것이 다 계획된 대로 돌아갔다. 그는 여섯 가문의 여섯 가보를 모조리 훔쳐내는 것에 성공했으며, 괴도의 시간이 끝나기 전에 추적당하지 않고 시청으로 돌아오는 것까지 완벽하게 해냈다.

"후……. 이럴 줄 알았으면 진작 행동에 나서는 건데……."

아직 스스로의 괴도 능력에 자신감이 없어 그동안 나서지 못했던 것을 바이론은 뒤늦게 후회했다. 이렇게 술술 풀릴 줄 알았으면 진작 움직였을 텐데.

하지만 이제라도 늦지 않았다.

"나는 페르핀이다. 페르핀이면 페르핀답게 행동해야지."

페르핀 가문에 괴도라곤 루브스 페르핀밖에 없었지만, 바이론은 그 사실을 일부러 간과했다. 그가 직접적으로 아는 페르핀 사람이라고는 양아버지밖에 없었으며, 그는 양아버지처럼 행동하기를 원했다.

세간에 알려지기로는 괴도는 부잣집을 털어 빈민에게 재물을 나눠주었지만, 바이론이 알기로는 그 실상이 조금 달랐다. 루브스 페르핀은 낮에 자신의 말을 듣지 않는 가문의 저택에 괴도로서 방문했다.

즉, 괴도의 힘을 시장의 권력을 강화하는 수단으로써 썼다.

이제는 자신도 그렇게 할 것이다.

아버지에게는 껌벅 죽어 살던 시티 오브 페르핀의 유력 가문들이 자신에게 반기를 드는 꼴을 이제 두 번 다시 그냥 두고 보지 않을 것이다.

이 가보 재탈취는 그 첫걸음에 지나지 않는다.

자신감과 야망, 그리고 기대감으로 눈을 번뜩이며 바이론은 자신의 비밀 창고로 향했다.

시장의 비밀 창고에는 바이론이 12년간 모아온 뇌물로 받은 재물과 비자금 명목의 금괴, 그리고 몇 가지 특별한 물건들이 있었다.

오늘 쟁취해 온 가보들은 그 특별한 물건들 옆에 자랑스레 놓일 것이다. 그렇게 전시된 물건들을 감상하며 아침 식사 전까지 시간을 보내리라.

그러나 그런 그의 기대는 충족되지 못했다.

"이, 이게 뭐야!"

비밀 창고 안에 보물과 재물은 없고, 대신 누군가의 어지러운 발자국만이 남아 있었으므로.

*   *   *

해가 떠오른다. 그리고 괴도의 시간은 끝났다.

"후후후……"

나는 새벽이슬이 내리기 전에 철수해, 괴도 늑대거미 가면의 은신처에 돌아온 상태였다.

"캬, 좋다. 좋아."

의외로 시티 오브 페르핀의 시청은 유적으로 구분되어 있었다. 아니, 시티 오브 툴루의 구 시청을 생각하면 별로 의외랄 것도 아닌가.

아무튼 그 덕에 나는 탐사 점수를 벌고 소모해 [트레저 헌터의 손재주 1]을 한 단계 더 올려 2로 만들고 새로운 능력으로 [방향 전환 1]을 얻을 수 있었다.

방향 전환은 신기한 능력이었다. 전력 질주 중에도 속도를 떨어뜨리지 않은 채 방향을 바꿀 수 있게 해줄 뿐만 아니라, 뭐 디딜 것도 없고 짚을 곳도 없는 허공에서 체공 중일 때 방향을 바꿀 수도 있게 해주었다.

심지어 글라이더를 타고 있을 때도 글라이더 조작 없이 마음대로 방향 전환이 가능해졌다.

―[이중 도약]도 그랬지만, [방향 전환]은 물리법칙을 무시하는 느낌마저 드네요.

내가 새로 얻은 능력을 이리저리 실험해 보는 걸 지켜보며 라플라스가 꺼낸 말이 이것이었다. 그 말이 딱 맞았다. [방향 전환]을 사용하면 일단 내가 바라보는 방향을 바꾸는 '결과'부터 도출하고, 나머지는 대충 끼워 맞춰 넣는 식으로 반영되었으니 말이다.

"그렇게 따지면 뭐, 위기 감지부터가 물리법칙을 무시하는 능력이었잖아."

각성 능력이란 게 원래부터가 좀 물리법칙을 깔아뭉개는 물건이다. 다른 놈들 손에서는 불도 나가고 그러는데, 트레저 헌터라고 물리법칙 무시하지 말라는 법이 어디 있겠는가?

다만 방향 전환의 한계가 30도 정도에 그친다는 건 좀 아쉬웠다. 갑자기 확 반대로 날아간다던가 하면 더 좋았을 텐데.

뭐, 1단계 능력의 한계겠지. 이것도 탐사 점수를 더 투자하면 좋아지리라.

새로운 능력을 얻을 정도로 탐사 점수를 충분히 얻은 것에서 이미 눈치챌 수 있었겠지만, 이번 괴도행에서 나는 충분한 양의 유물을 찾아낼 수 있었다. 별 능력 없는 유물이 대부분이었지만, 점수 벌이에는 도움이 되었으니 그러려니 한다.

그나마 인상적인 것이 이 피어스였다.

"[매력의 피어스]라고?"

—네, 미약하나마 주인을 매력적으로 돋보이게 만들어줍니다.

굉장히 직관적인 이름의 유물이었다.

"유물 이름은 대현자가 지은 거야?"

—그렇습니다. 원래 이름은 밝혀지지 않았습니다. 어느 고대 왕국 왕의 부장품으로 무더기로 출토된 것을 상인들이 빼돌려 이런저런 주인을 오가다가 괴도 늑대거미 가면의 손에 걸린 것이라서요.

"호오."

—그 왕의 이름을 유물에 붙일 수도 있었습니다만 대현자님께서는 보다 직관적으로 유물의 효과를 이름에 붙이기로 하셨습니다. 아, 그 고대 왕국이 어디고 왕은 누구냐는 건 유

료 정보로 분류되었기 때문이기도 합니다.

"그렇군."

괜히 물어봤다. 설명 너무 길잖아. 대충 고개를 몇 번 끄덕
이는 시늉을 하던 나는 설명이 끝났음에 안도하며 각성창에
피어스를 던져 넣었다.

"어때, 좀 예뻐 보여?"

―새 주인님께서는 지금 루브스의 모습을 취하고 계시다는
걸 잊고 계신 모양입니다.

"…미안."

중년도 아닌 노년 남성 모습으로 농담으로라도 이런 소릴
하는 건 내가 생각해도 좀 아니었기에, 나는 솔직하게 사과했
다.

"아무튼 지금쯤 바이론은 길길이 날뛰고 있겠군."

불편해진 분위기를 환기시키기 위해 나는 화제를 돌렸다.

―그럴 가능성이 매우 높습니다. 80% 이상입니다.

"그렇군."

라플라스가 그렇다면 그런 거겠지.

"그놈은 뭐, 지도 이렇게 받아먹을 거면서 밑에 애들은 왜
갈궜대?"

시청에서 새롭게 입수한 금은보화를 각성창에서 꺼내 들며,
나는 바이론을 비웃었다.

바이론이 삐뚤어지게 된 계기에 대해서는 나도 라플라스로

부터 들어서 알고 있다.

부하들의 부패와 파업 때문에 사람이 완전히 뒤틀렸더니느니 그런 이야기를 들었는데. 정작 본인도 부정으로 축재를 해놨으니 이거야 뭐 똥 묻은 개가 겨 묻은 개 나무라는 격이다.

─원래 사람은 자기 자신에게는 관대하게 마련이니까요.

그런 라플라스의 말에, 나는 갑자기 욱했다.

"…그럼 대현자는 왜 그랬대?"

─네? 아…….

내가 대현자의 뒤를 잇기는 했지만, 지금 내가 경험하고 있는 건 원래 대현자가 기억을 초기화하고 카를로서 겪어야 하는 일들이다.

그럼에도 불구하고 대현자는 삶이 너무 쉬우면 재미없다느니 이상한 핑계를 붙여 자기 다음 생애의 난이도를 스스로 올리고 있었다.

즉, 대현자야말로 사람이 자기 자신에게 관대하다는 명제를 정면으로 부정하는 존재다.

─대현자님께서는 여러 의미로 인간을 초월하신 분이시니까요.

맞는 말이다. 여러 의미로 인간을 초월한 존재기는 하다.

인성이라든가 변태성이라든가, 그런 것들이 특히.

대화가 멈추고, 미묘한 침묵이 자리 잡았다.

대신 벽난로의 장작 타는 소리만 요란했다.

"그럼 이제 바이론은 어떻게 되는 거야? 좌절을 겪고 괴도를 그만두나?"

먼저 입을 연 것은 내 쪽이었다.

─아뇨, 확률적으로 볼 때 그 가능성은 낮습니다.

라플라스의 목소리에 안도의 기색이 완연한 건 뭐, 너른 이해를 베풀어야 할 것이다.

─오히려 새 주인님으로부터 빼앗긴 재물을 다시 채워 넣기 위해 더 적극적으로 괴도행에 나설 가능성이 높습니다.

"허, 도박중독자 같은 심리인가."

─그렇게 해석할 수 있겠군요.

어이없어 혀를 끌끌 차며 한 말을 라플라스가 긍정했다.

─이로써 바이론이 제국에 잡힐 확률이 100%가 되는 기간이 3년으로 더욱 줄어들었습니다. 축하드립니다.

글쎄, 이게 축하받을 일인가 싶다. 내 입장에선 3년이나 5년이나 그게 그거다. 어차피 그 안에 다른 신분으로 갈아탈 확률이 더 높으리라.

"더 줄이고 싶은데. 방법 있을까?"

그래서 나는 욕심을 더 부려보기로 했다. 한 1년 정도까지 줄이면 의미가 있을 것 같다.

─가장 확실한 방법은 새 주인님께서 직접 바이론을 체포해 제국 측에 고발하는 것입니다만, 이 업적을 달성하기 위해선 최소한 3야급의 흑법이 요구됩니다. 확실히 하려면 4야급

은 익혀야겠죠.

시티 오브 페르핀에서 두 번의 밤을 보내는 동안 짭지 않은
루블을 벌어들였기 때문에 3야급을 달성하는 것 자체는 불가
능하지 않다.

다만 이건 그냥 바이론과 같은 스테이지에 서기 위한 최소
조건이니, 실제로는 더 높은 수준의 흑법이 필요하리라고 받
아들이는 것이 옳으리라.

4야급까지 올릴 루블은 없으니 이 안은 기각이다.

"다른 방법은?"

따라서 나는 라플라스에게 대안을 요구했다.

─혼자 해서 안 된다면 다른 사람의 힘을 빌리는 수밖에 없
겠지요.

"흐음, 그게 뭔데?"

─유료입니다.

어째 이럴 것 같더라. 나는 분노도 실망도 체념도 하지 않
은 채 곧장 되물었다.

"얼마?"

─10루블입니다.

"꽤 비싸군."

하지만 이제까지의 경험 상, 비싼 것에는 비싼 이유가 있다
는 것을 잘 아는 나는 고심 끝에 값을 지불하기로 했다.

                    *   *   *

  그날 밤, 나는 시티 오브 페르핀에 침입해 두 개 가문의 가
보를 추가로 돌려주었다.
  물론 이건 바이론 페르핀에게 있어선 강력한 도발로 느껴
질 것이다.
  그리고 그 다음 날 밤.
  나는 괴도 늑대거미 가면의 모습으로 한 남자를 만나고 있
었다.
  "이렇게 만나 뵙게 되어 영광입니다."
  나를 열정적으로 바라보고 있는 이 젊고 잘생긴 남자의 이
름은 헤이즈 카스트로, 카스트로 가문의 젊은 가주다.
  카스트로 가문은 내가 가보를 돌려준 두 가문 중 하나다.
이 가문에 가보를 돌려주면서 나는 작은 쪽지를 남겼다. 쪽지
의 내용은 내일 저녁에 다른 사람 몰래 만나자는 내용이었다.
  지정한 장소는 시티 오브 페르핀의 교외, 호위는 데려와도
상관없으나 되도록 믿을 수 있고 입이 무거운 자들을 동행했
으면 좋겠다고 덧붙였다.
  마지막으로 이 쪽지는 본 즉시 회수해 달라고도 적었다.
  본래대로라면 괴도가 곧 루브스임을 증명하는 물증을 남기
는 위험하기 짝이 없는 일이었지만 헤이즈는 내가 말하는 대
로 했다.

그것도 좀 과하게.

한 가문의 가주라는 양반이 호위도 없이 혼자서 약속 장소에 나왔으니 좀 과한 게 맞다.

사실을 말하자면 조금 과한 정도가 아니라 상당히 과하다.

내가 자길 죽이거나 하다못해 인질로 잡기라도 하면 어쩌려고?

"저는 부친으로부터 괴도 늑대거미 가면 님에 대해서 듣고 자랐습니다."

하지만 헤이즈는 반짝이는 눈동자로 날 올려다보며 말했다.

순진하기 짝이 없어 보이는 잘 조형된 얼굴은 내가 자기에게 손톱만큼의 해도 끼치지 않을 거라 굳게 믿고 있는 표정을 짓고 있었다.

아니, 어쩌면 그런 나쁜 상상을 해본 적조차 없을지도 모른다.

가문을 이끄는 가주가 된지 얼마 되지 않은 이 젊은 미남자는 자기 가문의 가보를 훔쳤던 괴도 늑대거미 가면에게 조금의 유감도 없어보였다.

"선친께서는 솔직히 괴도님께 유감이 많았던 모양입니다만."

괴도를 상대로 존칭이나 붙이는 지금의 언동을 보아하니 유감은커녕 차라리 동경한다고 봐도 될 정도다.

"선친께서 들려주신 이야기를 들으면서, 저는 저도 괴도가 되고 싶다고 생각했었습니다."

오케이, 확정이다. 동경하는 거 맞구나.

그런데 대체 왜? 어째서?

괴도 따위 어차피 도둑놈에 불과한데 귀족 가문의 멀쩡한 남자, 그것도 이제는 어리다고도 할 수 없는, 그것도 가문의 가주가 동경할 만한 구석이 어디 있다고?

―아직 철없는 젊은이들이 불법적인 일을 동경하는 게 어제 오늘 일은 아니잖습니까? 해적을 동경한다든가, 살인마를 동경한다든가. 괴도도 충분히 그 대상이 될 수 있다고 생각합니다만.

그런가? 나는 어땠었지? 아무리 생각해도 난 그러지는 않았던 것 같다. 나는 그냥 내가 갖고 있는 능력을 개화시키고 싶었을 따름이니.

더도 말고 덜도 말고 조상님 무덤 딱 하나만이라도 파먹고 싶었을 뿐이다.

응? 뭔가 이상한데…….

기분 탓이겠지?

내 속내를 아는지 모르는지, 헤이즈는 귀하신 혈통의 높으신 분이라곤 믿기지 않는 지극히 정중한 태도로 내게 이렇게 말했다.

"여기까지 불러주신 건 제가 괴도님께 어떠한 보탬이 될 수도 있기 때문이겠지요? 괴도님께 도움을 드릴 수 있음을 영광으로 생각합니다. 제가 무엇을 도와드리면 되겠습니까?"

말하는 거 봐라. 이건 뭐 거의 내가 상급자다. 귀족 가문의 가주라는 자가 이레도 되나?

—그야 헤이즈 카스트로는 괴도……. 새 주인님이 루브스 페르핀이라 생각하고 있으니까요. 지금은 아닐지 몰라도 옛날엔 상급자 맞았습니다.

'지금은 아니잖아.'

—졸업생에 대한 예우 같은 걸로 생각해 주시죠.

라플라스가 든 비유가 좀 이상한 것 같긴 하지만 나는 그러려니 하고 넘어가기로 했다. 사실 지금 당장 눈앞의 남자가 보이는 반응이 훨씬 이상하다 보니 이 정도는 별로 이상하게 들리지도 않았다.

"제가 귀하를 모신 까닭은 사실 단순합니다. 귀하께서는 제 증인이 되어주시길 바랍니다."

"증인이요?"

나는 간단히 사정을 설명했다. 가보를 되돌려 놓는 자와 다시 훔치려는 자가 따로 있음을 말하고, 내가 되돌려 놓는 자임을 증명하는 증인이 되어달라는 부탁이었다.

"어려울 것 없군요."

헤이즈는 곧장 고개를 끄덕였다.

"하지만 이 부탁을 들어드리려면 저도 한 가지를 알아야 합니다."

"그렇습니까?"

나는 살짝 불쾌한 표정을 띠려고 했으나, 가면을 쓰고 있다는 걸 뒤늦게 깨닫고 혼자서만 민망해했다.

"네. 어려운 요구인 줄은 알고 있으나 부디……."

헤이즈는 정말 어렵다는 듯 한참을 망설이다가 눈을 꾹 감기까지 하며 말했다.

"얼굴을… 보여주시지 않으시겠습니까?"

하긴 얼굴을 보여주지 않으면 증인도 못 된다. 가면 아래에 누가 있을 줄 알고. 따라서 나는 늑대거미 가면을 벗어서 루브스 페르핀의 얼굴을 보여주었다.

"오, 오오……."

믿을 수 없다는 표정으로 내 얼굴을 찬찬히 뜯어보던 헤이즈는 이윽고 그 자리에 무너져 내리듯 무릎을 꿇었다.

그러고는 이렇게 말했다.

"이 헤이즈 카스트로, 이 땅의 진정한 군주이신 루브스 페르핀 전하의 명을 받잡겠사옵니다."

제8장

—

왕의 귀환 I

시티 오브 페르핀의 시민들은 요 며칠 새 심심할 일이 없었
다.

"호외요, 호외!"

꼬맹이들이 거리를 돌아다니며 고래고래 소리치고 다녔고,
그 소릴 들은 사람들은 도시 곳곳에 마련된 게시판에 모여들
었다.

게시판에는 호외판 소식지를 읽으러 간 사람으로 가득 차 있
었고, 주머니에 여유가 있는 사람들은 필사된 복사본을 사느라
동전을 짤랑거렸다. 글씨를 모르는 이들은 대신 읽어줄 사람을
찾아 술집이니 광장이니 사람들이 모인 곳을 기웃거렸다.

사람들이 소식지 쪼가리에 이렇게 호들갑스럽게 구는 이유는 당연히 그 소식지에 그만큼 흥미진진한 소식이 실려 있었기 때문이다.

—카스트로, 하이트로 양 가문, 괴도로부터 가보를 돌려받다!

—돌려받았던 가보를 다시 도둑맞은 가문들, 괴도에게 현상금 걸어

—줬다 뺏는 괴도의 장난, 언제까지 이어질 것인가?

연일 특종에 특보가 이어지는 가운데 소식지의 기사를 베껴 쓰는 필사가들은 불어나는 수입에 행복한 비명을 질러대었고 술집은 술집마다 가득한 사람들에게 공짜 술을 돌리며 요리를 팔기에 바빴다.

그리고 오늘 호사가들의 안줏거리는 이런 소식이었다.

—루브스 페르핀, 우리의 옛 시장님! 돌아오시다!

15년간 행방불명되었던 옛 시장이 시티 오브 페르핀의 정문으로 당당히 걸어 들어왔다는 사건은 안 그래도 괴도의 귀환으로 시끌벅적했던 도시의 분위기를 완전히 끓어오르게 만드는 데에 충분한 이야깃거리였다.

*   *   *

오늘 아침, 루브스 페르핀이 시티 오브 페르핀에 돌아왔다

는 소식을 듣고 가장 당황한 것은 현 시장 바이론 페르핀이었다.

사실 바이론의 시장직 승계 과정은 별로 깔끔했다고 말하기 힘들다. 정식으로 승계를 받은 것이 아니라, 루브스 페르핀이 행방불명된 후 그 빈자리를 차지하는 형태로 시장직에 오르게 된 것이 바이론이었으니.

그래서 그 배후에 대한 흉흉한 소문이 돌기도 했다.

라틀란트 제국의 의향으로 루브스가 살해당했다느니, 더 나아가 바이론이 그 음모를 주도적으로 꾸몄다느니, 아예 바이론이 루브스를 죽인 게 아니냐느니 별별 소문이 다 돌았다.

바이론으로서는 억울하기 짝이 없는 루머들이었으나, 적극적으로 부정해 봤자 논란을 키울 뿐이라고 생각해서 아예 대응하지 않았다.

그러나 그건 잘못된 판단이었다. 틀린 소문으로 인해 자리 잡은 바이론 현 시장에 대한 잘못된 인식은 그의 생각 이상으로 오랫동안 도시에 머물렀다.

바이론의 트라우마라 할 수 있었던 대규모 파업 사태에도 이러한 인식이 적지 않은 영향을 끼쳤으니까.

그러니 단순히 생각하면 루브스의 귀환은 이러한 악성 루머를 깨끗하게 반박할 수 있는 좋은 기회로 생각할 수도 있었다.

문제는 바이론이 바로 며칠 전부터 괴도행을 시작했다는 거였다.

"…진짜 아버지였던 건가?"

갑자기 나타난 '가짜' 괴도가 '자신의 것'인 가보들을 이상한 곳에 되돌려 놓는 것에 격분해 시작한 괴도행이었다.

그런데 사실은 '원조' 괴도인 루브스 페르핀이 '그의 것'인 가보들을 원래의 자리에 되돌려 놓는 것이었다면?

그럼 이걸 가로챈 바이론의 행동은 뭐가 되겠는가?

"그냥 범죄잖아!"

바이론은 당황해 얼굴을 손바닥으로 문질렀다.

냉정하게 생각해 보면 괴도행 자체가 처음부터 범죄였지만, 바이론의 뒤틀린 도덕관념은 그러한 진실을 깨닫지 못하게 만들었다. 괴도행은 어디까지나 시장이 정당하게 쓸 수 있는 수단이라고 스스로에게 주입시켜 온 탓이었다.

"…아니, 어쩌면 그냥 우연의 일치일지도 몰라."

고뇌하던 바이론은 변명거리를 찾아냈다.

괴도가 돌아오고, 아버지가 돌아왔다.

그렇다고 괴도가 아버지란 법은 없지 않은가?

"그래, 아닐 거야."

바이론은 이런 식으로 자기합리화를 시도했다. 누가 봐도 가능성이 더 낮은 가설이었음에도 불구하고 바이론에게만큼은 꽤 효과가 있었다. 사람은 믿고 싶은 걸 더 잘 믿게 마련.

어느새 바이론 속에서 정설은 괴도는 가짜이며 아버지가

돌아온 건 우연의 일치에 불과한 것으로 되어 있었다.

그럼에도 불구하고 여전히 불안감은 완전히 사라지지는 않았다.

"…아버지를 뵈어야 해!"

결국 본인을 만나야 의문이 풀릴 것이다.

이러한 결론에 이른 바이론은 벌떡 일어나 시청 바깥으로 달려갔다.

자신의 정당성을 확실히 하기 위해, 아버지에게 물어볼 생각이었다.

'당신은 괴도가 아니죠?'

물론 아버지는 아니라고 대답할 것이다. 시티 오브 페르핀에서 괴도 늑대거미 가면은 여전히, 그리고 얼마 전 새롭게 다시 수배된 상태였으므로.

그 대답을 들을 것을 생각하니, 돌아온 아버지가 갑자기 반갑게 느껴지기도 했다.

그래, 어쩌면 이 김에 억울한 누명을 벗을 수 있을지도 모른다. 아버지가 직접 시민들에게 말해준다면 자신에 관한 말도 안 되는 소문을 불식시키는 기회가 될 수 있을지도 있지 않은가?

한번 긍정적으로 생각하기 시작하니, 바이론의 망상은 좋은 쪽으로만 흘러가기 시작했다.

그러나 정작 도시 정문을 통해 천천히 걸어 들어오는 아버지, 루브스 페르핀의 모습을 본 바이론은 바로 생각을 바꿔먹을 수밖에 없었다.

루브스를 반기며 허리를 숙이거나 무릎을 꿇는 이들의 모습이 같이 보였기 때문이다.

더군다나…….

'헤이즈 카스트로.'

한때는 가장 친했던 후배, 그리고 가장 신뢰할 만했던 부하. 그러나 지금은 가장 못 믿을 놈이 된 그가 루브스의 옆에 있었다.

헤이즈뿐만이 아니다. 그 가까이에 도시의 유력자들이 한데 모여 있었다. 전부 다 모인 건 아니었으나, 그게 바이론의 마음을 위안해 주지는 못했다.

연락도 없이 갑자기 찾아온 전임 시장을 맞이하기 위해 나온 숫자치곤 너무 많았다.

'어쩌면 저들이 루브스를 추대해 다시 시장으로 올리고 싶어 할지도 모를 일이지.'

차라리 망상이면 다행일 속삭임이 바이론의 뇌리를 후려쳤다. 권력을 두고 다툼에 있어 혈육이야말로 그 누구보다도 위협적인 대상임을 되새길 수밖에 없는 광경이었다.

바이론은 미소 지었다.

12년 전의 사건 후, 바이론은 불쾌할수록 미소 짓는 버릇을 익혔다. 어려운 일이었으나, 불가능하지는 않았다. 더욱이 시장으로서 15년간 행방불명되어 있던 양아버지를 얼굴 구긴 채 맞이할 수는 없었기에 미소야말로 더없이 적절한 대응이기도 했다.

결코 뛰거나 그렇다고 일부러 걸음을 늦추지 않고, 바이론은 평소와 다를 바 없는 걸음걸이로 시청 앞 대로를 걸었다. 갑작스러운 경사에 와자지껄 소리를 지르며 대로를 가득 채우고 있던 사람들은 바이론의 행차에 급히 입을 닫고 공손히 길을 열었다.

'그래야지.'

흡족함을 숨긴 채, 바이론은 계속 걸었다. 지금의 그는 마치 소란을 지우는 지우개 같았다. 반대로 보자면 루브스는 소란의 원천이라 할 수 있으리라.

소란의 영역과 침묵의 영역이 겹쳐지며, 드디어 바이론은 루브스 앞에 섰다. 주변은 조용했다. 자신이 이 도시를 지배하고 있음을 마음속으로 되새기며, 바이론은 입을 열었다.

"돌아오셨습니까?"

미소와 함께.

"그래, 돌아왔다."

그에 비해 루브스는 무표정하니 대꾸했다.

15년 만인 부자간의 만남이었다.

*   *   *

일이 이렇게 된 걸 설명하기 위해서는 시간을 조금 되돌려 이틀 전 밤으로 돌아가야 한다.

갑자기 나를, 그러니까 루브스를 건히리 부드너 어부마저도 극경어로 바꾸는 헤이즈 카스트로를 보며 나는 약간 당황했다.

크게 놀라지 않은 것은 그가 이렇게 반응할 것을 라플라스로부터 미리 들었기 때문이었다. 그럼에도 당황한 이유는 라플라스가 말로 설명한 것보다 더 격렬한 반응이었기 때문이었고.

"…저를 아십니까?"

따라서 내 입은 계획했던 것보다 느리게 열렸다.

"직접 뵌 적은 있으나 지나치게 옛 일이옵니다. 대신 존안은 초상화로나마 견식한 바 있사옵니다."

"저는 이제 시장도 아니거니와, 이 땅의 군주도 아닙니다. 일개 자연인인 루브스 페르핀입니다. 그러니 일어나시지요."

"하오나 전하, 페르핀 땅에 마지막 남은 페르핀의 군주가 바로 전하이십니다. 전하께오서 다시 돌아오시면 이 땅의 모든 신민이 전하를 군주로서 섬길 것이옵니다."

젊다 못해 어린 친구가 무슨 왕국의 노신처럼 말하고 있다. 진짜 루브스가 아닌 나로선 그저 어이가 없을 따름이다.

게다가 전하라니, 루브스 페르핀은 왕이 아니라 시장이었을 텐데? 아무리 변경 도시의 시장이 왕이라는 별칭을 갖는다지만 헤이즈의 반응은 분명 과한 구석이 있었다.

"…지금 이 땅의 주인은 바이론 페르핀 아닙니까?"

"그자는 진짜 페르핀이 아닙니다."

헤이즈 카스트로의 목소리에는 아주 조금의 망설임조차 담겨 있지 않았다.

"제국에 의해 추대된 가짜일 뿐입니다."

"…그는 내 양자요."

"그리 아끼지 않으셨다 들었사옵니다."

다른 신분을 얻을 때와 마찬가지로 루브스 페르핀의 신분을 얻을 때, 이 사람인 척 굴기 위해서는 무엇을 알아야 하는지에 대한 정보도 모두 다운로드받았다.

따라서 나는 내가 바이론 페르핀을 어떻게 대해야 하는지, 다른 사람에게 어떻게 말해야 하는지 모두 안다.

"틀린 말은 아니로군."

루브스가 바이론을 내심 어떻게 생각했는지까지는 모른다. 그러나 적어도 대외적으로, 루브스와 그의 양자는 크게 좋은 관계라고 할 수 없었다.

"그러나 지금 페르핀은 라틀란트 제국령입니다. 제국의 뜻에 의해 세워진 군주라면 오히려 정통성에서는 더 앞서는 것 아닙니까?"

나는 한 번 더 헤이즈를 밀어내었다. 진심은 아니었다. 이건 그저 내 목적을 조금 더 쉽게 이루기 위한 일종의 연극이었다.

"전하의 말씀을 부정하는 것은 아니오나, 현 군주 바이론 페르핀은 군주로서의 선을 넘었사옵니다. 도시의 모든 것을 자신의 소유물로 여기고, 작은 지시라도 어기면 그것을 빌미

삼아 신하의 재산을 빼앗기 일쑤이옵니다."

이건 근거 없는 음해가 아니었다.

물론 12년 전의 대규모 태업으로 인해 도시의 권력이 유력 가문들 쪽으로 약간 넘어간 적이 있긴 했다.

그러나 그 일로 교훈을 얻은 바이론은 10년이라는 긴 세월에 걸쳐 아주 천천히, 하지만 교묘하게 유력 가문들의 관계에 금을 만들어 그들끼리 다투게 하여 그들의 힘을 깎고 경비대와 기사대를 장악했다.

그렇게 도시의 실권을 완전히 장악한 바이론은 서서히 폭군의 길을 걷기 시작했다.

아직도 유력 가문들의 눈치를 보기는 보지만, 헤이즈의 말대로 멋대로 시의 재산을 자기 비밀 금고로 옮기거나 아주 작은 꼬투리라도 생기면 그걸 기회로 삼아 뇌물을 노골적으로 요구하거나 신하의 재산을 강제로 빼앗는 일도 잦다.

내가 시청의 비밀 금고에서 잔뜩 들고 나온 금괴나 금화 등이 바로 바이론이 그렇게 가져온 것들이었다.

그리고 헤이즈를 비롯한 귀족 세력이 바로 바이론에게 찍힌 세력으로, 신흥 상인 세력에 밀려 실권을 잃고 재산을 빼앗긴 이들이었다. 물론 아직 모든 영향력이나 전 재산을 빼앗긴 건 아니나, 이것도 시간문제이리라.

그렇다. 내가 괜히 카스트로 가문의 가보에 쪽지를 남긴 게 아니다. 헤이즈 카스트로를 딱 짚어 불러낸 건 이런 이유였다.

정확하게는 내 아이디어가 아니라 라플라스에게 10루블 받고 산 아이디어였지만, 지금 와서 그게 뭐가 그렇게 중요하겠는가?

"그것 참 통탄스럽군."

"실로 그러하옵니다, 전하."

"그래서 내게 원하는 바가 무엇이오?"

말투를 경어체에서 하오체로 바꿔보았다. 슬슬 그래도 될 시점이라 판단했기 때문이다.

"부디 귀환해 주소서."

다시금 깊이 머리를 숙이며, 헤이즈는 내가 예상한 대로의 답을 말했다.

"단순한 귀환을 뜻하는 바는 아니겠지."

"물론이옵니다. 페르핀의 군주로서 귀환해 주시기를 간곡히 바라옵나이다."

나는 턱을 긁으며 생각하는 척을 했다.

"이것은 그대 혼자만의 생각인가?"

은근슬쩍 말을 놓는 것은 덤이다.

"그렇지 않사옵니다. 전하께오서 귀환하길 고대하며 기다린 것은 비단 저 하나만이 아니며, 이날을 위해 미리 예비해 온 것 또한 마찬가지이옵니다."

헤이즈는 생각할 일도 아니라는 듯 곧장 대답했다.

─100%입니다.

이제 됐다. 라플라스의 신호를 듣고 나는 고개를 끄덕였다.

"정녕 그러하다면 내일 아침, 나는 나의 도시에 대문을 열고 들이갈 것이다."

나는 선언했다.

"성은이 망극하옵니다, 전하!"

헤이즈는 다시금 내게 큰절을 올렸다. 그 표정에 희색이 만연했다. 그렇게 좋은가. 좋을 것이다. 파멸을 앞둔 그들 귀족 세력에게 있어 루브스 페르핀이란 절망 끝에서 기적적으로 나타난, 마지막으로 부여잡을 끈일 테니 말이다.

*　　　*　　　*

나를 처음 본 바이론의 첫마디는 이것이었다.

"여전하시군요, 아버지."

"다행이군."

내 연기가 그리 나쁘진 않은 모양이다. 루브스 본인이 양자인 바이론을 상대로 워낙 드라이한 태도를 취해 왔던지라 연기가 어렵지는 않은 덕택이기도 하리라.

"예?"

"너는 많이 바뀌었구나. 예전의 너는 나를 보고 절대 미소 짓지 않는 아이였는데."

내가 비꼬듯 말하자, 그동안 계속 생글생글 웃고 있던 바이론의 미소가 그제야 무너졌다.

"이제 아이가 아니니까요."

이제는 누구도 부정할 수 없는 완숙한 어른인 바이론은 정말 아이 같은 삐죽거리는 표정으로 그런 말을 했다. 그 갭이 너무 웃겨서 나는 하마터면 웃어 버릴 뻔했다.

그러나 나는 꾹 눌러 참고 연기를 계속했다.

"그래, 세월이 지났구나."

인간에게 있어선 결코 짧으리라 여길 수 없는 15년의 세월이다. 바이론이 무겁게 고개를 끄덕였다.

"…많이 흘렀죠."

지난 세월을 고난의 세월이라 생각하고 있을 바이론이기에 보일 수 있는 반응이었다.

"들어가자꾸나."

"시청으로 가실 겁니까?"

"그래, 네 시청으로."

내 말을 무슨 의미로 받아들인 건지, 바이론의 표정이 굳었다.

*　　　*　　　*

"미리 말씀해 주셨으면 만찬이라도 마련했을 텐데요?"

바이론의 이 대사에는 세 가지 의미가 포함되어 있다. 왜 미리 귀환할 거라는 전갈을 보내지 않았냐는 타박 하나. 이 시청, 혹은 도시는 이미 내 것이라는 어필 하나. 마지막으로 그냥 정말로 민친이 군비되시 않았다는 알림이 마지막이다.

물론 양자라고는 하나 아들에게 귀환을 알리지 않은 건 루브스의 잘못이 맞다. 시장 자리를 탐내러 온 것도 아니니 두 번째 의미로도 화낼 이유가 없다. 그리고 세 번째도 마찬가지다.

"만찬은 무슨. 늘 먹던 거면 됐지."

루브스라면 응당 이렇게 말해야 했으므로.

"늘 먹던 거라시면?"

"시청 식당에서 구운 빵에 치즈, 그리고 맥주를 곁들이면 그걸로 됐다."

"…시장이셨던 시절, 하루도 빼놓지 않고 점심으로 그걸 드셨죠."

"그래, 너도 그랬지. 맥주만 빼고. 맥주를 먹고 싶어 했던 널 기억한다."

내 말에 바이론은 입을 다물었다.

라플라스에게 듣기론 바이론은 점심때마다 제국 남부산 포도주에 북부산 치즈를 곁들이고 신선한 생선구이를 빼놓지 않고 먹는다고 했다.

귀족의 점심 식사치고는 별로 호화롭지는 않으나 소박함과는 거리가 멀고, 루브스에 비하면 사치스러워 보이는 게 사실이다.

더욱이 진짜 호화로운 건 저녁에 먹는다고 하니, 내 말이 비난처럼도 들릴 법했다.

"…아버지, 시청 식당에선 더 이상 빵을 굽지 않습니다."

무언가 큰 결심이라도 하듯, 바이론이 선언했다.

"뭐? 그럼 구호소에서 빈민들에게 나눠 줄 빵은 누가 굽느냐?"

"구호소는 더 이상 운영하지 않습니다. 빵은 각자 알아서 사 먹습니다. 저도 마찬가지고요."

"…그렇구나."

나는 잠깐 침묵했다가 적절한 텀을 두고 말했다. 이러면 바뀌어 버린 시정에 탄식하는 것처럼 들리겠지?

"빵 사업을 크게 벌이는 친구가 있는데, 구호소의 공짜 빵이 너무 맛있어서 장사가 안 된다더군요. 다른 상인들의 민원도 있고… 그래서 문을 닫게 되었습니다."

내가 입을 다물고 아무 말도 하지 않자, 바이론은 내 눈치를 보기라도 하듯 변명처럼 이렇게 덧붙였다.

그리고 사실 이건 변명이 맞다.

변경의 시장은 그냥 시장이 아니라 왕이나 다름없는 권력을 지녔는데, 고작 상인 몇 명의 민원을 못 견뎌 구호소를 닫다니 말도 안 되지.

그냥 자기가 하기 싫어서 안 하는 거다.

물론 이건 비난거리가 안 된다. 시장이 자신의 판단으로 시의 예산을 빈민 구제보다 더 중요한 곳에 쓸 수도 있지.

문제는 구호소를 닫은 직접적인 이유였다.

상인들이 찔러 넣은 달달한 뇌물을 먹고 닫았으니 영 좋지 않지.

그리고 이렇게 아낀 예산은 시장 본인의 식사를 더 맛있게 만드는 데에 쓰였다.

당연하지만 이것도 불법이나 범죄는 아니다. 그냥 도의적으로 비난받을 거리일 뿐이다.

'이런 쓸데없는 정보를 옆에서 속삭이지 말아줄래?'

이건 묻지도 않은 걸 미주알고주알 늘어놓는 라플라스 덕에 알게 된 사실들이었다.

설명하는 거 진짜 좋아하네.

*　　　　*　　　　*

"만찬 부럽지 않군. 아주 맛있어."

이 대사를 말하는 데에 연기 같은 건 필요하지도 않았다.

정말로 잘 먹었으니까.

라플라스의 묘사로만 듣던 수입산 와인과 치즈, 그리고 생선 요리의 조합은 실로 만족스러웠다. 재료도 재료지만 시청에 상주하는 요리사의 솜씨가 일품이었다. 듣기론 바이론이 신경 써서 꽤 많은 돈을 들여 영입한 인재라더니 그럴 만했다.

그러고 보니 해산물을 먹는 건 꽤나 오랜만이었다. 카를로서도, 김연준으로서도.

카를이야 어린애답게 비린내를 싫어해서 안 먹은 거지만,

지구에서는 확실히 못 먹은 거였다. 냉장, 냉동이 제대로 안 되니 생선을 먹을 수가 있어야지. 해안가에 주둔한 애들은 입 안에 생선 비린내가 떠나지 않을 정도로 먹는다지만 나는 해안가 부대에 배치된 적이 없다.

그래서 그런지 더 맛있게 먹은 것 같았다. 바이론이 놀랄 정도로 게걸스럽게 해치웠다.

하지만 상관없다. 루브스는 원래 이렇게 먹으니까.

단지 바이론의 입장에선 루브스가 생선 먹는 걸 처음 보는 거라 이렇게 반응하는 것뿐이다.

"마음에 드셨다니 다행입니다."

"마음에 들었어. 아주 맛있군."

내가 고개를 끄덕이며 같은 칭찬을 반복하고 나서야 내 말이 비꼬는 의도가 아님을 확신한 듯, 바이론은 안도의 한숨을 몰래 내쉬는 모습을 보였다. 몰래라곤 해도 나한텐 다 보였지만, 이런 건 원래 못 본 척하는 거다.

식사를 완전히 마치고 디저트와 음료가 나오자, 영접실에서 사람이 다 빠졌다. 아마 바이론이 미리 지시했기 때문이리라. 이건 곧 이제부터는 비밀 이야기를 하자는 의미다.

"잘 지냈느냐."

내가 먼저 운을 떼었다.

"…예."

약간의 침묵 끝에 대답. 이건 '아니'라는 뜻이다.

하긴 본인은 되게 역경을 겪어온 것처럼 느낄 거다. 적어도 이 변경 도시에서만큼은 완전한 권력을 휘두를 수 있은 것이라 생각했을 텐데, 휘하의 파업으로 그게 막혀 버렸으니.

내가 보기엔 자업자득이지만, 라플라스의 말마따나 사람은 본인에겐 관대하게 마련이다.

"다행이로군."

그러나 나는 바이론의 대답 뒤에 섞인 속내를 알아채지 못한 척 무심하게 대꾸했다.

"나는 네가 힘든 시간을 보낼 수도 있으리라 생각했는데."

"…예?"

"너는 내가 왕으로서 이 땅을 지배해 온 모습을 보아왔고, 내 자리를 빨리 이어받길 줄곧 원해 왔지 않느냐? 그런 네 모습을 보면서 생각했지. 이 녀석, 시장 자릴 이어받으면 언제든 크게 한 번 데이겠구나."

바이론이 멍하니 바라보는 시선을 알아채지 못한 척, 나는 달콤한 음료를 기울이며 말했다.

"하지만 15년이 지났음에도 시장으로서 잘해내는 모습을 보니 염려했던 일은 일어나지 않은 모양이지 않느냐? 이것이 다행이 아니면 무엇이겠느냐."

"……."

바이론은 몇 번 입을 뻐끔거리다가 이내 다시 닫아버렸다. 자신의 치부를 자기 입으로 내기엔 꺼려졌던 모양이다. 이쪽은 이미 다 알고 있으니 헛된 노력일 따름이다. 낄낄낄.

웃음을 참기 위해 디저트로 나온 치즈 무스 케이크를 포크로 크게 잘라 한 입 베어 물었더니, 입안에 달콤함이 가득했다. 맛있다, 라는 한 단어로 표현하기에는 너무 호화스러운 맛이다. 이거 한 박스 싸달라고 할까. 나는 여기까지 온 본 목적까지 잊고 고뇌하기 시작했다.

"아버지께서는 그동안 잘 지내셨습니까?"

내 고뇌를 끊어낸 것은 바이론의 목소리였다. 적절한 타이밍이었다.

"말하자면 이야기가 좀 길어진다만, 듣겠느냐?"

"듣겠습니다."

바이론의 대답에 나는 사실 별로 기껍지도 않으면서 기꺼운 듯 고개를 끄덕였다. 여기서부터는 연기를 좀 해야 한다.

"그러니까 15년 전, 나는……."

나는 라플라스로부터 다운로드받은 이야기보따리를 풀어내 놓기 시작했다. 새빨간 거짓말이면서 상대가 진위 여부를 결코 판별할 수 없는 허풍의 연속이었다.

"…대단한 모험을 하셨군요."

그 결과, 나는 제국을 떠나 15년에 걸친 대서사시적이고 영웅적인 모험을 떠난 일행 중 하나가 되어 있었다.

나는 나 자신을 고작 이런 작은 변경 도시의 시장 자리에 연연하지 않을 정도로 대단한 보물과 갖가지 기연을 얻은 대

모험가로 치장했다.

바이론이 나를 보는 눈빛에 선망이 깃들었다.

거참, 이런 허풍이 먹히는 것도 신기하다.

하긴 라플라스의 말에 의하면 제국 사람들은 제국 밖이 야만적이지만 신비한 모험으로 가득한 곳이라고 여기고 있는 듯했다.

제국 중앙 귀족들 입장에선 페르핀 지역도 똑같이 이국적이고 야만적인 변경이지만, 이곳 변경 사람들에게도 제국 바깥은 미지의 세계로 느껴지는 모양이었다.

여긴 제국이 아니라는 말이 변경 사람들의 주된 입버릇이지만, 여긴 제국이라는 말 또한 똑같이 그들의 입버릇이었다.

"이 도시에는 잠깐 돌아왔을 뿐이다. 15년이나 고향을 떠나 있다 보면 나름의 향수병이라는 것도 생기게 마련이니 말이다. 하지만 네가 잘하고 있는 모습을 보아하니, 나로서는 더이상 여기 머물 이유를 찾기가 힘들구나."

나는 길고 허황된 이야기로 말라 버린 입안을 달콤한 음료로 씻어내면서 이렇게 말을 맺었다.

"다시 떠나십니까?"

"그리해야지."

나는 이제는 이 땅에 아무런 미련도 남아 있지 않다는 듯 곧바로 대답했다.

"…아아, 그렇지. 깜박할 뻔했구나."

그러다 문득 생각났다는 듯, 나는 들고 왔던 가방을 열었다. 그 가방에서 물건을 하나씩 꺼낼 때마다 바이론의 눈동자가 탐욕으로 물드는 것을 못 본 척하느라 혼났다. 가방에서 나온 물건이란 건 다름이 아니라 내가 아직 돌려주지 못한 유력자 가문의 가보들이었다.

"이것은 내가 여행 중에 우연히 얻은 물건이다. 네가 알까 모르겠다만, 이 물건들은 이 도시 유력자 가문의 가보들이다. 다름도 아니라 그 괴도 늑대거미 가면이 훔쳐 갔다가 유실된 물건들이지."

개가 들어도 이 말은 안 믿겠다. 하지만 지금 여기서 중요한 건 뻔뻔함이다. 나는 뻔뻔함을 유지한 채 테이블 위에 놓은 가보들을 바이론을 향해 밀어주었다.

"네가 돌려주거라."

"…예?"

"소중한 것을 잃는다는 건 평생 가는 한으로 남는단다. 더욱이 그것을 누군가에게 빼앗겼다면 한이 원한으로 바뀌는 것도 간단하지. 내가 겪고 나서야 그 사실을 깨달은 것이 지금의 내겐 한이다."

이렇게 말하면 내가 괴도 늑대거미 가면임을 실토하는 것 같지만, 아니다. 확언하기 전까진 증언이 되지 않는다. 적어도 시티 오브 페르핀에서는 그렇다.

"본래는 내가 직접 돌려주려고 했다만, 이제 와서 내가 무슨 낯으로 그들에게 이 가보들을 내밀까? 그러니 어려운 부탁인 건 알지만 네게 부탁하려 한다. 해주겠느냐?"

"물론입니다, 아버지. 제가 한 번이라도 아버지의 부탁을 거절한 적이 있었습니까?"

"없었지."

나는 고개를 끄덕였다. 바이론의 말은 명징한 진실이었기 때문이다.

왜냐하면 루브스는 바이론에게 부탁이란 걸 단 한 번도 한 적이 없었으므로.

하지도 않은 부탁을 거절할 수 있을 리 만무하지 않은가?

"그래, 잘 부탁한다."

"알겠습니다, 아버지."

                    *   *   *

길었다면 길었고 짧았다면 짧았던 점심 식사를 마친 루브스 페르핀이 응접실을 떠난 후, 바이론은 혼자 깨끗하게 치워진 테이블 앞에 앉아 긴 생각에 잠겼다.

"저건 진짜 아버지가 아니군."

장고 끝에 바이론이 이른 결론은 그것이었다.

누군가가 루브스의 두껍을 쓰고 루브스인 척하는 것이다.

바이론은 그렇게 믿었다.

그 스스로는 그 근거가 아들인 자신의 직감이라고 생각했으나, 그것은 사실과는 거리가 있었다.

애초에 바이론은 루브스에 대해서 잘 몰랐다. 한 달에 한두 번 한 마디를 나눠도 많이 대화한 편이었으니, 서로 그리 애틋한 부자 관계라고는 농담으로도 말 못 할 사이였다.

이런 사이에 직감적으로 상대가 누군지 알아챘다는 건 명백히 허구의 영역에 속했다.

명확하게 따지자면 바이론에게 있어 눈앞의 루브스가 진짜이면 곤란하므로 직감이라는 핑계로 고개를 저은 것에 불과하다.

바이론 본인에게 자각은 없으나, 그냥 믿고 싶은 대로 믿은 후 그 뒤에 가능해 보이는 논리를 덧씌운 게 바로 그가 내린 결론의 실태였다.

더욱이 바이론의 입장에서 볼 때 저 루브스가 진짜이면 안 되는 이유는 한두 개가 아니다.

"그 가짜 놈, 감히 내 시청 비밀 금고를 털어?"

물론 루브스가 시청을 털어 갔다는 증거는 없다.

그러나 심증은 확실했다.

15년 만에 괴도가 돌아와 한 첫 일은 괴도에 의해 도난당한 후 오랫동안 행방불명되어 있던, 이 도시 유력자 가문의 가보들을 몰래 돌려준 일이었다.

바이론은 '가짜' 괴도의 이러한 행동에 발끈해, 가짜가 돌려줬던 가보를 다시 훔쳐 버렸다.

그런데 바이론이 첫 괴도행의 성공에 고무되어 돌아왔을 때, 그가 보게 된 건 깨끗하게 털려 버린 시청 비밀 금고였다.

게다가 그 후에 대담하게도 루브스로서 도시에 돌아와 자신의 아버지인 척을 하며 가보들을 꺼내 들어 자신에게 건네준 루브스의 행동이 가리키는 바는 부정할 수 없을 정도로 명백했다.

그것은 바로, 자신이야말로 진짜 괴도 늑대거미 가면의 후계자라는 선언이었다.

이 선언은 동시에 가짜가 제2의 괴도의 정체가 누구인지 잘 알고 있으며, 너야말로 가짜라는 선언이기도 했기에 더욱 강렬한 도발이었다.

바이론은 '가짜'의 이러한 도발에 참을 수 없는 모욕을 느꼈다. 자신이 유일한 페르핀으로서 정당하게 물려받은 괴도의 자리를 저 가짜 괴도, 가짜 아버지가 빼앗으려는 것처럼 느꼈다.

그런데 만약 저 루브스가 진짜라면?

바이론의 이러한 분노는 모두 적반하장에 불과한 것이 된다.

진짜 루브스, 즉 진짜 괴도 앞에서는 바이론은 가짜일 수밖에 없으니까.

그뿐만이 아니다.

시청 비밀 금고에 쌓인 금괴와 보물들은 바이론이 시장으로서 결코 떳떳할 수 없는 축재와 부정을 일삼았다는 살아 있는 증거나 다름없다.

비록 다소 위선적이었다고는 하나 틀림없이 자신보다는 청렴했던 전임자의 이름과 페르핀 가문의 명예를 더럽혔다는 확증이기도 했다.

다른 사람에겐 들켜도 비교적 상관없었으나, 루브스 페르핀에게만은 결코 들켜선 안 되는 오점이었다.

안 그래도 혈연으로 이어지지 않은 양부인데, 양아들이 이런 짓을 벌였다는 것을 알면 뭐라고 생각할까?

생각하기도 싫은 일이었으므로, 바이론은 그냥 생각하지 않기로 했다.

마지막으로, 루브스는 시티 오브 페르핀에 돌아오면서 지나치게 환호를 받았다. 도시의 유력자들뿐만 아니라, 가장 밑바닥의 빈민들마저도 그를 반겼다.

즉, 루브스는 지금의 시티 오브 페르핀의 시장, 곧 페르핀의 왕인 바이론의 인기를 심각하게 위협하는 존재였다.

전임 시장이 현 시장보다 인기가 많은 현상은 곧 현 시장이 전임 시장에 비해 시정을 잘못 운영하고 있다는 근거로 받아들일 수 있었다.

…실제로 많은 이들이 그렇게 생각하리라.

물론 루브스는 권력에 욕심을 보이지 않았고 이 도시에서 다시 떠나겠다는 의사를 보이긴 했으나, 바이론은 이미 그에게서 위협을 느꼈다.

"처리해야 해."

따라서 죽여야 한다.

이미 '자신을 모욕했기 때문에', 혹은 '자신의 오점을 알고 있으므로', 이런 이유들은 부차적인 것에 지나지 않는다.

안 그래도 시장으로서의 지위가 위태로운 바이론이다.

결코 루브스를 그냥 둬선 안 된다.

단순히 존재한다는 사실만으로 자신의 반대 세력을 결집시킬 구심점이 될 수 있으므로, 어디에서 잘 살아 있다는 소문조차 돌아선 안 된다.

확실하게 죽이고 시체를 없애, 다시 누구도 찾지 못할 행방불명 상태로 만들어야 한다.

15년 전부터 오늘이 오기 전까지 그러했듯 말이다.

하지만 아무리 양부라 하더라도 아버지를 죽이는 것은 바이론으로서도 심적인 부담을 느끼지 않을 도리가 없는 행위이다.

그러니 루브스가 결코 진짜여서는 안 된다.

이것이 바이론으로 하여금 루브스가 진짜가 아니라고 확실한 근거나 증거도 없이 억지를 부리게 된 이유였다.

가짜라면 큰 부담 없이 죽여 버릴 수 있으니까.

'어쨌든 다른 사람들은 저 가짜가 진짜 루브스인 줄 알 테고, 시장인 내가 살인은 저지를 수는 없지.'

바이론도 자신이 내밀 수 있는 근거가 억지라는 사실은 잘 알고 있었다. 단순히 직감이라고 말해 봐야 아무도 믿지 않으리라.

그러니 시장의 권력으로 가짜 루브스를 체포해 사형시켜 버리는 것은 불가능하다. 바이론이 직접 움직여 사람들이 보는 앞에서 루브스를 처단하는 것도 당연히 안 된다. 누구도 정당하다고 생각하지 않을 테니까.

결국 나오는 답은 하나.

'암살이다.'

아무도 모르는 새 죽여 버린다.

이것이 유일한 해결책이었다.

'다른 사람을 내세워선 안 돼. 내가 직접 나서야 한다.'

본래 괴도로 활동하기 위해 수련한 흑법이지만, 바이론은 자신이 갈고닦은 이 기술의 본질은 암살을 위함임을 확신했다. 그러니 3야급의 흑법사인 바이론 또한 훌륭한 암살자다.

가짜 루브스도 괴도 행세를 하는 것으로 보아 어느 정도 흑법을 익혔을 터였으나 문제없었다.

바이론은 설령 상대가 15년 전의 진짜 괴도 늑대거미 가면이라 해도 쓰러뜨릴 자신이 있었다.

바이론은 늘 품속에 숨겨두고 다니는 단검을 어루만졌다.

'이 단검이 내게 있는 이상, 설령 상대가 황제라 해도 죽일 수 있다.'

자신의 마음을 배신한 부하들을 다 죽여 버릴 생각으로 큰 돈을 주고 구해두었던 단검이었다. 이제껏 마음에 확신이 없어 실행에 옮기지 못했었는데, 드디어 제 역할을 할 날이 찾아왔다.

날카롭게 벼려진 살의가 자신의 마음을 단단히 세우는 것을 느끼며, 바이론은 일어섰다.

결행은 오늘 밤, 괴도의 시간이 찾아오자마자.

그 이상 뒤로 미룰 수 있을 정도로 바이론의 인내심은 깊지 않았다.

*   *   *

―수고하셨습니다.

라플라스가 수고의 말을 건넸다.

―이로써 바이론이 새 주인님을 노릴 확률이 100%에 달했습니다.

"변수 없애느라 고생했군."

그랬다.

내가 굳이 이상한 핑계로 헤이즈를 야밤에 불러내 만나고 바이론과 함께 식사를 하다가 가보를 내밀고 그랬던 건 가능한 한 변수를 없애고 모든 것을 확정적으로 만들기 위해서였다.

다행히 모든 시도는 성공했고, 오늘 밤에는 계획대로 바이론과 대결할 수 있을 터였다.

—그런데 정말로 이 도시를 떠나실 겁니까?

"응. 왜?"

—이 일이 해결되고 나면 시장 자리를 되찾으실 수 있으실 텐데요.

"되찾는다는 말은 조금 이상한데. 원래 내 게 아니잖아."

—지금의 새 주인님은 루브스 페르핀이시니까요. 새 주인님 것이 맞습니다.

단호하기도 하지.

"여기 쓸 만한 유적이 있으면 며칠 더 머무를지도 모르겠지만, 그런 것도 아니라며? 그럼 남을 이유가 없지."

내 본업은 어디까지나 트레저 헌터다. 계획에도 없던 시장 질로 시간을 낭비할 마음은 추호도 없었다.

"게다가 루에노 따돌려야 한다니까? 이런 데 발 묶여 있다가 잡혀갈 일 있나."

내가 루브스인 척 시장 자리에 앉아 있다가 우연히 루에노를 만나기라도 하면? 루에노 성격에 시장이라고 봐줄까? …아닐 거 같은데?

—그건 또 그렇네요.

"자, 그런 건 됐고. 이제 바이론이나 만나러 가자고."

약속 시간이 정확히 정해진 건 아니나, 약속 장소는 정해져 있었다.

오늘 점심 식사 때, 나는 일부러 딱 한 가문의 가보만 빼놓고 모두 바이론에게 넘겼다.

이유는 물론 이 가문의 저택을 바이론과의 약속 장소로 지정하기 위해서였다.

―장소뿐만이 아니라 시간도 정해졌습니다. 바이론의 인내심은 그리 깊지 않거든요. 괴도의 시간이 찾아오자마자 나타날 겁니다.

"그럼 좋지."

시간 낭비할 것 없어서 좋다.

*   *   *

"오늘 저녁에 이렇게, 귀하신 루브스… 님을 모시게 되어 영광입니다."

내가 바이론과 만날 약속 장소로 정한 곳은 하이넥 가문의 저택이었다.

내가 저택을 찾자, 하이넥 가문의 가주인 케네스 하이넥이 직접 나와 나를 맞이했다. 이 노인의 나이는 올해로 72세. 살아 있었다면 곧 환갑을 맞이하게 됐을 루브스보다도 나이가 많다.

"이것 참, 시장님이라는 호칭을 생략하는 게 이렇게 어색할 줄 몰랐습니다."

케네스 하이넥은 사람 좋은 웃음을 터뜨렸다. 털털해 보이
는 인상과 달리 이 노인은 시티 오브 페르핀의 정계에서 수십
년을 버텨온 노괴이자 현 실세나 다름없는 존재다.

"저도 자연인이 되어 케네스 님께 높임말을 쓰게 될 줄은
몰랐습니다."

"하하, 이런. 그렇게 말씀하시면 안 되지요."

케네스의 눈이 번뜩인다.

케네스는 사실상 정국에서 밀려난 귀족 가문 파벌을 대신해
자리 잡은 상인 가문 파벌의 대표나 다름없는 자이다. 즉, 그가
이 도시에서 가장 강력한 실권을 손에 쥔 자라고 할 수 있다.

그러나 이 또한 바이론의 묵인이 있었기에 가능한 일이란
건 모르는 사람이 더 적었다.

즉, 케이넥은 2인자로서 언제 삶아 먹혀도 이상하지 않은
제사용 돼지나 마찬가지란 뜻이다.

케이넥과 하이넥 가문도 본래라면 귀족 파벌인 카스트로
가문과는 물과 기름과도 같은 사이이지만 이런 상황에 놓인
만큼, 아무래도 귀족 파벌의 카스트로 가문과 함께 바이론에
대한 쿠데타에 동참할 속내인 것 같았다.

물론 헤이즈 카스트로는 물론 케네스도 쿠데타의 쿠자도
꺼내지 않았지만, 원래 정치가란 부류의 속성이 이렇다. 이런
사소한 어투나 태도로 누가 누구 편인지, 어느 국면에서 어느

선택을 할 건지 신호를 복잡하게 보내고 받는다.

그 신호란 게 너무 복잡하고 미묘해서 문제지. 나도 라플라스에게서 미리 언질을 받지 않았더라면 이 노인이 나한테 왜 이러는지 몰랐을 것이다.

아무튼 적어도 이번 안건에서만큼은 이 노인은 내 편이다. 이렇게 해석해도 좋다.

"자, 저녁 식사가 준비되어 있습니다. 그래도 시장님… 루브 스님께서 오신 덕에 저도 오랜만에 맛있는 것 좀 맛보게 되겠 군요. 하하하!"

케네스의 이러한 언급은 '도와줄 테니 맛있는 것 좀 쏴라, 정치적으로다가.' 라는 의미다. 그럼 나는 어떻게 반응해야 하지?

ㅡ웃으면 된다고 생각합니다.

"하하하하!"

물론 여기에서의 내 웃음은 '긍정'의 의미다.

뒷감당이 두려운 대화지만 뭐, 어차피 이번 일 처리하고 이 도시를 뜰 건데 그런 걸 걱정할 이유는 없다.

"하하하하!"

"하하하하!"

케네스와 루브스, 두 노인의 웃음소리가 하이넥 가문의 저택 구석구석까지 울려 퍼졌다.

*　　　*　　　*

하이넥 가문에서 준비한 요리는 대단히 맛있었다.

물론 낮에 시청에서 바이론에게 점심으로 대접받은 요리도 맛있었지만, 그건 어디까지나 바이론이 항상 먹는 일상식이었다.

하지만 하이넥 가문에는 정식으로 초대를 받은 데다 점심이 아니라 저녁 식사였기 때문에 제대로 된 정식을 대접받을 수 있었다.

페르핀 어부들이 새벽에 잡아 온 생선을 바로 손질해 낮 동안 가문의 특별 소스에 재어놓았다가 손님이 올 시간에 딱 맞춰 꺼내어 갖가지 향신료로 우려낸 육수에 졸여 만든 생선 스튜가 메인 디시였는데, 비린내는 조금도 느껴지지 않으면서도 별로 자극적이지 않은 맛이 정말 일품이었다.

맛있었던 건 메인 디시뿐만이 아니었고, 에피타이저처럼 나온 생선살을 짓이겨 반죽해 면처럼 썰어서 만든 국수 비슷한 요리나 사이드 디시로 나온 손질한 곡식을 육수에 불린 후 밥처럼 쪄낸 요리도 특별하고 맛있었다.

라플라스의 이야기를 듣자 하니 페르핀은 제국직할령과 가까운 만큼 문화적인 영향을 많이 받았지만 동시에 페르핀 특유의 식문화도 단단히 남아 있어 다른 곳과 다른 독특하고도 맛 좋은 요리를 많이 맛볼 수 있어 제국 귀족들도 간혹 관광차 들르기도 한다는 듯했다.

하지만 안타깝게도 페르핀의 미식을 음미할 시간은 그리 많이 주어지지 않았다. 그냥 듣기엔 환담처럼 들리지만 말속에 칼을 숨긴 채 휘두르지도 않고 앞으로 나아갔다가 뒤로 물러났다가 하는 식의 피곤한 대화를 식사 중에 계속해야 했기 때문이다.

'이러다 얹히겠다.'

물론 설령 진짜로 소화불량에 걸리더라도 성법으로 상태이상을 치유하면 그만인지라 별로 걱정할 건 없었지만, 다른 사람들의 눈이 있는 곳에서 성법을 쓸 순 없었으니 적어도 몇 시간은 얹힌 채로 버텨야 했다. 그러기는 싫었기 때문에, 나는 음식을 꼭꼭 씹어 먹었다.

맛있으면서도 불편한 시간이 한 시간쯤 지났을까, 드디어 해가 뉘엿뉘엿 서쪽으로 넘어가기 시작했다. 붉게 물들기 시작한 하늘을 올려다보며, 나는 괴도의 시간이 얼마 남지 않았음을 알았다.

'좋아, 때가 되었군.'

─아직입니다만.

'약속 시간 30분 전에 움직이는 게 내 철칙이야.'

─처음 듣는 말씀입니다만.

나는 라플라스의 말을 무시하고 아까부터 뭐라고 떠들고 있던 케네스에게 말을 건넸다.

"죄송합니다만 이쯤에서 일어나야겠군요."

"어째서 그런 말씀을 하십니까? 오늘 같은 날을 위해 준비해 놓은 좋은 술이 있습니다만."

오늘 같은 날. 루브스가 돌아온 날을 뜻한다. 좋은 술을 준비해 놓았다는 것은 이날을 기다렸다는 것이고. 그러니까 나는 너의 귀환을 지지하니 함께 쿠데타를 하자는 의미를 담고 있는 멘트였다.

내가 일어나려고 해서 그런지 아까보다 노골적인 추파를 던진 모양새다.

72세의 노인네가.

살려줘.

"…그렇다면 그 술만큼은 마시지 않을 도리가 없군요."

여기서 일어나면 쿠데타에 동참하지 않겠다는 명확한 메시지를 던지는 셈이 되어 버린다. 그럼 안 된다. 이 자리에서 케네스가 날 죽이려 들 가능성이 있었다. 케네스 주제에 날 죽일 순 없겠지만 도시 전체의 어그로를 끌어 모으는 건 안 좋은 일이다.

더군다나 루브스는 술 선물을 좀처럼 거부하지 않는다. 루브스인 척을 계속하고 싶으면 도로 앉아야 했다.

"오!"

나는 다시 앉은 걸 후회하지 않게 되었다. 왜냐하면 술이 무시무시하게 맛있었기 때문이었다.

페르핀 특산의 귤 비슷한 과일인 시트러스 페르피나의 즙을 15년이나 숙성시킨 브랜디였는데, 입안에 한 모금 머금은 순간 엄청난 향이 코를 뻥 뚫어 버리는 것 같은 느낌을 맛보게 하며 혀는 강렬한 단맛에 마비되는 듯했고 목으로는 불을 삼키듯 했지만 이 모든 감각이 차라리 배덕감에 가까울 정도로 지극히 쾌락적이었다.

이 술은 한 병쯤, 아니, 한 궤짝쯤 훔쳐 가고 싶다는 생각이 들 정도였으니 말 다했다. 아니, 돈 주고 살 수 있으면 사겠는데 그런 것도 아니다. 하이넥 가문에서 직접 생산하는, 비전의 명주라 어디다 팔기는커녕 자기들끼리 특별한 날에만 꺼내 마시는 술이라고 한다.

그렇게 술에 대한 긴 자랑을 마친 후, 노인은 또 은근한 목소리로 슬쩍 말했다.

"제가 죽기 전에 이 술을 다시 대접해 드릴 수 있는 영광을 얻게 되다니 참 감격스럽습니다."

해석하자면 자기가 죽기 전에 빨리 같이 쿠데타 하자는 의미다.

좋은 술의 뒷맛을 확 망치는 노인의 추파였다.

아오, 진짜.

여기 뜨기 전에 꼭 술 훔쳐 가고 만다, 내가.

*   *   *

가짜 루브스의 행방을 쫓던 바이론은 타겟이 하이넥 가문의 저택으로 들어가는 걸 확인하고 쓰게 웃었다.

"역시… 그랬군."

하이넥은 바이론이 다음에 잡을 돼지였다. 하이넥도 그 사실을 잘 알고 있어서, 바이론에게 대항할 힘을 모으고 있었다. 루브스가 도시에 들어온 첫날 저녁 식사를 그런 하이넥과 함께한다? 이건 불순한 의도를 의심할 수밖에 없다.

물론 15년 만에 돌아온 루브스가 이러한 페르핀의 정치 지형에 대해 파악하고 있을 리 없었으나, 바이론에게 그런 루브스의 사정 따위는 아무런 가치도 갖지 못했다.

"하이넥이 배후였다면 아무것도 이상할 게 없지."

어느새 바이론의 머릿속에서는 하이넥과 가짜 루브스가 쿠데타를 모의하는 것으로 저절로 조립되고 있었다.

만약 바이론의 가설이 진짜라면 시장으로서 경비병을 움직여 반역자들을 체포하면 끝날 일이지만, 그는 그렇게 하지 않았다.

'해가 지면 돌입한다. 그리고 가짜를 죽인다.'

오직 이 두 생각만이 바이론의 머릿속을 가득 채우고 있었다.

바이론은 품속의 괴도 가면과 단검을 번갈아 어루만지며 서쪽 하늘을 바라보았다.

*   *   *

'때가 되었군.'

나는 완전히 저물어 붉은 기운마저도 꺼져가는 서쪽 하늘을 바라보며 중얼거렸다.

—네, 때가 되었네요.

라플라스가 내 말을 받았다. 30분 전과 달리, 긍정적인 답변이 나왔다. 좋구만.

"가주."

"말씀하십시오, 시장님."

여기서 '난 시장 아닌데' 따위의 불필요한 지적을 할 필요는 없다. 그래봐야 '술에 취해 착각해 버렸군요, 허허허.'같은 소리만 들을 뿐일 테고, 쓸데없는 경계심이나 살 데니까.

따라서 여기서 해야 할 말은 이것이다.

"내밀히 할 이야기가 있어서 그런데, 사람들을 좀 물려주실 수 있으시겠습니까?"

"어려운 일이 아니로군요."

케네스는 손뼉을 두 번 쳤다. 그러자 우리 시중을 들던 하인과 하녀가 약속이라도 한 듯 쭉 빠졌다. 이들의 신속한 반응에 놀랄 필요는 없다. 이 노인은 내가 이 말을 하는 순간만을 기다려 왔을 테니까.

하지만 당연하게도 나는 하이넥 가주의 기대를 만족시켜 줄 생각이 없다.

"드릴 것이 있습니다."

"말씀 낮추시지요."

"이것입니다."

마치 품속을 뒤지듯 하다가, 나는 각성창에서 뭘 하나 꺼내다 테이블 위에 놓았다.

"이, 이것은……."

케네스 하이넥, 모든 언행이 정치 사안으로 연결되던 이 노괴의 표정이 처음으로 깨지는 광경은 꽤나 볼만했다.

"하이넥 가문의 가보로 기억하고 있습니다. 맞습니까?"

"제가 실수를 저질렀을 때 사라진 물건이로군요. 크게 신경 쓰지 않습니다."

그러나 하는 말과는 달리 케네스 하이넥의 눈은 형형히 빛을 발하고 있었다.

그야 그렇다. 가보를 제대로 관리하지 못한 가주는 존경받지 못하게 마련이다.

물론 거의 모든 가문의 가보가 같은 괴도에 의해 도난당한 시티 오브 페르핀의 특성상 엄청난 흠이라고는 할 수 없었겠지만, 그럼에도 불구하고 늙은 케네스에게 있어 가보를 되찾지 못한 것은 평생의 한이 되지 않을 리가 없었다.

"돌려 드리겠습니다."

나는 테이블 위에 올린 가보를 손으로 슥 밀었다.

"괜찮으시겠습니까?"

루브스가 자신의 손으로 가보를 돌려주는 것은 그 자신이 괴도임을 인정하는 행위로 보일 수도 있었다. 그런 리스크를 떠안고도, 나는 말없이 케네스 앞으로 가보를 조금 더 밀어주었다.

케네스는 아주 잠깐 망설이는 듯 했다가 곧 가보에 손을 뻗었다.

그러나 다음 순간. 가보가 사라져 있었다.

"헉!"

케네스는 놀란 숨을 토해내었지만, 내 반응은 조금 달랐다.

아니, 사실 나도 놀라기는 했다. 하지만 생각지도 못한 일이 일어난 것에 대한 놀라움과는 거리가 멀었다.

'진짜 왔군!'

케네스에게 넘겨준 하이넥 가문의 가보는 바이론을 끌어내기 위한 미끼이자 타이밍을 확실시하는 도구에 불과했다.

좋아, 여기까지는 계획대로다.

'그런데 정말 모르겠는데. 어디 숨어 있는 거야?'

—두리번거리지 마십시오.

'아, 알았어.'

나는 고개를 돌려 주변을 살피고 싶은 본능을 억누르며, 겉으로는 여유를 가장한 채 하이넥을 향해 말했다.

"괴도가 나왔군요."

"예? 하지만……."

괴도는 당신 아니냐고 묻고 싶은 표정을 짓는 케네스 하이넥을 무시하고, 나는 이번에는 고개를 뒤로 돌려 말했다.

"나와라, 괴도."

내가 말했음에도 내 등 뒤는 조용했다.

혹시 잘못 짚었나 싶어 라플라스에게 항의하려던 순간, 다행히 괴도는 늦지 않게 등장했다.

늑대거미 가면을 쓴, 전신을 시커멓게 물들인 사내. 괴도 늑대거미 가면의 모습 그대로였다. 재현도가 상당했다. 마치 진짜 늑대거미 가면 같았다.

"괴, 괴도! 늑대거미 가면……!"

케네스 하이넥이 내 대신 놀라주었기 때문에 나는 상대적으로 냉정할 수 있었다.

"그래, 내가 괴도다. 내가 진짜 괴도다. 네가 아니라, 내가."

왼손에는 하이넥 가문의 가보를, 오른손에는 묵빛으로 빛나는 단검을 꼭 쥐고 괴도가 웃음기 섞인 목소리로 말했다. 비웃음이겠지, 저거?

"그게 무슨 소리지? 난 괴도인 척한 적이 없는데."

그래서 나도 놈을 도발하기로 했다. 내 도발이 꽤나 먹혀든 건지, 단검을 쥔 손아귀에 힘이 들어가는 것이 보였다.

"…너는 진짜가 아니야."

그러나 괴도의 목소리에는 다시 웃음기가 배었다.

"반응하지 못했지."

괴도의 말에 나는 움찔하지 않기 위해 주먹을 꽈 쥐어야 했
나. 어느새 손아귀에는 땀이 차 있었다. 긴장한 건가? 긴장할
수밖에 없다.

왜냐하면 진짜로 반응하지 못했으니까.

"내가 테이블 위의 이 가보를 잡아챘음에도, 눈길 하나 주
지 못했어. 대체 무슨 일이 일어난 건지 모를 테지? 그리고 이
제부터 무슨 일이 일어날지도 모를 터다."

괴도는 내가 보는 앞에서 묵빛의 단검을 허공에 그었다.

그러자 다음 순간.

"커흑!"

케네스 하이넥이 목에서 피를 뿌리며 그 자리에 무너져 내
렸다.

"역시! 전혀! 반응하지 못했어!!"

괴도의 목소리에 희열이 깃들었다. 분명 내 등 뒤에 있던 괴
도는 어느새 하이넥의 등 뒤로 이동해 있었다. 내 동공이 뒤
늦게 놈을 좇았음을 놈이 모를 수가 없다.

그래, 맞다. 나는 전혀 반응하지 못했다.

"끄르르륵……."

케네스는 자신의 목에 난 상처를 누르며 일어나려 들었지
만, 다시 그 자리에 넘어져 뒹굴었다. 경동맥이라도 잘렸는지
피가 철철 흘러넘쳐 그 자리에 작은 웅덩이를 이루고 있었다.
그대로 내버려 두면 과다 출혈로 죽으리라.

참혹한 케네스의 모습을 경멸하는 눈초리로 내려다보던 괴도의 시선은 천천히 움직여 나를 향했다. 완연해진 살의를 숨기려고도 하지 않은 채, 괴도는 내게 이렇게 선언했다.

"다음은 너다, 가짜."

"가짜는 너다, 가짜."

그런 괴도를 향해, 나는 태연히 선언했다.

"괴도 늑대거미 가면이 사람을 해하는 걸 본 적이 있나?"

"……"

괴도의 가면 속 동공의 움직임이 굳었다.

"없을 거다. 괴도는 괴도일 뿐, 살인마가 아니니."

"…닥쳐."

"그러니 넌 괴도가 아니다."

괴도의 대꾸를 무시하고, 나는 계속해서 말했다.

"넌 그냥 살인자야."

아직 케네스가 죽지 않았음에도, 나는 다소 성급하게 선언했다.

"닥쳐라!!"

물론 이건 놈을 격앙시키기 위한 선택이었다. 다행히 놈은 내 의도대로 격앙했고, 묵빛의 단검을 허공에 그으며 내게 달려들었다.

다음 순간.

"끅, 끄억! 어떻, 어째서……!"

깨끗하게 청소되어 있었을 터인 하이넥 가문의 응접실 바닥에 긴 핏자국을 남긴 채 고통의 신음성을 흘리며 쓰러진 건 괴도 쪽이었다.

나는 모든 게 내 의도대로 됐다는 듯 괴도를 향해 이죽거렸다.

"죽지는 않을 거야. 살살 쐈거든."

『레전드급 전생자』 4권에 계속…